나는 말하듯이 쓴다

나는 말하듯이 쓴다

누구나
쓰게 되는

강원국의
글쓰기 비법

강원국 지음

위즈덤하우스

벌써 5년 전이다. 2020년 《나는 말하듯이 쓴다》를 출간했다. 이 책을 쓸 당시 나는 이미 세 권의 글쓰기 책을 출간한 상태였다. 《대통령의 글쓰기》와 《회장님의 글쓰기》를 쓰니 사람들이 '왜 그리 남의 얘기만 쓰느냐'고 했다. 남의 얘기만 쓰는 사람이 아니라고 말하고 싶어 《강원국의 글쓰기》를 냈다. 하지만 《나는 말하듯이 쓴다》만큼 애쓰진 않았다.

이 책은 내가 가장 공들여 쓴 책이라고 자부한다. 내가 글을 잘 쓰는 사람은 아니어도, 잘 쓰는 방도에 관해선 누구보다 잘 쓸 수 있다고 자신했다. 그런데 5년이 지난 지금, 다시 보니 많이 부족하다. 2020년 이후 강의하고 공부하면서 많이 배우고 깨우쳤다. 내 자신감이 터무니없다는 걸, 세상에는 참으로 많은 고수가 있고, 공부해야 할 것이 무수하다는 걸 절감했다. 그 가운데 하나가 읽기·듣기와 말하기·쓰기는 순환해야 한다는 사실이다.

직장에서 25년간 남의 말과 글을 쓰고 다듬었다. 이 일을 하는 데 필요한 건 읽기·듣기 역량이었다. 남의 말을 잘 듣고, 생각을 잘 읽으면 쓸 수 있었다. 나의 글쓰기는 읽기·듣기에 갇혀 있었다. 말하기·글쓰기로 나아가지 못했다. 글을 쓰긴 했지만 정작 내 글을 쓰지 않았고, 말을 했지만 그 말은 내 말이 아니었다. 내 말을 하고 내 글을 쓸 때 비로소 남의 글과 말도 잘 쓸 수 있다는 걸 직장 다닐 적엔 알지 못했다.

이제는 읽고 듣는 데 그치지 않고 말하고 쓴다. 입력한 것으로 내 것을 만들어 출력한다. 읽기와 듣기는 남의 것을 내 것으로 만드는 행위다. 있는 것을 소비하고 내 소유를 늘리는 일이다. 그에 반해 말하기와 쓰기는 내가 만든 것을 남에게 나누어주는, 생산과 공유의 일이다. 읽기와 듣기가 나를 위한 일이라면 말하기와 쓰기는 세상을 위한 일이다. 물론 이렇게 말할 수도 있다. 남의 것을 읽어주고 들어주는 게 이타적이고, 내 것을 읽고 들으라 하는 건 이기적이라고. 그래서 읽기·듣기와 말하기·쓰기는 함께 가야 한다. 들숨이 있으면 날숨이 있어야 하듯이, 읽고 들은 건 말하고 쓰고, 말하고 쓰기 위해 읽고 들어야 한다.

2014년부터 내 글을 쓰고 말을 해보니 거꾸로 읽기·듣기 능력이 향상됐다. 읽고 듣는 일이 곱절은 보람차졌다. 읽기·듣기는 말하기·쓰기와 만났을 때 더 재밌고 의미가 깊어진다는 사실을 깨달았다. 2014년 이후 깨달은 또 하나의 사실은 글쓰기와 말하기는 떼려야 뗄 수 없는 관계라는 점이다. 이 사실 또한 내 글을 쓰고 내 말을 하면서 비로소 알게 됐다.

김대중 전 대통령은 말하기 전에 글을 썼다. 할 말을 미리 써보고 고쳤다. 그분의 모든 말은 퇴고를 거친 글의 결과다. 그래서 말실수가 없다. 그분의 말은 받아 적으면 그냥 글이 된다. 보통의 말은 퇴고를 거쳐야 글이 되는 데 말이다.

김대중 전 대통령과는 달리 노무현 전 대통령의 글은 말의 결과다. 글을 쓰기 전에 충분히 말해본다. 말하다 보면 어떻게 써야 하는지 감이 온다. 연설비서관인 나를 앉혀놓고 이 얘기 저 얘기 두서없이 했다. 단어도 바꿔보고 문장도 고쳐서 말해본다. 그러다 어느 시점이 되면 '이제 됐다. 지금부터 잘 받아 적으라'고 한다. 그때부터 받아 적은 내용은 말이 아니라 글이다.

말은 글로 예비하고, 글은 말로 준비하면 된다. 뺄 것도 빠진 것도 고칠 것도 없는 말, 하고 나서 후회하지 않는 말을 하는 방법은 의외로 간단하다. 글로 써보고 말하면 된다. 글도 마찬가지다. 말해보고 쓰면 말처럼 술술 읽히고 이해하기 쉬운, 그러면서도 공감이 되는 글이 나온다. 이 책이 글쓰기와 말하기를 함께 다루고 있는 이유도 여기에 있다.

5년 만에 꼼꼼히 읽으면서 뺄 건 빼고 추가할 건 추가했다. 고친 부분은 지난 5년 나의 성장 기록이다. 또한 이 책을 사랑해주신 독자에 대한 나의 도리이자 감사 표시다. 그동안 이 책을 아껴주신 독자와 내게 가르침을 주신 많은 분에게 이 기회를 빌려 다시 한번 고맙다는 인사를 전한다.

2025년 4월

과천 카페에서

말과 글은 한 몸이다

우선 이 책을 집어 들어준 데 감사한다. 저자의 명성을 익히 알고 그랬든, 제목이나 표지가 눈에 띄어 그랬든 감사 인사를 전한다. 그리고 축하한다. 말하기와 글쓰기로 어려움을 겪어온 분이라면 더욱더 그렇다. 이 책과 만난 것은 큰 행운이다.

나의 경험에서 길어올린 비법들

연설문을 10년 이상 썼다. 연설문은 말하기 위해 쓴 글이다. 글이지만 말에 가깝다. 말을 어떻게 해야 하는지 10년 넘게 배우고 고민한 셈이다. 그리고 지난 5년간 강의와 방송에서 줄기차게 말해왔다. 해보니 내가 말을 잘한다. 물론 처음부터 잘하지는 못했다. 나는 과묵을 무기로 25년 직장생활을 했다. 실어증에 가까웠다. 하지만 직장을 나온 뒤로 말하지 않고서는 살 수 없었다. 대부분의 수입이 강의와 방송에서 나오기 때문이다. 말을 잘하기 위해 늘 노력한다. 시행착오를 겪으며 깨닫고 터득한 내용을 이 책에 낱낱이 담았다.

2018년 6월《강원국의 글쓰기》를 출간한 이후에도 어떻게 하면 글을 잘 쓸 수 있는지, 글쓰기 두려움과 어려움을 이길 방법은 무엇인지 사람들은 묻고 또 물었다. 그 답을 찾아 글을 쓰고 강의하고 방송했다. 독자와 시청자의 반응을 다시 글에 반영했다. 글쓰기와 말하기를 넘나들며 말이라는 씨줄과 글이라는 날줄로 이 책을 짰다.

이 책에 담긴 글쓰기 방법은 스무 개가 넘는다. 모두 내가 경험한 것이고 누구나 할 수 있는 쉬운 방법이다. 자기에게 맞는 것을 고르거나 두세 개를 합해 활용하면 된다. 더는 다른 방법을 찾아낼 자신이 없다. 찾을 수 있는 모든 걸 담았다고 자신한다. 이 책을 읽고도 글쓰기가 두렵다면 어찌해줄 방법이 없다.

말하듯이 쓸 수 있다면

잘 쓰려면 잘 말해야 한다. 말을 잘하려면 잘 써야 한다. 말과 글은 서로를 견인하고 보완한다. 어느 쪽만 잘하려 하면 어느 쪽도 잘할 수 없다. 쓴 것을 말하고 말한 것을 써야 한다. 말하듯 쓰고 쓰듯 말해보라. 말 같은 글, 글 같은 말이 좋은 말과 글이다. 나는 말하면서 생각하고 말로 쓴다. 이 책의 제목인 '나는 말하듯이 쓴다'에도 그런 의미가 담겨 있다. 첫째, 평소 말하는 만큼 자주 쓴다, 둘째, 말 같은 구어체로 자연스럽게 쓴다, 셋째, 먼저 말해보고 쓴다는 의미다.

내가 제안한 책 제목은 '말하듯 쓰고, 글 쓰듯 말하라'였다. 글을 잘 쓰고 싶으면 말을 잘해야 하고, 말을 잘하고 싶으면 글을 잘 써야 한다는 '엄연한' 사실을 말하고 싶었다. 나도 이 사실을 늦게 알았다. 쉰 살이 넘어 입을 열고 강의하면서 깨달았다.

사람들이 묻는다. "말을 잘하려면 어떻게 해야 하나요?" "글을 잘 쓰고 싶은데 무엇을 준비해야 합니까?" 말과 글을 따로 두지 않으면 된다. 말을 잘하려면 글로써 말을 준비해야 한다. 말하듯 쓰려면 말을 많이 해봐야 한다. 말에 도전하지 않는 사람은 잘 쓸 수 없다.

마음을 다해 말하고, 말한 것을 글로 써보고, 또 말하기 위해 글을 써보는 것. 이것이 글을 잘 쓰고 말을 잘하기 위한 내 노력의 전부다. 말하기 위한 준비가 글쓰기 연습이 되고, 또 그것이 다시 말이 되는 일상. 말하기를 연습하는 글쓰기가 즐겁고, 또 말하는 것이 즐거워 글을 쓰고 싶은 선순환의 삶. 그야말로 말과 글이 동행하는 삶이 말 잘하고 글 잘 쓰는 비결이다.

책이 나오기까지 많은 사람이 도와줬다. 특히 아내의 도움이 컸다. 직장을 그만둔 뒤로 시간을 대개 아내와 보낸다. 1986년 만난 이래 40여 년을 동고동락해왔다. 아내를 소재로 삼지 않을 도리가 없었다. 아내는 기꺼이 악역을 자처해줬다. 아니, 자신의 모습 그대로 공개되는 것을 허락해줬다. 또한 내 글의 첫 독자는 늘 아내였다. 그런 점에서 이 책은 아내와의 공저에 가깝다.

가장 사랑하는 이가 이렇게 말하고 썼으면 좋겠다는 마음으로 썼다. 이 책을 읽고 나면 무언가 희망이 보일 것이다. 왠지 잘할 수 있을 듯한 자신감이 생길 것이다. 그러나 착각하지 마시라. 이제부터 시작이다. 많이 말해보고 많이 써봐야 한다. 잘 말하고 잘 쓰기 위해 부단히 궁리해야 한다. 무엇보다 그런 사람이 되겠다는 마음부터 먹어야 한다. 지금 이 책을 집어 든 당신은 이미 그런 사람이다.

차례

1 말과 글의 바탕이 되는 7가지 힘

2 기본기: 글 쓰는 몸과 마음을 만드는 태도

3 도구: 글맛을 끌어내는 최고의 재료들

훈련: 말이 말을 낳고, 글이 글을 낳는다

 실전: 개요부터 퇴고까지, 책 한 권 써보기

6 갈수록 말과 글이 중요해지는 이유

1

말과 글의
바탕이 되는
7가지 힘

질문
: 조금은 뻔뻔하게, 조금은 용감하게

"나를 만나 행복했나요? 그대 생각하다 보면 모든 게 궁금해요.
내가 정말 그대의 마음에 드시나요? 바쁠 때 전화해도 내 목소리
반갑나요?"

_〈알고 싶어요〉, 이선희

내 인생에서 가장 행복한 시절을 꼽으라면 단연 연애 시절이다. 나
는 당시 유행했던 이선희의 노래 〈알고 싶어요〉를 무시로 웅얼거렸
다. 연애 감정이란 다른 말로 표현하면 궁금증이다. 상대가 나를 좋
아하는지, 좋아한다면 얼마나 좋아하는지, 나와 결혼할 마음은 있는
지 궁금한 것투성이다. 지금 무엇을 하고 있는지, 밥은 먹었는지, 만
나고 헤어지면 집에는 잘 들어갔는지 알고 싶다. 전화하고 문자 보

내고, 그것도 모자라 다시 그 집 앞으로 달려가기를 반복하다가 도저히 못 견뎌 결혼하게 되는 것이다.

우리는 또 언제 가장 질문을 많이 할까? 어린 시절이다. 어린아이는 모든 게 신기하다. 이것이 무엇인지, 왜 그런지, 하루하루가 새롭다. 그래서 엄마에게 묻는다. 그것이 본성이다. 수렵과 채집으로 먹고살던 시절에는 어디에 먹을거리가 있는지, 어디가 위험한지 알아야 살아남았다. 호기심이 많고 아는 것을 즐기는 사람이 생존에 유리했다. 어쩌면 인간의 호기심은 그런 이유로 만들어진 게 아닐까.

질문하면 위험한 사회

하지만 사회에 나와서 질문을 하려면 용기가 필요하다. 잘못했다가는 "너는 그것도 모르냐?" "그것까지 내가 말해줘야 하냐?" "바빠 죽겠는데 네가 알아서 못 하냐?" "지금 내 말에 토 다는 거냐?"라는 핀잔을 듣기가 십상이다.

나는 원래 질문을 못하는 사람이다. TBS 라디오 시사 프로그램 〈색다른 시선 강원국입니다〉를 잠깐 진행한 적이 있다. 프로듀서가 연설비서관 경력을 보고 내게 진행을 맡긴 것이다. 대통령의 글을 쓰려면 궁금한 걸 대통령에게 물어야 하고, 국민이 궁금해하는 내용을 써야 하니 국민에게도 물어야 한다. 그러니 질문 하나는 잘할 거로 믿었나 보다. 착각이었다. 나는 대통령 말귀를 알아듣고 생각을 읽어 받아쓰는 사람이었지 묻는 사람이 아니었다. 그런데 진행자가 되어 청취자들이 궁금해할 만한 걸 물어야 했다. 묻는 능력이 곧 진행 실력이었으니, 결국 방송을 오래 하지 못했다.

　나만 질문하는 걸 두려워하는 게 아니다. 우리 사회에서 가장 똑똑하다는, 질문하는 것이 본업인 기자들도 때로는 그렇다. 2010년 G20 서울 정상회의가 끝나고 오바마 미국 대통령이 개최국인 한국 기자들에게만 질문 기회를 줬는데, 끝내 아무도 손을 들지 않았다. 영어가 서툴러 그러는 줄 알고 한국말로 해도 된다고 했지만, 끝까지 버텼다. 어디 기자뿐인가. 삼성전자나 현대자동차 같은 대기업이나 공무원 조직의 구성원들도 잘 질문하지 않는다.

　왜 질문하지 않을까. 다 아니까 그럴 수도 있지만, 또 다른 이유가 있다. 바로 학습된 결과다. 우리 사회는 궁금해하면 위험했다. 어렸을 적 엄마에게 주야장천 묻다가 혼난 경험들이 있을 것이다. 특히 사람이 많은 데서 엄마가 모르는 것을 물어보면 큰일 난다. 처음에는 엄마가 작은 목소리로 "조용히 있어. 사람들 많은 데서 그러는 거 아니야"라고 타이른다. 또 물으면 "집에 가서 보자"라고 한다. 그래도 눈치 없이 계속 물으면 "시끄러워!" 하며 한 대 쥐어박는다.

　학교에 들어가면 위험은 본격화된다. 모르는 것을 물으면 그것도 모르느냐고, 그렇게 바보 같은 질문을 하느냐고 타박한다. 지금은 달라졌겠지만 내가 학교 다닐 적에는 그랬다. 그래서 아는 학생만 물었다. 선생님이 "질문 있나?" 하면 모르는 아이들은 묻지 않았다. 공부 잘하는 아이가 질문했다. 그런 아이만 질문할 수 있다는 생각이 자연스럽게 굳어진 것이다.

　학교에 가는 목적은 알기 위해서 아닌가. 알려면 당연히 모르는 걸 물어야 한다. 질문은 학교 가는 이유다. 하기야 요즘 아이들은 엄마에게도 선생님에게도 묻지 않고 유튜브에 물어본다.

몇 년 전 방문한 이스라엘에서 질문하지 않는 학생은 선생님이 상담한다는 얘기를 들었다. 왜 그러는지 물었더니, 그런 학생은 아예 모르거나 학습 의욕이 없기 때문이란다. 그러면서 학생에게 이보다 더 심각한 문제가 무엇이냐고 내게 되물었다. 전 세계 인구 중 0.2퍼센트도 안 되는 유대인이 노벨상을 25퍼센트 가까이 차지한 이유가 질문하고 토론하는 '하브루타havruta' 수업과 당돌하고 뻔뻔하게 묻는 '후츠파chutzpah' 정신에 있다고 한다.

모르는 것을 들킬 때만 위험한 게 아니다. '그게 맞나?' '저래도 되나?' 하는 의문이 들 때도 위험하다. 고등학교 때 선생님이 어느 참고서를 소개했는데, 친구 한 명이 "선생님, 그 책 사라는 말씀이신가요?"라고 물었다. 선생님은 "너 이리 나와. 누굴 책 장수로 알아?"라며 버럭 화냈다. 그 친구는 한 시간 내내 맞았다.

학교뿐 아니다. 직장에서도 고개를 갸우뚱하면 안 된다. 상사 생각에 의문을 품거나 의심하는 사람은 충성심이 부족한 사람이다. 대차게 끄덕이면서 반응을 보여야 한다. '도대체 당신은 누구시기에 그렇게 고명한 생각을 하십니까?' 하는 생각으로 감탄을 금치 못해야 한다. 단 한 자도 놓치지 않겠다는 불퇴전不退轉의 각오로 받아 적어야 한다. 분위기와 흐름을 잘 읽어야지 묻는 건 하수다. 행간을 읽고 빈칸을 채워야 중수고, 시키지 않은 짓도 잘해야 고수다. 그래야 출세한다.

질문이 두려운 이유는 무엇일까. 모른다는 걸 들키기 싫어서다.

모르는 게 부끄러워 질문하지 않는다. 또한 나서기 싫어서다. 다들 궁금해하는 건 알겠는데, 그들을 대표해서 굳이 나서려 하지는 않는다. 누군가 질문해주겠지 하며 기다릴 뿐이다. 또는 질문받는 사람이 귀찮아하거나 답변을 못 해 난처해지지는 않을지 노파심에서 질문을 포기한다. 말대꾸하고 대드는 것으로 비칠까 봐서도 못 한다. 이런저런 이유로 우리는 질문하지 않는다.

다행히 나는 눈치가 빠른 편이라 묻지 않고도 알아채는 능력이 탁월하다. 질문이 없는, 아니 질문을 못 하는 사회에서는 나 같은 사람이 경쟁력 최고다. 나는 그 힘으로 기업 회장의 글을 쓰고 대통령의 글을 쓸 수 있었다.

물어야 쓸 수 있다

글쓰기를 힘들어하는 이유도 질문을 주저하는 우리 사회의 분위기와 무관하지 않다. 글쓰기는 스스로 묻고 답하는 과정이기 때문이다. '그게 언제였지?' '누구였더라?' '이것에 관한 내 생각은 뭐지?'라고 자기 자신에게 물을 수 있으면 쓸 수 있다. 일기 한 편을 쓰려고 해도 물어야 한다. '오늘 내가 뭐 했지?' 독후감이나 기행문도 물어야 쓸 수 있다. '이 책 내용이 뭐였지?' '여행 가서 뭐 했지?' 모든 글은 물음에서 시작된다. 묻지 않으면 쓸 수 없다. 결정적 질문이 글의 주제가 된다. 읽을 때도 물어야 한다. 생각한다는 것 자체가 질문이다. 사람은 묻는 만큼만 생각한다.

직장에서 쓰는 보고서는 내가 아는 것, 쓰고 싶은 것을 쓰는 게 아니다. 상사가 궁금해하고 알고 싶어 하는 것에 답해야 한다. "지금 어떻게 되어가고 있어?" "무슨 문제 없어?" "어떻게 해결해야 해?" "좋은 생각 없어?" 같은 질문에 답하는 게 보고서다. 사실 칼럼이나 소설, 개인적인 글도 모두 그렇다. 독자는 글을 읽다가 더는 궁금하지 않으면 읽기를 그만둔다.

글에서 독자가 기대하는 것은 별것 아니다. 알고 싶은 욕구의 충족이다. 모르는 사실을 알고 싶고, 남들은 어떻게 사는지 알고 싶다. 타인의 경험에서 지혜와 비결을 배우기 위해서다. 알고 싶은 또 하나의 이유는 공감이다. '남들도 다 이렇게 사는구나' '어쩌면 이렇게 내 처지와 심정을 잘 알까?' 하면서 위로받고 용기를 얻고 싶어서 읽는다.

글을 쓰기 전에 독자가 무엇을 궁금해할지 물어야 한다. 그러려면 평소에 끊임없는 질문 속에서 살아야 한다. 묻지도 않은 것을 쓰는 것은 가렵지 않은 데를 긁어대는 것처럼 의미 없다. 내가 던지는 질문은 주로 네 가지다.

❶ 모르는 것을 질문하라

나는 모르는 걸 못 견디는 편이라 열심히 검색창을 두드리거나 잘 아는 사람을 찾는다. 모르는 것을 알게 되면 기분이 좋고, 그래서 공부를 즐긴다.

❷ '왜'라고 물어라

나는 '무엇'과 '어떻게'보다 '왜'를 먼저 묻는다. 왜 책을 읽는지, 왜 결혼해야 하는지, 왜 사는지, 또는 지금 왜 이런 감정을 느끼는지 등등. 글을 쓰건 말하건 이유나 목적을 묻는다. '공부하는 이유와 목적은 무엇인가?' '술을 끊어야 하는 이유와 목적은 무엇인가?' '지금 우울한 이유는 무엇인가?' 등등. 이유와 목적이 부재한 일은 없으므로 세 개 이상 찾아내려고 시도한다. 그것만 찾으면 쓸 수 있다.

❸ 맞는지 반문하라

책에 나오는 얘기건 누가 한 얘기건 그냥 듣지 않고 그게 맞는지 되묻는다. 타성과 관성에서 벗어나 이의를 제기하고 문제점을 짚는다. 이러한 벗어남과 빗나감, 비딱함은 고대 로마의 철학자 루크레티우스가 말한 '클리나멘clinamen' 같은 것이다. 통념이나 고정관념에 맞서는 힘이다. 직장생활은 세 가지를 요구한다. 문제의 제기와 분석과 해결이다. 제기를 잘하면 까칠한 사람이 되고, 분석을 잘하면 똑똑한 사람이 되고, 해결을 잘하면 유능한 사람이 된다.

❹ 자문자답하라

어떤 것을 어떻게 생각하는지 스스로 묻고 답한다. 누군가 그것을 어떻게 생각하느냐고 물어오면 뭐라고 답할지 자기 자신에게 물어본다. 다시 말해 사색한다. 또한 '어느 게 옳은 일인가?' '이 일을 하는 게 맞나?' 묻는다. 즉 성찰한다.

내게 질문은 '알고 싶다는 것' 이상이다. 더 나아지고 싶다, 대충 살고 싶지 않다, 숙고하는 삶을 살겠다, 사람답게 살겠다, 아니 나답게 살겠다는 의지의 표현이다. 질문은 호기심을 자극하고 생각을 촉발하고 결국 나를 성장시킨다.

질문이 50개면 책이 한 권

질문으로 글을 써보자. 질문지를 작성하거나 직접 물어보거나, 둘 중 하나만 잘하면 된다. 쓰고자 하는 주제에 관해 궁금한 것의 목록을 작성해보자. 질문지가 만들어지면 답은 찾을 수 있다. 답은 인터넷에도 있고 내 머릿속에도 있으며, 모르면 아는 사람에게 물어보면 된다. 어떤 주제에 관해 50개 정도의 질문만 던질 수 있으면 책도 쓸 수 있다. 누군가와 인터뷰하고 그 결과를 글로 써도 좋다. 나는 사원과 대리 시절 사보와 사내방송을 담당하며 인터뷰를 많이 해봤다. 사람을 만나 질문하고, 그 대답으로 글을 썼다. 이러한 인터뷰 글쓰기는 그 자체로 남의 생각을 읽고 말을 알아듣는 훈련이 된다. 또한 질문으로 첫 문장을 시작하거나, 질문을 던지며 마지막 문장을 끝내보라. 글은 하나의 질문에 대한 답이다. 답을 몰라 못 쓰는 것이 아니라 질문을 못 해 못 쓴다.

대답만 잘하는 사람이 아니라 질문을 잘하는 사람이 되어야 한다. 받아 적는 사람이 아니라 의문을 품고 반문하는 사람, 문제를 풀기만 하는 사람이 아니라 문제를 내는 사람이 되어야 한다.

내게도 질문하지 않고 써야 했던 시절이 있었는데, 그때는 글쓰기가 재미없었다. 누군가가 낸 문제의 답을 맞혀야 했고, 남에게 맞춰 살아야 했기 때문이다. 모르는 걸 타인에게 묻지 않고 스스로 알아내야 해서 힘들었다. 또한 모르는 걸 아는 척하려니 스트레스받았다. 무엇이든 물어볼 수 있고 그것에 답을 얻을 수 있다면 답답하거나 불안할 일이 없다. 또 모르는 걸 알아가는 과정은 그 자체가 재미있다. 그런 점에서 가정, 학교, 직장에서 질문이 살아나야 한다.

나는 지금 다시 질문한다. 어떻게 하면 글을 잘 쓰고 말을 잘할 수 있는지, 말과 글의 본질, 말하기와 글쓰기의 원리는 무엇인지 묻는다. 연애 시절 이후 오랜만에 다시 행복한 질문을 찾았다. 말하기와 글쓰기를 더 공부하고 싶다. 그래서 아내에게 대학원에 가겠다고 했더니, "당신 제정신이야? 당신 나이가 몇인 줄 알아? 석사학위 받으면 환갑이야. 또 학위 받아서 뭐하게?"라고 한다.

"왜? 내 나이가 어때서?"

관찰
: 눈을 잘 써야 말과 글이 좋아진다

세상에는 '주목' 잘하는 사람과 '관찰' 잘하는 사람이 있다. 주목과 관찰은 무언가를 본다는 측면에서는 같다. 하지만 보는 대상이 다르다. 주목은 남이 보라거나 봐야 하는 데를 보는 것이고, 관찰은 내가 보고 싶은 데를 보는 것이다.

남이 만든 물건을 베끼거나 남이 간 길을 쫓아갈 때는 주목이 필요하다. 주목의 끝은 남이 보라는 대상을 이해하고 분석해서 그 지점에 이르는 것이다. 주목 능력을 다투는 경주에서는 한눈팔면 안 된다. 자기가 좋아하는 것이나 관심 있는 것이 있으면 불리하다. 오지랖이 넓으면 해롭다. 오직 보라는 것을 향해 좌고우면하지 않고 달려야 한다. 그러면 이길 수 있다. 하지만 새로운 것을 생산해내지는 못한다. 남이 가리키는 것에 도달할 뿐이다. 즐겁지도 않다. 마지

못해서 할 뿐이다. 학창 시절 공부가 재미없었던 이유도 여기 있다. 그때 공부는 주목하기 경쟁이었다.

엄마가 둘이 된 사연

"여기 주목!" 수업하러 들어온 선생님에게 늘 듣던 일성이다. 반응이 없으면 "눈 감아" 또는 "합죽이가 됩시다. 합!" 등이 이어서 들려온다. 그제야 조용해진다. 이때도 정신 못 차리고 창밖을 내다보고 있는 친구에게는 여지없이 분필이나 칠판지우개가 날아갔다.

어느 날 교련 선생님이 "너 앞으로 나와" 하고 나를 지목했다. 학교에서 '너 앞으로 나와'는 '너 좀 맞아야겠다'와 같은 말이다. 내가 먼 산을 보고 있었다는 게 이유였다. "복창해라. 나는 엄마가 둘이다." 의아해하는 내게 선생님이 친절하게 설명해주었다. "너는 딴데를 봤으니 엄마가 둘인 녀석이다. 나는 엄마가 둘이라고 외쳐라." 밑도 끝도 없었지만 목이 터져라 외쳤다. "나는 엄마가 둘이다! 나는 엄마가 둘이다!"

우리 세대는 보라는 데를 잘 보면 인정받았다. 선생님 말씀을 누가 더 잘 듣는지를 놓고 경쟁한 것이다. 자기 생각을 말하는 것으로 평가받지 않았다. 읽기와 듣기만 하면 자아가 형성되지 않고, 정체성도 만들어지지 않는다. 읽고 들은 내용은 내가 만든 것이 아니기 때문이다. 그런 사람이 사회 나와서도 잘 베끼고 잘 쫓아갔다. 우리는 너무 늦게 산업화를 시작했기에 앞선 것을 빠른 속도로 따라잡아야 했다. 그러기 위해 주의가 산만해서는 안 되고, 앞만 보고 달려야 했다. 주의력이 경쟁력이었고, 일사불란, 혼연일체가 미덕이었다. 한눈파는 건 반동 취급을 당했으며, 보라는 곳을 보는 것이 시대적 소명처럼 여겨졌다.

나도 선생님을 뚫어져라 보고 열심히 받아 적는 사람이었다. 나 같은 사람은 사회에 나가서도 상사가 가리키는 데를 보고, 시키는 일을 하는 유형이다. 경주마처럼 눈 옆을 가리고 정해진 경주로를 따라 조직이 가리키는 목표를 향해 질주했고, 그러면 입신양명할 수 있었다.

쇠사슬에 매인 코끼리

주목이 재미없는 이유는 첫째, 남이 보라고 하는 것과 자기가 보고 싶은 대상이 다르기 때문이다. 그러면 갈등이 생긴다. 누구에게나 신념이나 가치관이 있고, 자기 나름의 문제 해결 방식과 고유한 행동 방식이 있다. 이를 자신이 보는 방향, 즉 '관점'이라고 한다. 자신이 추구하는 방향이 조직이나 상사, 부모의 것과 다른데, 그것을 거부하지 못한다면 재미있을 수 없다.

둘째, 자기 생각과 다른 것을 따라가는 과정에서 생기는 부조화도 주목이 재미없는 이유다. 서로 다른 것을 맞춰가는 과정에서 불협화음은 불가피한데, 상대가 일방적이기까지 하다면 더욱 고통스럽다. 직장에서 상사가 "이렇게 고쳐라" "다시 써라" "왜 그렇게 말귀를 못 알아듣냐?"라고 나무라면 '자기 생각이 정답이야?'라는 생각에 속에서 열불이 난다. 하지만 맞춰가야 한다. 상사가 요구하는 수준에 이를 때까지는 압박과 불화가 계속된다. 직장에서는 이런 부조화를 조화로운 상태로, 상사가 요구하는 수준으로 바꿔가는 과정이 계속된다.

더 심각한 문제는 상사의 생각에 일관성이 없다는 것이다. 상사도 처음에는 답을 모른다. 부하가 써온 초안을 보다가 새로운 생각이 난다. 그것은 처음 지시할 때보다 발전된 생각이거나 다른 생각이다. 처음 말한 것과 다른 내용을 불러주면서 고치라고 한다. 이렇게 상사와 함께 실마리를 더듬어 답을 찾아가는 과정이 직장에서의 '일'이다.

이는 바로 윗선에서 그치지 않는다. 층층이 위로 올라가면서 좌충우돌한다. 팀장 생각 다르고, 부서장 생각 다르고, 임원 생각 다르다. 이처럼 일관되지 않은 생각을 정리하며 일의 완성도를 높여가는 게 직장에서의 글쓰기다. 물론 당하는 사람은 기분 좋을 리 없다. '어느 장단에 춤춰야 하는 거지?' 하는 생각에, 결국 목표는 "됐다"라는 소리를 듣는 것이 된다. 더는 생각하지 않는다. 상사의 수준이 80점이면 결과물이 80점에 이르렀을 때 생각이 멈춘다. 90점, 100점, 1000점을 넘보지 않는다. 몸집이 아무리 커도 다리에 묶인 쇠사슬의 길이만큼만 움직이는 코끼리 같다. 상사가 가리키는 지점만 보다가 그곳에 이르면 일을 멈춘다. 더는 없다. 처음에는 도망가려고 발버둥 쳤던 코끼리가 그것이 부질없다는 사실을 알게 된 후에는 쇠사슬을 끊을 힘이 생겨도 도망가지 않는 것처럼 말이다.

결국 손해 보는 것은 조직과 상사다. 상사는 자기 수준 이상의 결과물을 얻어내지 못한다. 기껏해야 본전치기다. 조직도 상사 수준 이상으로 발전하지 못하고 정체된다. 상사가 자기 수준 이상의 생각을 못 하도록 가로막고 있기 때문이다. 그런데 더 심하게 가로막는 상사일수록 조직에서는 더 능력 있다고 인정받는다. 상사가 보는 방향과 다른 곳을 보는 사람이 있어야 상사를 보완할 수 있고, 상사가 놓친 것을 챙길 수 있으며, 서로 다른 것들을 섞어 새로운 것을 만들어낼 수 있을 텐데 말이다.

세계를 이해하는 관찰의 힘

관찰은 보고 싶은 것을 찾아 두리번거리고 기웃거리는 것이다. 인간은 자기가 진짜 보고 싶은 것을 찾았을 때 저도 모르게 몰입한다. 신선놀음에 도낏자루 썩는 줄 모른다는 말이 있다. 어린아이가 마당에서 놀다가 우연히 개미를 발견하면 온종일 그것만 쳐다본다. 거의 흥분 수준이다. 만약에 엄마가 개미만 보고 있으라고 시켰다면 가능한 일이겠는가.

본시 인간은 보는 것을 좋아한다. 보는 것을 좋아하지 않은 인간은 잡아먹히거나 굶어 죽었다. 그러니 살아남아 있는 인간은 보는 걸 좋아하는 존재인 것이다. 원시 시대에는 높은 곳에 올라가 멀리 내다본 사람일수록 생존 확률이 높았다. 아파트 높은 층을 선호하는 것도 이런 인간의 본성과 관련이 있다고 한다. 특히 우리 민족은 불구경, 싸움구경, 장터구경 등등 '구경'하는 것을 좋아한다.

왜 그럴까. 모든 사람은 세계의 부분만을 체험하기 때문이다. 체험하지 못한 세계는 자신의 경험으로 미루어 짐작할 뿐이다. 그러다 보니 편견과 오해, 선입견과 고정관념을 품을 수밖에 없다. 경험하지 않은 세계를 아는 길은 관찰뿐이다. 관심을 두고 들여다보면 거기에 오묘한 세계가 있다. 알면 알수록 더 궁금해지고, 파면 팔수록 더 깊어지는 또 다른 세상이 있다. 보고 싶은 데를 보면 보이는 모든 것이 '글감'이 된다.

우선 눈앞에 보이는 것을 묘사해보자. 현상, 현황, 상황을 상세하게 서술해보자. 사실대로 현장감 있게 쓰고 의미를 강조해보자. 사건, 사물을 보이는 대로 쓰고, 사람의 심정, 처지, 사정을 헤아려 쓰고, 현상의 이유, 원인, 전망을 분석해 쓰자. 글은 자신의 시선이고, 관점과 해석이며, 감상이다. 길들지 않은 자신의 날것을 글로 쓰자.

보는 방식은 다양하다. 깊게 들여다보면 본질, 원리를 알게 된다. 이런 글은 주제로 직행한다. 단도직입적으로 'OO은 무엇이다'라고 규정할 수 있다. 멀리 내다보면 예상, 전망, 예측이, 꾸준히 보면 추세, 추이가 담긴 글을 쓰게 된다. 넓게 보면 동서고금을 넘나들게 되며, 오래 보면 보듬고 사랑하게 된다. 유홍준 교수 말대로 사랑하면 알게 되고 알면 보이나니, 배경과 맥락을 뛰어넘고, 취지와 의도를 뛰어넘어, 속셈과 저의까지 쓸 수 있게 된다. 꼼꼼하게 보면 놓치는 것이 없고, 구조적으로 보면 전체를 조망할 수 있다. 자세히 보면 묘사를 잘하게 되고, 남의 삶을 잘 들여다보면 서사에 능하게 된다. 보이지 않는 걸 보고자 하면 상상력이 풍부한 글을 쓸 수 있다. 낯설게 보면 직관이, 헤아려 보면 감성이, 자기 자신을 보면 성찰이 담긴 글이 나온다.

또한 통념을 뒤집어 보면 통찰이 나올 수 있고, 남과 다르게 보면 나만의 시각으로 쓸 수 있다. 주관적으로 보느냐 객관적으로 보느냐, 부정적으로 보느냐 긍정적으로 보느냐, 현실적으로 보느냐 이상적으로 보느냐에 따라 달리 보인다. 같은 제품을 두고도 생산자 관점에서 보느냐 소비자 관점에서 보느냐에 따라 평이 달라진다.

김대중 대통령은 여러 각도에서 보려고 했다. 그렇게 본 결과를 '첫째, 둘째, 셋째'로 정리했다. 노무현 대통령은 '인과관계'를 따져서 보려고 했다. 어떤 일이 벌어지면 그 이유와 원인을 따져보고, 그 일이 미칠 영향과 파장, 꼬리에 꼬리를 물고 따라올 일들을 모두 따져본 후 글을 썼다.

나의 보는 방식은 '기웃거림'이다. 당사자로서 정색하고 보면 오히려 생각이 안 난다. 기업에서 일할 때 회장이 무언가를 질문하면 종종 머릿속이 하얘졌다. 더 나은 것을 찾아서 말하려는 욕심과 이렇게 말해도 괜찮은지 되묻는 검열이 자유로운 생각을 가로막은 것이다. 회장실을 나와 내 자리로 돌아오는 길에서야 생각났다. '아, 이렇게 말했으면 됐는데……' 하고 뒤늦게 후회했다. 장기 훈수하듯 남 일처럼 비켜서서 볼 때 훨씬 생각이 잘 난다는 사실을 그렇게 알았다.

나는 누군가 이미 해놓은 일을 보면 그때야 '나도 저 정도는 할 수 있는데, 왜 그렇게 못 했을까?' 자책한다. 그래서 언제부터인가 마치 방관자처럼 내 일이 아니라고 생각하고 넌지시 본다. 경쟁사가 무엇을 했을 때 내 배가 아플지, 내가 무엇을 하면 경쟁사가 타격을 입을지 예상해본다. 맡겨진 일의 해법을 찾지 못할 때도 내 후임자라면 이 일을 어떻게 해결할지 생각해본다. 글을 쓸 때도 내 주장의 반대편에 서 있는 사람을 생각해본다. 그는 내 의견에 어떻게 반론할지 생각하고 그 반론에 재반론해본다.

나만의 글, 나다운 글

관찰하는 사람은 두 갈래 길로 나아간다. 하나는 자신의 콘텐츠를 발견하는 길이다. 일과 관계 속에서 자신이 남보다 잘하는 것을 찾아 심취한다. 관심 있는 것을 찾아 관찰하다 보면 자기만의 관점이 만들어지는데, 이러한 관점이 자신의 콘텐츠가 된다. 다른 하나는 자기만의 이야기를 만드는 '탐험의 길'이다. 부모님과 선생님은 이 길을 가려는 자식이나 제자를 걱정한다. "너 커서 뭐가 되려고 그러냐? 진득하게 한 우물을 파야지. 왜 그렇게 한곳에 정착을 못 해?" 하지만 이런 모험과 방황, 유목이 이야기를 만든다. 자기만의 이야기다.

　앞으로는 콘텐츠와 이야기를 가진 사람의 세상이 될 것이다. 당장에도 자기 콘텐츠를 만들고 이야기를 쌓아가는 사람이 조직에도 이바지한다. 창의와 혁신으로 '대박'을 안겨준다. 글에서도 콘텐츠와 이야기가 양대 축이다. 글은 관심 있는 콘텐츠와 자기만의 이야기로 쓴다.

보고 싶은 데를 보고 글을 쓰면 정신 건강에도 좋다. 우리 뇌는 생각과 행동이 어긋나고, 감정과 표현이 일치하지 않을 때 힘들어한다. 자신이 보고 싶은 데를 보고 쓰면 모든 게 일치한다. 주목이 아닌 관찰로 쓸 때 가장 자기답다. 그뿐 아니라 자신의 심정과 처지를 스스로 알아줌으로써 억울함과 외로움에서 벗어나게 해준다. 그래서 글은 언제나 자기편이고 자기 자신을 치유한다.

연애 시절 아내와 만나면 아무 버스나 타고 무작정 종점까지 갔다. 낯선 곳에 내려서 만나보는 모든 게 새로웠다. 배를 타고 섬에도 가고 싶었지만, 아내 반대로 그러지 못했다. 그때만 해도 아내는 어리고 순진했다. 나는 이미 어른이었고.

공감 능력
: 마음이 통해야 소통이다

고등학교 시절 기말고사를 앞둔 월요일, 친구에게 이렇게 말했다. "어제 종일 텔레비전만 봤어." 사실이 아니었다. 실은 공부했다. 친구가 일요일에 공부하지 않고 놀았다며 속상해하기에 내 나름대로는 배려라고 생각했다. 그러나 진실이 아니었다. 나는 그렇게 웅숭깊지 않았다. 분명히 그 말에는 친구를 방심하게 할 속셈이 들어 있었다.

과도한 경쟁심 탓에 우리는 공감 능력을 잃어가고 있다. 학교에서의 공부는 주로 읽기와 듣기였다. 읽기와 듣기는 남의 것을 내 것으로 만드는 '소유 행위'다. 쓰기와 말하기는 내 것을 남에게 나눠주는 '공유 행위'다. 학교에서는 읽기와 듣기를 많이 해서 자기 소유를 늘리는 친구가 우등생이 되었다. 일종의 소유 경쟁이었다. 우리의 공부는 협력을 잘하기 위함이 아니라 경쟁을 잘하기 위함이요, 우리의 교육은 경쟁 잘하는 사람을 키우기 위함이었다.

공감 능력 죽이는 사회

경쟁 사회에서는 인정사정 보지 않고 물불을 가리지 않아야 한다. 주어진 일은 어떻게든 완수해내야 이길 수 있다. 공감 능력이 없을수록 경쟁에 유리하다. 공감 능력 있는 사람은 자기 시간을 남을 위해 쓴다. 협력 분위기를 만들고 남이 일할 수 있게 도우면서도 자기 앞가림은 잘하지 못한다. 주변에서 그런 사람을 보면 혀를 차며 안타까워한다. "저 친구, 사람은 참 좋은데……."

회사에서 공감 능력과 인사고과는 반비례한다. 공감 능력이 좋을수록 인사고과는 좋지 않다. 왜 그럴까? 내일까지 해야 할 업무가 있다고 치자. 동료가 퇴근 후에 술 한잔하자고 한다. "안 돼. 상사가 지시한 일이 있어." 이렇게 단칼에 거절하는 친구와 "무슨 일 있어? 내일까지 해야 할 일이 있긴 한데……. 그럼 맥주 딱 한 잔만 할까?" 하며 따라나섰다가 사무실로 돌아오지 않는 친구가 있다면, 누가 인사고과를 잘 받을지는 자명하다.

과도한 경쟁과 함께 공감 능력을 없애는 또 하나의 요인은 사회의 불공정성이다. 사람은 누구나 이기적이다. 이런 이기적 인간이 남을 신경 쓰고 돕는 이유는 그것이 내게도 이익이 되기 때문이다. 내가 남을 도우면 남도 나를 도울 것이라는 믿음이 있어서다. 그러나 불공정한 사회에서는 이런 믿음이 물거품이 된다. 주는 대로 돌려받지 못한다. 가진 사람이 더 갖고, 주는 사람은 바보 취급당한다. 바보 되기 싫은 사람들이 너도나도 자기 앞가림부터 하기 시작한다. 다른 사람은 어떻게 되건 말건 나부터 살고 보자는 심리가 팽배해진다. 결국 공감 능력 상실이란 결과를 낳는다.

공감 능력 상실은 정신 건강에도 해롭다. 자신을 타인과 연결하고 세계로 확장하는 공감 능력이 없으면 고립된다. 내 것 챙기기에 급급하고, 갈수록 마음이 황폐해진다. 나아가 모든 사람이 경쟁 상대이자 비교 대상이 된다. 지고는 못 배긴다. 배고픈 건 참아도 배 아픈 건 못 참는다. 남의 불행이 내 행복이 된다. 자신도 모르는 사이 사이코패스가 되어간다.

그럼에도 공감이 필요한 이유

공감은 측은지심에서 출발한다. 사람은 누구나 안되어 보이는 사람을 보면 마음이 짠해진다. 타인의 어려움을 외면하지 못한다. 사람이면 누구나 품는 보통의 마음이다. 우리 뇌에는 거울신경세포가 있기 때문이다. 인간은 감정 이입과 역지사지를 가능하게 하는 공감 회로를 갖춘 채 태어난다. 하지만 발달 정도는 사람마다 다르고, 따라서 공감 능력에도 수준 차이가 있다.

가장 기본적인 것은 딱한 사람을 불쌍히 여기는 연민이다. 다음은 구제다. 힘든 사정을 외면하지 않고 정신적·물질적 도움을 준다.

지하철에서 물건 파는 할아버지를 만난 적이 있다. 휴대전화를 자동차 유리에 붙이는 제품을 1000원에 팔고 있었다. 어떤 아주머니가 물었다. "그 옆에 있는 물건은 안 파세요?" "바늘에 실 꿰는 이거요? 이전에 팔던 것이고 이제는 안 팝니다." 답변이 너무 단호하다고 생각했는지 할아버지가 되물었다. "혹시 이것 필요하세요?" "네, 돈 드릴 테니 있는 대로 주세요." 스무 개는 족히 되는 듯싶었다. 아주머니는 지갑에서 달랑 1000원짜리 석 장을 꺼내 들었다. 그런데 3000원을 받아든 할아버지가 "파는 물건도 아닌데 2000원만 받겠습니다. 이것도 제게는 공돈입니다. 고맙습니다"라며 1000원을 돌려주는 것이 아닌가. 나는 이유 없이 울컥했다. 연민과 구제는 가진 것 없는 사람의 몫인가. 나는 죽었다가 깨어나도 흉내조차 못 낼 일이었다.

여기서 더 나아가면 사회적·구조적 차원이다. 정의감과 공동체 의식이 바로 그것이다. 길거리 노숙자에게 보이는 반응은 사람마다 다르다. 불결하다고 피해 갈 수도 있고, 딱하다는 생각에 걸음을 멈추고 눈길을 줄 수도 있다. 다만 얼마라도 적선하는 사람도 있고, 노숙인 쉼터나 무료 급식 등 국가 차원의 대책을 촉구하는 사람도 있다. 제도적으로 더욱 근본적인 도움을 주려고 노력하는 게 최고 수준의 공감일 것이다.

공감에서 비롯된 정의감을 발견하는 일은 어렵지 않다. 나는 지하철이나 버스에서 술 취한 사람이 힘없는 여성을 괴롭히고 있으면 취객의 행패가 내게 미칠까 봐, 또는 나서지 못하는 내가 비겁하게 보일까 봐 조용히 자리를 피한다. 그런데 나와 달리 나서는 사람이 꼭 있다. 취객을 저지하고 여성을 자기 등 뒤로 안전하게 피신시켜 주는 정의로운 사람이다.

공동체 의식이 특별한 것은 아니다. 학급에 이런 친구가 한 명 정도는 있었다. 성적 나온 날 집에 가서 큰일이라도 난 것처럼 엄마를 찾는다. 엄마가 눈을 휘둥그레 뜨며 "오늘 성적 나오는 날이지. 어떻게 됐어?"라고 물으면 이렇게 말한다. "엄마, 놀라지 마." 엄마의 기대감이 폭발한다. "우리 반에서 전교 1등 나왔어. 놀랍지?" 기대를 한 방에 무너뜨리는 말을 의기양양하게 하는 자식을 보며 엄마는 복장이 터진다. 엄마를 속 터지게 하는 이런 친구야말로 공감 능력의 화신이다. 전교 1등의 기쁨이 자신의 기쁨이요, 학급의 영광이 자신의 광영이다. 자기가 전교 1등이 나온 학급의 일원이라는 사실이 자랑스럽기 그지없다. 자기 자신과 학급을 일체화한다. 이런 친구는 사회에 나와서도 타인과의 유대감이 높고, 조직이나 나라가 어려워지면 뭔가 도움이 되려고 팔을 걷어붙인다. 사회를 걱정하고 세상을 사랑한다. 공동체 의식이 있는 것이다.

공감 능력은 곧 창의력이기도 하다. 사람을 이해하지 못하는 사람, 사람에게 관심과 애정이 없는 사람은 다른 사람이 필요로 하는 것을 만들 수 없다. 사람들이 왜 힘들어하고 무엇을 필요로 하는지 모르는데, 어떻게 그들을 위한 것을 만들어낼 수 있겠는가. 아니, 그럴 마음이 있기나 하겠는가. 그것이 제품이건 서비스건 제도건 정책이건 말이다. 글은 말할 것도 없다. 사람의 심정과 사정을 헤아리지 못하는 사람이 어떻게 다른 사람의 고민에 공감하고 그들을 위로하는 글을 쓸 수 있겠는가.

공감 능력은 또한 소통 능력이다. 다른 사람의 눈으로 생각하고 바라보는 역지사지의 능력은 소통의 필수 요건이다. 소통이 필요 없던 시절에는 공감 능력도 불필요했다. 그저 지시하고 명령하면 되었다. 지도력이라는 미명하에 그것을 잘하는 사람이 지도자가 되었다. 지금은 다르다. 상대의 관점에서 생각하고 그 처지를 이해하려고 노력해야 한다. 그러지 않으면 불통이 된다. 그런데 글쓰기야말로 독자와의 소통이다. 글은 썼다고 끝나는 게 아니다. 독자의 반응이 글의 완성이다. 공감 능력이 있는 작가는 독자의 반응을 실시간으로 느낀다. '무슨 말을 듣고 싶어 할까?' '무엇을 궁금해할까?' '이렇게 쓰면 독자가 알아들을까?' '재미있어할까?' '지루해하진 않을까?' 등을 생각하며 쓴다. 이는 반응이 좋은 사람을 앞에 두고 말하는 것과 같다. 하지만 공감 능력이 부족한 작가는 벽에 대고, 또는 무표정한 사람을 앞에 두고 말하는 것처럼 쓴다. 그렇게 하면 글감도 생각나지 않을뿐더러 좋은 글을 쓰기도 어렵다.

쓰기 위해 공감하라

쓰기는 대상에 공감하는 과정이다. 쓰려면 우선 이해해야 한다. 이해의 대상에는 처지, 사정 같은 이성 영역과 심정, 마음 같은 감성 영역이 있다. 이 둘을 이해한 상태를 '공감'이라고 한다. 사람, 사물, 사건, 삶에 공감하는 정도, 즉 정서적 감응력이 글의 수준을 결정한다. 시인은 '대추 한 알'과 '연탄재'에 공감한다. 소설가는 '성웅 이

순신'이나 '82년생 김지영'이 되기도 한다. 독자가 공감하는 글을 쓰기 위해서는 자신부터 대상에 '빙의'해야 한다. 독자를 대신해 어떤 대상이 되어 쓰는 게 글이기 때문이다.

글은 독자를 향한 공감의 산물이기도 하다. 독자의 심정과 사정을 읽고 그것을 건드려야 좋은 글이다. 그런 글을 읽으면 절로 "이 글 공감이 간다" 하고 반응한다. 하물며 보고서 하나를 잘 쓰려고 해도 공감 능력이 필요하다. 상사의 관점과 처지를 읽어야 그의 마음에 드는 보고서를 쓸 수 있다.

독자의 공감을 불러일으키지 못하는 경우는 세 가지다. 첫째, 자신의 머릿속에 들어 있는 그림을 글로 완전하게 표현하지 못했을 때다. 독자는 불완전한 글을 보고 작가의 생각을 미루어 짐작한다. 하지만 추측에는 한계가 있어서 작가의 의도와 독자의 반응이 일치하지 않게 된다. 그렇게 되면 독자가 공감하지 못한다. 둘째, 작가와 독자의 수준에 차이가 있거나, 서로의 경험이 달라 작가의 말에 독자가 공감하지 못할 때다. 이런 경우 작가가 무엇을 말하려고 하는지는 중요하지 않다. 독자가 어떻게 읽었는지가 중요하다. 셋째, 독자가 어느 지점에서 공감하는지 모르고 썼을 때다. 독자를 제대로 읽지 못한 것이다.

그렇다면 독자는 어떤 내용에 마음이 움직이고 공감하게 될까. 나는 상대방이 내 편이라고 느껴지면 마음이 쉽게 움직인다. 사실 이것만 있으면 다른 건 모두 눈감아줄 수 있다. 내 글에 공감하게 하려면 '내가 너와 같은 편'이라는 믿음을 주면 된다. "우리가 이런 공통점이 있다"라고 말하는 것이다. 그것이 취향이건 성향이건 지향이건 말이다.

누군가 내 힘든 처지와 심정을 알아줄 때도 공감한다. "너 지금 이러이러해서 얼마나 힘들어. 내가 그 마음 잘 알아"라고 위로하면 '어쩌면 이렇게 내 처지를 잘 알까?' 하는 생각에 마음이 절반 이상 넘어가 버린다. 이처럼 상대가 나의 기쁨이나 슬픔, 억울함이나 분함에 동감해주면 마음이 움직인다. 그러나 생각만큼 쉽지 않다. 관심이 필요하다. 알아야 공감해줄 수 있다. 진심으로 하는 말인지, 입에 발린 소리인지는 독자가 금세 알아차린다.

쓰면 공감 능력이 달라진다

이처럼 공감 능력이 있어야 글을 잘 쓸 수 있지만, 동시에 공감 능력을 키우는 것 또한 글쓰기다. 평소 미워하는 사람에 관해 써보라. 그러면 그 사람을 이해하게 된다. 이는 마치 미워하는 사람의 집을 방문하면 미워할 수 없는 사람을 발견하게 되는 것과 같다. 가족들과 함께 있는 그에게서 내가 미워했던 모습은 찾아볼 수 없다. 한 집안의 가장으로서의 그를 보면 형편이나 상황을 이해하게 된다. 또한 미워하는 사람에 관해 쓰고 읽어보면 글 안에 있는 사람이 바로 자기 자신이라는 사실을 깨닫는다. 그 사람처럼 하고 싶은데, 그러지 못해 미운 것이다. 글을 쓰다 보면 결국 미워하던 그를 보듬어 안게 된다.

독서도 공감 능력을 키워준다. 시는 감정의 이입과 전이 감각을 키워준다. 소설도 등장인물의 삶에 빠져듦으로써 사람을 이해하는 힘을 길러준다. 글을 읽을수록 타인에 대한 배려가 생기고, 약자와 소수자에 대한 편견이나 고정관념이 줄어든다. 시나 소설 등 문학에 관심이 적은 사람은 인터뷰 기사를 읽으면 좋다. 3분 정도 시간 내서 읽으면 한 사람의 수십 년 인생을 얼기설기 더듬어볼 수 있다. 대부분의 이야기에는 조력자가 등장한다. 홀로 선 사람은 아무도 없다. 이런 이야기에서 타인을 헤아리는 것이 종국에는 자신에게 이익이 된다는 사실을 알게 된다. 그리고 내가 먼저 손을 내밀 때 타인도 그럴 것이라는 믿음을 키울 수 있다. 이처럼 읽고 쓰는 것이 공감 능력을 잃지 않는 길이다.

읽기 싫으면 영화나 드라마를 보거나 1년에 한두 번은 연극이나 뮤지컬에 도전해보는 것도 좋다. 이것도 싫으면 사람과 만나 대화라도 해야 한다. 자주 만나는 모임이 있고 이들과 가끔 여행할 수 있다면 더없이 좋다. 특히 듣는 노력이 중요하다. 다 듣고 난 후 "아프냐? 나도 아프다"라고 말해보라. 분위기가 오그라들어 관계가 아예 끊기든지, 전에 없이 돈독해지든지 할 것이다. 아마도 후자일 가능성이 크다. 공감해주는 이를 멀리할 사람은 없다.

통찰
: 적은 노력으로 얻는 최고의 효과

《대통령의 글쓰기》를 쓰고 나서 난생처음 강의를 시작했다. 나름 준비한다고 블로그를 만들어 이런저런 생각을 메모했다. 메모가 쌓여갈 즈음 새로운 경험을 하게 되었다. 길을 걷거나 운전하다가, 화장실이나 지하철에서 불현듯 생각이 떠올랐다. 이전에는 거의 없던 일이다. 특히 잠들기 전에 생각이 잘 났다. 반신욕을 할 때는 주체할 수 없을 만큼 생각이 솟구쳤다. 이때 떠오르는 생각이 '통찰' 아니었을까.

재능이 아니라 노력

통찰은 거창한 게 아니라고 생각한다. 영화관에 들어가면 처음에는 사방이 깜깜하지만, 조금 지나면 주변이 분간된다. 낯선 동네에 가면 동서남북이 분간되지 않는 '깜깜이' 상태인데, 이곳저곳 돌아다니다 보면 어느 순간 전체 지리가 파악된다. 그림 퍼즐을 맞출 때도 전체 윤곽이 보이기 시작하는 시점이 있다. 바로 그때가 통찰의 순간이다.

글을 쓰려면 전체를 부분으로 분해하는 '분석력'과 부분을 전체로 종합하는 '통찰력'이 필요한데, 쓰다 보면 글의 흐름과 방향이 잡히면서 '이렇게 쓰면 되겠구나' 하는 때가 온다. 이때부터 글쓰기에 속도가 붙는다. 물론 처음부터 이런 생각이 떠오르는 경우도 있다. 작가들은 이를 '뮤즈', 즉 영감을 주는 여신이 찾아왔다고 표현한다. 하지만 뮤즈가 찾아오지 않는다고 불평하거나 초조해할 필요는 없다. 처음부터 떠오르지 않더라도 언젠가는 온다. 별안간 머릿속에 훤하게 불이 들어오는 순간이 반드시 온다. 이게 오지 않으면 누구도 쓸 수 없다. 글은 생각이 떠올라야 쓸 수 있기 때문이다. 나의 글쓰기는 이 순간을 향해 나아가는 여정이다. 그 이전까지는 암중모색할 뿐이다.

이런 순간은 갑자기 찾아오므로 마치 하늘에서 떨어진 것처럼 느껴진다. 과연 그럴까. '직관'은 그럴 수 있다. 경험이 풍부한 사람은 그런 직관이 순간적으로 온다. '척 보면 안다'는 직관은 유사한 사례를 많이 경험한 결과다. 남다른 안목과 식견으로 앞을 내다보는 '혜안'도 비슷하다. 직관이나 혜안은 단기간의 노력으로 갖출 수 없다. 적어도 내 경험으로는 그렇다. 하지만 통찰은 다르다. 마음만 먹으면 적은 노력으로도 누구나 지닐 수 있다.

무언가에 푹 빠져들 때

자기만의 관심사를 찾는 게 먼저다. 특별히 좋아하고 즐기는 분야나 주제가 있어야 한다. 드라마 〈미생〉의 주인공에게는 '바둑'이 그것이고, 백종원 대표에게는 '음식과 요리'가 그것이다. 나의 관심 분야는 글쓰기에 관해 말하고 쓰는 것이다. 하지만 글쓰기에만 머물지는 않는다. 단단한 돌멩이를 눈밭에 굴리면 눈덩이가 되듯 글쓰기는 말하기, 소통, 지도력 등으로 확장된다. 나는 글쓰기로 세상을 보고 해석한다. 글쓰기가 나와 세상을 연결해주는 다리다. 노래 경연을 펼치는 텔레비전 예능 프로그램을 보면서 글쓰기와 노래를 연결한다. 산에 오르면서 등산이 글 쓰는 과정과 다르지 않음을 깨닫는다. 글쓰기가 세상을 보는 나만의 생각 거점이 된다. 책을 읽을 때는 물론이고 남의 말을 듣거나 술을 마시다가, 또는 꿈속에서 난데없이 생각난다. 생각이 생각을 불러오는 와중에 어느 순간 통찰이 생긴다. 이처럼 통찰은 관심 있는 특정 분야나 주제에서 비롯된다. 관심사가 없는 사람에게 통찰은 찾아오지 않는다.

관심 분야가 있는 것에 그쳐서는 안 된다. 그것은 필요조건에 불과하다. 충분조건을 갖춰야 한다. 자신의 관심 분야에서 성취하고자 하는 꿈과 목표가 그것이다. 컴퓨터게임이 관심 분야라면 그것으로 달성하고자 하는 꿈과 목표가 있어야 한다. 세계적인 게이머가 되겠다든지, 대한민국의 게임 산업을 한 단계 끌어올리겠다든지 하는 것 말이다. 그랬을 때 관심사는 자신의 화두이자 필생의 과업이 된다. 충분조건이 갖춰지지 않은 관심사는 단지 취미에 불과하다. 자칫 몰입이 아닌 중독에 빠지게 된다.

관심 분야가 있고 그것으로 이루고자 하는 꿈이 있으면 공부를 시작한다. 머릿속에 온통 그것밖에 없다. 통찰이라는 꽃을 피우기 위해 공부로 씨를 뿌린다. 그 시간을 즐거워하는 공부중독자가 된다. 그럼으로써 관심 분야를 누구보다 많이 알아 그 분야에 자신 있는 사람이 된다.

비로소 내 것이 만들어진다

나아가 공부한 것을 '자기화'하는 과정을 밟는다. 머리에 입력했다고 다 자기 것이 아니다. 자기 것으로 만드는 방법은 사유와 사색, 비판과 반론이다. 공부한 내용을 연결, 결합, 융합해보는 사유와 사색의 시간을 거쳐야 한다. 공부한 내용을 반론, 비판, 반박, 비평해봐야 한다. 요약하는 건 기본이고, 요약한 내용을 평가하기까지 해야 자신의 의견, 생각이 된다. 칼럼 한 꼭지를 읽으면 자기 생각을 한 줄이라도 정리하고, 강의 30분을 들으면 자기 의견을 한마디라도 건져 올려야 한다. 생각을 놓고 있으면 안 된다. 생각을 챙겨야 한다.

건져 올린 내용은 반드시 메모한다. 메모하는 이유는 두 가지다. 메모할 생각을 던져준 자신의 뇌에 감사를 표하기 위해서다. 그래야 또 던져줄 테니까. 다른 이유는 말하고 글 쓰는 데 사용하기 위해서다. 써먹지 않으면 뇌는 생각을 던져주지 않는다. 사용하지 않을 것을 힘들게 생각해서 던져줄 이유가 없다.

그래서 더더욱 말해봐야 한다. 말했을 때 뇌는 공부하고 메모한 이유를 비로소 알게 된다. 그러면 공부도 더 하고, 메모할 거리도 더 던져준다. 또한 말함으로써 자기 것이 만들어졌는지 확인하고, 그것을 더 발전시킬 수 있다. 말할 수 있는 것만 자기 것이다. 말할 수 있을 만큼 알아야 하고, 말하고 싶을 정도로 빠져야 한다. 그것을 말할 때 가장 행복하고, 온종일이라도 말하고 싶어야 한다. "또 그 얘기냐?" "그것 말고 할 말이 없냐?" 만나는 사람마다 이런 소리를 하는 정도가 되어야 한다.

여기에 더해 현실에서 풀어야 할 숙제, 자신이 응답해야 할 소명이 있어야 한다. 통찰이 필요한 문제나 사건, 사태가 존재해야 한다. 그것이 간절하고 절박할수록 좋다. 필요하지 않은 통찰은 일어나지 않는다. 장마철에 비를 오게 하는 방법을 찾을 리 없고, 관련한 통찰이 일어날 턱이 없다. 결국 스스로 문제를 발굴하고, 의제나 과제를 선정하는 사람이 통찰력을 갖출 확률이 높다.

위대한 깨달음을 향해

끝으로 통찰이 잘 일어나는 환경에 자신을 놓아야 한다. 나는 카페에서 노닥거리거나 지하철에서 넋 놓고 있을 때, 산책하거나 강의를 들을 때 '아하!' 하고 통찰을 얻는다. 이때 찾아오는 통찰은 여러 모습이다.

1. 조각들이 맞춰지며 전체 윤곽이 종합적으로 파악된다. '그래, 이것이구나' 하며 본질이나 원리, 이치를 깨닫는다.
2. '이것과 저것이 연결되는구나' 하며 사태나 사건을 일으킨 구성요소 사이의 인과관계를 재구성한다. 그럼으로써 새로운 관점을 얻는다.
3. '그때 그래서 그랬구나' 하며 모르고 지나쳤던 일의 의미나 배경, 맥락을 이해한다.
4. '이러면 되겠구나' 하며 해법이나 대안을 찾고, 문제의 원인과 이유를 깨닫는다.
5. '앞으로 이렇게 되겠는데' 하며 예상하고 전망하거나, 유추하고 추론하기도 한다.

통찰은 세 종류의 울림을 준다. 먼저 망치로 머리를 한 대 맞은 것 같은 깨달음이 오는 경우다. 주로 머리로 온다. 이런 때 기쁨과 생의 활력을 얻는다. 다음으로는 가슴에 손이 올라가는 경우다. 이런 깨우침은 양심으로 온다. 반성하고 사과하고 감사하게 한다. 끝으로 꿈을 만들어주는 깨달음이다. 평생에 한두 번 있을까 말까 하지만, 그것으로 인생의 행로가 바뀌기도 한다. 위대한 깨달음이다.

누구에게나 통찰은 찾아온다. 82억 인류는 저마다의 통찰력을 갖추고 있다. 그것을 얼마나 벼리느냐에 따라 그 수준이 달라질 뿐이다. 나는 오늘도 글쓰기에 관한 통찰을 얻기 위해 읽고 생각하고 말한다. 지금 통찰력에 관한 이 글을 쓰면서도 통찰의 순간을 맛봤다. 유레카!

비판적 사고
: 주체적인 인생을 살기 위하여

누구나 이중고를 겪는다. 내가 아는 나보다 나아야 하고, 남이 만족하는 나로 살아야 한다. 나를 치장하기도 바쁜데, 내가 나를 속이기도 바쁜데, 남의 비위를 맞춰가며 남까지 속이며 살아야 한다. 남의 눈치 안 보고, 남에게 잘 보이려 하지 않고, 있는 그대로 나답게 살고 싶은데 그게 녹록지 않다.

1990년 신입사원 때 첫 번째 맡겨진 일이 대우증권의 역사를 책으로 쓰는 일이었다. 괴발개발 썼는데도, 어찌저찌 완성하고 나니 나는 책을 쓴 사람이 됐다. 내가 아는 나는 글을 못 쓰는데, 사람들은 내게 글을 잘 쓴다고 했다. 그런 연유로 김우중 회장의 글을 쓰게 됐고, 김우중 회장의 글을 썼다는 이유로 김대중 대통령의 글을 쓰게 됐다. 노무현 대통령의 글을 쓸 기회도 그렇게 주어졌다. 이 과정에서 실제 내 글쓰기 실력을 아는 사람은 없었다.

　나 자체는 중요하지 않았다. 남들이 나를 어떤 사람으로 아느냐가 중요했다. 나에 대한 남들의 인식과 평가가 나의 행로를 결정했다. 남들이 나를 인정해주면 나는 잘될 수 있었고, 그러지 않으면 잘될 수 없었다.

우리는 모두 두 명의 나와 싸운다

누구나 두 명의 내가 있다. 그 하나는 내가 아는 나고, 다른 하나는 남들이 아는 나다. 이 둘은 일치하지 않는다. 나는 내가 아는 나보다 남들이 아는 내가 더 나았다. 아내는 다르다. 자기가 아는 자신보다 남들이 알아주는 자신이 낫지 않다. 그건 당연하다. 남에게 잘 보이려고 하지 않고 맨얼굴로 살기 때문이다. 대신 자기답게 산다. 나는 그렇지 않다. 남의 기대에 부응하려고 노력한다. 내가 나답게 사는 게 아니라 남이 바라는 나로 산다.

　그것은 수지맞는 장사다. 나보다 나를 더 높게 쳐주니 항상 이익이다. 실제 가치는 얼마 되지 않는데, 시장에서 내 가치를 높게 쳐주는 것이다. 기대에 부응하기 위해 노력하는 과정에서 성장도 한다. 기대치를 맞추기 위해 안간힘을 쓰면서 실제로 내 실력이 올라간다. 어디 그뿐인가. 기대를 충족해주는 나를 사람들은 남에게 소개하고 추천해주며 발탁한다. 한마디로 입신양명한다.

　나답게 살려면 포기해야 할 게 한둘이 아니다. 무엇보다 불이익을 감수해야 한다. 내 삶을 살면 남의 마음에 들기 어렵다. 남은 내가 아니니까, 우리는 모두 다르니까 그렇다. 남에게 맞춰주지 않으면 감당해야 할 손해가 크다. 그것이 비난이든 질책이든 기회의 박탈이든 말이다.

우리 사회는 시류에 반하는 말을 달가워하지 않는다. 특히 공개 석상에서 '아니다'라고 주장하면 무례하거나 반사회적인 사람으로 낙인찍히기 십상이다. 아무리 그 말이 옳아도, 오히려 그럴수록 사람들은 '뭔다' '나댄다'라며 손가락질한다. '누구는 몰라서 아무 말 않고 있는 줄 알아?'라면서 말이다. 더 힘든 건, 자신이 속한 편에서 내쳐지는 일이다. 한편은 한목소리를 낸다. 그래서 '한편'이다. 내가 속한 편에 묻어서 얹혀가면 편하다. 한편과 하나가 돼야 한다. 아무 말 하지 않으면 아무 일도 일어나지 않는다. 모두 "예"라고 할 때 나도 "예"라고 하면 된다. 내키지 않아도 남들이 짜장면 시키면 "나도 짜장면"을 외치면 된다. 그러면 든든한 보호와 지원이 따른다.

그것이 또한 내가 속한 곳에 대한 의리고 충성이다. 자기가 뭐라고 다른 말을 해서 우리 진영의 대오를 흐트러트리고 적에게 빈틈을 보여주느냔 말이다. 그건 배반이다. 우리 사회에서 '배신자'란 낙인처럼 가혹한 형벌은 없다.

남의 생각에 휩쓸리지 않으려면

우리는 어느 편엔가 속하기 위해 산다. 더 나은 편에 들기 위해 몸부

림치고, 더 좋다는 학교, 더 괜찮은 직장에 들어가기 위해 안간힘을 쓴다. 그렇게 들어간 곳은 나와 한 몸이 된다. 그곳의 번영과 융성이 나의 영광이고, 그곳이 타격받는 건 내가 침해당하는 일이다.

남의 말을 잘 들으면 된다. 잘 듣는다의 의미는 세 가지다. 첫째, 남이 시킨 일을 잘한다. 나는 하라는 일을 안 함으로써, 혹은 못함으로써 받게 되는 힐난이 싫다. 그런 비난이 두렵다. 어떻게든 비위를 맞춰야 마음이 편하다. 남의 말을 잘 듣는다의 두 번째 의미는 귀가 밝다는 뜻이다. 나는 남의 말을 잘 이해하고 요약하고 유추한다. 내가 무엇을 해야 하는지, 어떻게 하면 남의 마음에 드는지 잘 안다. 말을 잘 듣는다의 세 번째 의미는 반항하거나 거부하지 않는다는 뜻이다. 한마디로 대들지 않는다. 잘 순응한다. 나아가 눈치가 빨라 어디에 줄을 서야 하는지, 누구 말을 들어야 하는지 잘 안다. 그럼으로써 인정을 받고 기회를 얻는다.

이래서는 홀로 섰다고 할 수 없다. 자기다운 글을 쓰기도 어렵다. 윗사람이나 주변 눈치 보지 않고 주체적으로 생각할 수 있어야 자신의 글을 쓸 수 있다. 비판적으로 사고하기 위해서는 자신만의 소신이 있어야 한다. 남의 말에 휩쓸리고 부초처럼 둥둥 떠다녀서는 안 된다. 중심을 잡아야 한다. 자기가 진정으로 원하는 것이 무엇이고, 중요하게 여기는 가치가 무엇인지 정립되어 있어야 한다. 그래야 이에 반하는 상황이 전개됐을 때 단호하게 자신의 의견을 펼칠 수 있다. 소신만이 아니라 문제의식과 비판 정신도 필요하다. '좋은 게 좋을 수만은 없다.' 다수가 지지한다고 해서 모두 옳은 것은 아니다. 대다수의 사람이 같은 행동을 하는 것이 반드시 합리적이지도 않다. 무엇보다 권위에 맹종하지 않아야 한다. 한마디로 까칠해야 한다. 용기도 요구된다. 남과 다른 생각을 밝히는 건 갈등을 자초하는 일이다. 모두가 내 의견에 동의하지 않으므로 다른 생각을 가진 사람과 부딪치기 마련이다. 누군가는 반대하고, 누군가는 내 말에 앙심을 품을 수도 있다. 그럼에도 내가 가진 신념과 가치에 반한다면 그것을 말할 용기가 있어야 한다. '아니오'에 그쳐서도 안 된다. 대안을 제시해야 한다. 대안이 없는 반대는 힘이 없다. 반대를 위한 반대라는 공격 앞에 무력하다.

비판적으로 사고하려면 다음의 여섯 가지가 필요하다.

1. 자신의 의견이 있어야 한다. 더하여 그렇게 생각하는 분명한 이유와 근거도 필요하다.
2. 자신의 의견만이 옳다고 생각하지 않는다. 자기 생각에도 허점과 한계가 있을 수 있다는 마음을 가져야 한다.
3. 자신의 생각 외에 또 다른 생각이 있을 수 있다고 가정한다. 그 생각도 일리가 있고 옳을 수 있다고 전제한다. '그건 아니다' '틀렸다' '듣기 싫다'며 배타적으로 대하지 않는다.
4. 자기 생각과 다른 사람의 생각을 비교할 줄 안다. 두 생각의 공통점과 차이점, 장점과 단점을 분석한다.
5. 두 생각을 연결하거나 융합해서 보다 나은 제3의 생각이나 대안을 찾는다.
6. 이 과정을 통해 찾은 결론을 설득력 있게 설명할 수 있다.

글을 쓴다는 건 무슨 의미냐는 질문에 한강 작가는 이렇게 말했다. "그것은 결단하는 일이고 독자적인 일입니다. 자신의 영혼을 캐내는 일이기도 하고요." 그렇다. 글쓰기는 자신의 내면을 깊숙이 파고들어 자신을 발견하는 일이다. 스스로를 드러내고 자아를 만들어가는 일이다. 그 출발점은 나다운 생각, 비판적 사고를 하는 것이다.

이성과 감성
: 당당한 '프로불편러'가 될 때

"우리가 감정을 드러내면 호들갑스럽다고 한다. 우리가 반박하면 불안정하다고 하고, 우리가 화내면 신경질적이라거나, 이성적이지 못하다거나, 그도 아니면 그냥 미쳤다고 한다."

어느 스포츠용품 회사의 광고 문구다. 여기서 '우리'는 여성이다. 남성은 예외일까. 아니다. 우리 모두다. 우리 사회는 감정적이고 감수성이 풍부한 사람에게 "저 친구는 감정적이야"라거나 "너는 왜 그렇게 감정이 앞서니?"라며 낙인을 찍는다. 감정 드러내는 것을 죄악시한다. 과연 이것이 온당한가.

인간은 감정이 먼저다. 사람은 누구나 감정이 있기 마련이고, 감정이 앞서야 정상이다. 이성異性을 만났을 때 사귈지 말지를 결정하는 건 이성理性이 아니다. 느낌과 감정이다. 감정적으로 결정한 후 이성적으로 증명한다. 이성은 결정된 사항을 설명할 뿐이다. 사귀기로 한 이유, 만나지 않기로 한 이유를 댈 뿐이다. 뇌의 감정 부위가 망가지면 결정 자체를 못 하지만, 이성 부위에 문제가 생기면 결정은 하는데 왜 그렇게 결정했는지 설명하지 못한다고 한다.

'프로불편러'라는 낙인

우리 사회는 이성을 중시한다. 감정을 드러내기보다는 절제하는 것을 미덕으로 여긴다. 이성으로 감정을 잘 덮고 포장하는 사람을 좋아하고, 감정이 메마르고 냉철한 사람을 대접한다. 감정을 표현하면 상사가 불편해한다. 싫어도 그 앞에서 씩 웃어야 기분이 상하지 않는다. 입안의 혀처럼 놀고 비위를 잘 맞춰야 한다. 관계를 고려해서 감정을 잘 감추고 억제하면 수양이 잘된 사람이라고 한다.

슬픔, 그리움, 불쌍함 등을 잘 느끼는 사람, 즉 감수성이 풍부한 사람은 죽기 살기로 조직에 매달리지 않는다. 눈을 반들반들 뜬 채 '어떻게 하면 이 조직에서 성공할 수 있을까' 애면글면하지 않는다. 자기만의 감정 세계가 있다. 상사에게 그런 사람은 조직을 향한 애정과 일에 대한 열정이 없는 것처럼 보인다.

감정에 충실한 사람은 고분고분하지 않고, 머리를 조아리려 하지 않기에 상사나 조직에 대들기도 한다. 사회에 반기를 들 수도 있다. 안정을 원하는 조직에서 이런 사람은 예측이 안 되고 혼란스러운 존재다. 매사에 예민하고 부정적인 여론과 논쟁을 불러일으키는 '프로불편러'다. 한마디로 부려먹기 힘들다. 당연히 반길 수 없다. 또 다른 이유도 있다. 상사도 꾹 참고 살아왔다. 남의 감정에 맞춰 사는 것도 억울한데, 할 말 다 하는 사람을 보면 괘씸할뿐더러 자신에게 화난다.

감정을 숨기고 억누르면 진짜와는 다른 감정을 내보이게 된다. 잠복해 있는 감정, 깊이 파묻어둔 감정일수록 폭발력이 세다. 어떤 사람의 말투가 마음에 들지 않는데 지적하지 못하면, 그 대상이 외모나 행동으로 옮겨가고 확대된다. 말투뿐 아니라 그 사람의 일거수일투족이 마음에 들지 않는다. 급기야 생긴 것까지 거부감이 든다. 더 문제가 되는 것은 그 사람에게 풀지 못한 감정을 만만한 사람에게 푼다는 것이다. 아닌 밤중에 홍두깨 격으로 당하는 사람은 황당하다. 아내와 싸우고 출근한 상사가 애먼 부하에게 짜증 내는 경우와 같다. 이런 감정은 쉬이 잦아들지 않고 확산한다. 그럴수록 감정은 전염병 취급을 받아 더욱 은폐되고 고갈되어 간다.

감수성이 둔하고 감정이 무딘 사람이 과연 글을 잘 쓸 수 있을까. 그럴 수 없다. 글 쓰는 데 필요한 공감력, 창의력, 직관력 모두 감정과 무관하지 않다. 또한 감정을 건드려야 독자의 마음이 움직인다. 감동을 주고 설득하는 글을 쓰려면 이성만으로는 안 된다. 감정이 필요하다.

감수성을 키우기 위해서는 감정을 표현해야 한다. 성우학원에 간 적이 있다. 말 잘하는 방법을 배우기 위해서였다. 하지만 그보다 더 중요한 것을 알았다. 내 안에 표현되기를 기다리는 많은 감정이 있다는 것, 살아오면서 그 많은 감정을 외면해왔다는 것, 아니 있는지 조차 몰랐다는 것을 알게 되었다. 감정을 말로 드러내야 한다. 또한 글을 쓰면서 자신의 감정과 마주해야 한다. 글을 쓴다는 건 문자로 펼쳐진 자신의 감정, 그러니까 문자화된 자기와 마주하는 것이다. 마주함으로써 자신의 감정을 아는 것이다. 그리고 이로써 뭉텅한 감정이 세밀하게 분화하는 것이다. 기쁨의 감정이 매우 좋음과 매우 나쁨에 그치는 것이 아니라, 매우 좋음, 좋음, 보통, 나쁨, 매우 나쁨으로 세분화된다.

감정 쓰기의 치유 효과

우리가 느끼는 감정은 대개 부정적이다. 그래서 외면하려고 한다. 그럴수록 감정과 멀어진다. 감수성이 둔화하고 감성도 메말라간다. 감정을 받아주고 쓰다듬고 치유하는 게 먼저다. 이를 위해 감정을 글로 써야 한다.

❶ 배설효과를 경험한다

우리 뇌는 부정적 감정에 휩싸이는 것을 싫어한다. 빌미만 주면 배설함으로써 벗어날 준비가 되어 있다. 부정적 감정을 느끼는 것은 생존에 유리하기 때문이다. 남을 좋아하기보다는 미워하고 경계해야 예기치 않은 공격을 방어할 확률이 높아진다. 그런 감정을 글로 써버리면 '이만하면 됐다. 그만 미워하자'라는 마음이 들면서 미움에서 빠져나온다. 친구랑 수다 떨고 나면 시원해지는 것도 그런 이유 아닌가 싶다.

오랫동안 글쓰기의 치유 효과를 연구해온 미국 심리학자 제임스 페니베이커James Pennebaker는 두 집단에 일기를 쓰게 했는데, 한 집단에는 그날 한 일을, 다른 집단에는 그날 느낀 감정을 기록하게 했다. 한 일을 쓴 집단은 별다른 특이점이 없었으나, 감정을 쓴 집단은 정신적·육체적으로 이전보다 훨씬 건강해졌다. 글을 쓰면서 부정적인 감정에서 헤어난 것이다. 배설은 누구도 도와줄 수 없다. 오직 나만이 할 수 있다.

❷ 객관적으로 보게 한다

감정을 표현하고 나면 남의 일처럼 느껴진다. 누군가 내게 와서 감정을 토로하면 "뭐 그런 것 갖고 그래. 별일도 아니구면" 했던 경험이 있을 것이다. 바로 그런 상태가 되는 것이다. 자기 일이 아니므로 쉽게 정리한다. 당사자 처지에서 벗어나 남의 일 구경하듯 객관적으로 보게 된다.

❸ 나의 뇌에 공감한다

뇌의 넋두리에 공감하게 된다. 감정이란 뇌가 하는 탄식이다. 그런 감정을 누군가에게 말하거나 글로 쓰면 결과적으로 뇌의 탄원을 들어주는 꼴이 된다.

❹ 불안과 후회에서 벗어난다

글을 쓰면 논리적으로 정리하게 된다. 내가 가장 많이 시달리는 감정은 걱정과 후회다. 걱정하는 일을 글로 쓰면 일어날 일과 일어나지 않을 일을 구분할 수 있다. 일어나지 않을 일은 걱정할 필요가 없다. 일어날 일도 감당할 수 있는 일과 감당할 수 없는 일로 나뉜다. 감당할 수 없는 일은 어쩔 수 없다. 당해야 한다. 감당할 수 있는 일은 준비하면 된다. 이렇게 정리하고 나면 불안과 걱정에서 벗어난다.

하지 못한 일에 대한 후회도 마찬가지다. 후회하는 일을 써보면 그럴만한 이유가 있었고, 그것대로 최선이었으며, 나름대로 의미도 있었다는 것을 알게 된다. 역량이 안 되어서 못 했으면 잘한 일로, 역량이 되는데 놓쳤다면 그 기회가 다시 올 거로 생각하면 된다. 냉정하게 생각해보면 후회할 일보다는 운 좋은 일이 더 많았다. 다시 돌아가도 더 잘할 자신이 없다. 과분할 뿐이다. 나는 앞으로도 자주 후회할 것이지만, 후회할 일이 많다는 것은 그만큼 기회가 많았다는 것이고, 그런즉 앞으로도 희망이 있다는 얘기다.

글쓰기의 치유효과는 쓰는 과정에서는 물론, 시간이 지난 후 써놓은 글을 읽을 때 더 크게 느낀다. '아, 그때 이랬구나' 하고 반추하면서 새로운 용기를 얻는다. 독백에 머물지 않고 글을 남에게 보여주며 고백하면 고해성사 같은 카타르시스를 느낄 수 있다. 그뿐 아니라 글을 읽는 이들의 상처까지 어루만져준다. 그래서 글은 나눌수록 좋다.

치유효과 외에도 다음 세 가지 이유로 글쓰기는 감정과 밀접하다. 글을 계속해서 쓰려면 용기나 배짱이 있어야 한다. 즉 '마음'이 단단해야 한다. 또한 글이 잘 써지는 자신의 '기분'을 잘 알아야 한다. 끝으로 감정 그 자체가 글쓰기 '소재'다.

몇 년 전, 안도현 시인과 함께 중국 상하이에 글쓰기 강의를 하러 갔다. 나는 해외에 나갈 때 만일의 경우를 대비해 휴대전화 배터리를 두 개씩 갖고 다니는데, 여행 중에 모두 잃어버렸다. 속상했다. 아내는 왜 두 개나 갖고 갔느냐고 나무랐다. 그래서 이렇게 썼다. "노트북 잃어버리지 않은 게 어딘가? 살아서 돌아온 게 얼마나 다행인가?" 쓰고 나니 후회와 자책에서 벗어날 수 있었다. 이제는 기억에서도 사라졌다.

상상
: 말과 글은 재미를 먹고 자란다

초등학교 때 지방 신문사가 주최한 글짓기 대회에 나갔다. 〈즐거운 우리 집〉이란 글을 써서 최우수상을 받았다. 그런데 사실은 모두 거짓말이었다. 신문에 게재된다는 말을 듣고 아버지한테 걸려 혼날까 봐 덜컥 겁났다. 그런데 웬걸, 신문을 들고 온 아버지가 칭찬하셨다. 거짓말을 상상으로 봐주신 것이다.

　글은 기억과 상상으로 쓴다. 기억은 과거고 상상은 미래다. 우리 머릿속에 지식이나 경험은 기억의 형태로 있다. 상상은 내가 겪어보지 않은 일이고 살아보지 않은 미래다. 기억뿐 아니라 상상도 써야 좋은 글이 된다. 다 알다시피 영국 철학자 프랜시스 베이컨이 "아는 것이 힘이다"라고 말했는데, 아니다. '상상하는 것'이 힘이다. 이제는 컴퓨터만 켜면 누구나 접근할 수 있기에 지식을 굳이 머릿속에 넣을 필요가 없어졌다. 검색창을 두드리면 된다. 그런데 상상은 다르다. 어디 가서 빌려올 수 없다. 아인슈타인도 지식보다는 상상이라고 했다. 지식은 한계가 있지만, 상상은 무한하다.

자유롭게 실패하라

상상력은 어떻게 만들어지고 어디에서 나오는가. 첫째, 자유로운 사고에서 나온다. 외부의 통제나 압박이 적어야 하고 스스로 검열하지 않아야 한다. 유치원에서 돼지는 '꿀꿀', 참새는 '짹짹' 운다고 가르친다. 돼지와 '꿀꿀', 참새와 '짹짹'을 잘 연결하면 맞았다고 높은 점수를 준다. 그러나 돼지는 '꿀꿀'이라고만 하지 않고, 참새의 지저귐이 '짹짹'으로만 들리지 않는다. 각자 생각하는 돼지와 참새의 울음소리가 있다. 그것을 표현하게 하는 것이 옳다.

초등학교 3학년 때 담임 선생님이 칠판에 사람의 옆모습을 그렸다. 그리고 우리에게 물었다. "이게 무엇으로 보이니?" 딱 봐도 '대가리'였다. 그런데 대가리라고 하면 맞을 것 같았다. 선생님이 "너, 지금 수업 시간에 장난하니?"라며 앞으로 나오라고 할 것 같았다. 아이들은 '얼굴'이라고도 하고 '머리'라고도 답했다. 그때마다 선생님은 아니라고 했다. 나중에 선생님이 말해준 답은 '대가리'였다. 선생님의 권위에 눌려, 선생님에게 혼날까 봐 나의 상상이 제약받은 것이다.

둘째, 실패에 관대한 환경을 조성해야 한다. 상상보다 기억으로 말할 때 성공할 확률이 높다. 상상은 해보지 않은 것이기 때문이다. 상상으로 말하면 기억으로 말하는 사람이 이렇게 대꾸한다. "그게 될 것 같냐." 이런저런 될 것 같은 이유를 대도 "너 왜 그렇게 고집이 세? 되지도 않는 소리를 하고 있네. 시키는 거나 열심히 해"라고 윽박지른다. 그래도 해보고 싶어 시도하면 결과는 실패다. 기억이 이긴다. 이때 기억으로 말하는 사람이 기다렸다는 듯이 핀잔을 준다. "내가 뭐라 그랬어. 안 된다고 했지? 이거 어떻게 할 거야? 네가 책임져." 결국 상상하지 않게 된다. 상상하는 사람만 손해다.

직장에서는 기억이 '권력'이다. 윗사람은 기억의 힘이 세다. 아는 것도 많고 경험도 많다. 규정이나 관행도 윗사람에게 힘을 실어주는 기억의 영역이다. 아랫사람은 상상력이 있는 대신 기억은 약하다. 아는 것도 적고 경험도 부족하다. 이러한 힘의 불균형 상태에서 아랫사람은 새로운 기획을 하거나 도전하지 않는다. 처음에는 "이런 거 한번 해보면 될 것 같은데요?"라고 제안하고 시도하다가 몇 번 쓴맛을 보면 기억에 길든다. 결국 시키는 것이나 하자고 마음먹는다.

상상하지 않는 사람은 시도하거나 도전하지 않는다. 당연히 성공도 없다. 어찌 보면 실패하지 않았다는 건 상상하지 않았다는 것이고, 성공하기 싫다는 것이며, 성공할 의지가 없다는 것이다. 상상이 실현되면 일단 대박이다. 혁신과 진보가 성취된다. 처음부터 성공할 수는 없다. 실패를 거듭하다가 나오는 게 성공이다. 이런 과정에서 꼭 필요한 게 상상이다. 세계 최대 전자상거래업체인 아마존이 직원들에게 실패 실적을 보고하라고 하는 이유다. 실패를 용인해야 한다. 실패했을 때 재기의 기회를 주어야 한다. 패자부활전이 가능해야 상상한다.

나는 사원과 대리 시절 행복했다. 돌이켜보면 그때 좋은 상사를 만나 왕성하게 상상할 수 있었다. 의견을 내면 그분이 그러셨다. "너는 어디서 그런 생각이 나오니? 정말 좋은 것 같다. 한번 해보자." 그래서 잘되면 공을 나눠주고, 잘못되면 책임을 졌다. 나는 마음껏 상상할 수 있었다. 퇴근 후에 친구들과 술을 마시다가 좋은 생각이 나면 가장 먼저 그 상사가 떠올랐다. 다음 날이 빨리 오기를 기다렸다. 출근하는 발걸음이 가벼웠다.

우리 사회는 실패에 관대한가. 입시에 한 번 실패하면 평생 발목 잡힌다. 역전하고 회복할 기회가 많지 않다. 성공으로 가는 길이 하나인 것도 문제다. 여러 통로로 성공할 수 있어야 한다. 굳이 대학교에 가지 않더라도 사회에 이바지할 기회를 주어야 한다. 그러할 때 상상력을 발휘할 수 있다.

젊은이들이 도전하지 않는다고 나무랄 일이 아니다. 실패할 확률도 높고, 재기의 기회도 없다면 누가 도전하겠는가. 그런 점에서 도전하는 젊은이들에게 노무현 대통령이 한 말을 전해주고 싶다. "불확실한 데 도전하는 것은 인간의 삶에서 가장 의미 있고 보람 있는 일입니다. 저는 그 사람의 삶에 격려를 보내고 싶습니다. 그 사람에게 찬사를 보내고 싶습니다."

재미에 제값을 쳐주자

마지막으로 상상력을 꽃피우려면 재미가 있어야 한다. 사람은 새로운 경험을 할 때 재미있고 즐겁다. 상상력은 이를 머릿속에서 실현한다. 놀이, 재미, 즐거움을 추구할 때, 자기가 좋아하고 관심 있는 일을 할 때 상상력은 나래를 펼친다. 엄숙하고 재미없는 일은 아무리 해도 상상력이 키워지지 않는다. 유쾌하고 여유 있을 때 상상력이 발휘된다. 선진기업이 직원들에게 일정 시간 이상을 자기가 하고 싶은 일을 하는 데 쓰라고 권장하고, 심지어 게임기를 주면서까지 놀라고 하는 것도, 그래야 창의적인 결과물을 내놓을 수 있기 때문이다.

지금 생각해보면 학창 시절 노는 것 싫어하고 재미없던 친구들이 공부는 잘했다. 반대로 공부는 못해도 재치 있고 까불고 웃기던 친구들이 상상력이 풍부하고 창의적이었다. 물론 재미있고 힘들지 않다고 해서 무조건 성과가 좋은 것은 아니다. 재미없고 힘들기만 한 일도 마찬가지다. 창의적인 결과물은 힘들지만 재미있는 일에서 나올 확률이 크다.

오래전에 특정 주제를 정해서 인터넷방송을 하는 텔레비전 예능 프로그램에 나간 적이 있다. 나는 방송인 김구라와 팀을 맺어 글쓰기에 관해 이야기했다. 실시간으로 시청자들의 의견과 인기 순위가 화면에 떴다. 나는 방송 내내 '멘붕' 상태였다. 시청자들이 연발하는 "노잼" "노잼" "노잼"이 화면을 가득 채우고 있었기 때문이다. 결국 꼴찌를 하고 말았다. 내 말이 재미없었던 것이다. 나도 재미없었다. 힘들기만 했으니 당연히 말을 재미있게 할 수 없었다.

어찌 보면 재미는 말과 글의 전부다. 재미없는 말에는 사람들이 귀 기울이지 않는다. 글도 마찬가지다. 재미없으면 의미도 온전히 전달되지 않는다. 말과 글이 재미있으려면 글 쓰고 말하는 사람 자체가 재미있어야 한다. 재미있게 전달되는지 고민하지 않을 정도로 글 쓰고 말하는 게 재미있고 사는 게 재미있어야 한다.

그런데 우리는 재미있게 살려고 노력하는 사람을 보면 "저 친구 되게 실없어"라거나 "웃기는 녀석이야"라고 비웃는다. 재미있게 살려는 사람은 노력하지 않는 사람, 치열하게 살지 않는 사람이 된다. 웃음, 놀이, 재미에 제값을 쳐주지 않는 것이다. KBS 예능 프로그램 〈대화의 희열〉에 함께 출연한 안정환 해설위원은 '한국 축구가 월드컵 4강에 다시 오르려면 어릴 적부터 축구를 재미로 해야 한다'고 말했다. 축구를 놀이나 재미로 하지 않고, 애국심에 불타 결사적으로 하는 데는 한계가 있다는 것이다.

웃기는 말만 재미있을까. 그렇지 않다. 재미의 범위는 넓다. 내가 모르는 것을 알게 해줘도 재미있고, 공감되는 얘기도 "맞아, 맞아"가 절로 나올 정도로 재미있다. 관점이 새롭거나 해석이 기발해도 재미있고, 명쾌하게 정곡을 찌르는 내용도 재미있다. 일화, 뒷이야기 등도 재미없을 수가 없다. 의외의 반전이 있거나 통쾌할수록 더 재미있다. 무릎을 '탁' 치게 하고 "거참 재미있네" 하는 감탄이 터져 나온다.

재미를 아는 사람이 되려면

재미있는 사람이 되려면 어떻게 해야 할까. 순발력과 재치가 있어야 한다. 이것은 타고나는 게 아니다. 노력으로 키울 수 있다. 용감하면 된다. 유치하다는 소리를 감수할 용의가 있고, 배짱만 있으면 된다. 썰렁하면 어떤가. 유머는 유머일 뿐이다. 쫄 필요 없다. 아니면 말고 식으로 그냥 던져보는 거다. 이런 넉살과 배포만 있으면 된다. 유머는 어색한 분위기를 풀어주고, 자신의 인상을 바꾸며, 상대의 마음을 열게 한다. 무엇보다 남을 즐겁게 해준다. 이것보다 가치 있는 일이 어디 있겠는가. 거기에 나까지 즐겁다면 마다할 이유가 없잖은가.

우스갯소리를 잘하는 친구가 있다. 그는 만날 때마다 언어유희를 하고 '아재 개그'를 날린다. 분위기가 썰렁하지만 그래도 아랑곳하지 않는다. 꿋꿋하게 할 말을 한다. 늘 친구들을 웃길 말을 준비해온다. 우리는 그 정성이 갸륵해서 참고 듣는다. 그럴수록 유머가 일취월장한다. 웃기는 것을 찾다 보니 세상은 유머 천지란다. 유머에 신경 쓰면서 삶도 바뀌었다고 한다. 유머를 찾는 과정이 즐겁고, 찾으면 정말 기쁘고, 써먹을 기회를 호시탐탐 노리는 것도 재미있다고 한다. 반응이 좋으면 말로 표현할 수 없는 희열을 느낀단다.

우리 민족에게는 해학이 있다. 코로나바이러스가 창궐하는 엄혹한 시기에도 확진자보다 살이 '확 찐 자' 되는 게 더 무섭다고 풍자할 정도다. 우리에게는 그런 여유가 있다.

창의와 창조는 엄숙함에서 나오지 않는다. 근엄하면 즐겁지 않다. 권위적일수록 재미없다. 바야흐로 유머가 필요한 시대다. 개인의 행복을 위해서도, 조직과 사회의 발전을 위해서도 그렇다. 뛰는 사람 위에 나는 사람 있고, 나는 사람 위에 노는 사람 있다는 말도 있지 않은가. 아는 자는 좋아하는 자만 못하고, 좋아하는 자는 즐기는 자만 못하다는 말도 있다.

나는 외할머니 품에서 자유롭게 자랐다. 학교에 가기 싫으면 안 가도 되었다. 친구들이 학교 갈 때 영화 보러 갔다. 할머니는 아버지에게 입버릇처럼 말씀하셨다. "원국이는 자기가 하고 싶으면 어떻게든 하니까, 그냥 하고 싶은 것 하게 놔두는 게 좋아." 아버지도 내게 관대하셨다. 실패를 용인해주셨다. 고등학교 입시에 실패했을 때도 이렇게 말씀하셨다. "처칠도 육사를 두 번 떨어졌다. 지나고 나면 아무것도 아니다."

방송을 거듭하면서 내게 유머 감각이 있다는 걸 알았다. 사람들이 나보고 웃긴단다. 나는 이래저래 창의적일 수밖에 없다. 초등학교 글짓기 대회에서 최우수상을 받은 건 우연이 아니었다.

토론:
말싸움에도 '매너'가 필요하다

대학교 4년 동안 낮에는 '강 건너'에 가서 막걸리를 마셨다. 수업 땡땡이치고 찾아가던 관악산 입구의 포장마차촌으로, 개구멍을 지나 곧바로 갈 수 있었다. 저녁에는 '신사리(신림동 사거리)'로 진출했다. 거의 하루도 거르지 않았다. 그곳에서는 술은 마시지 않고, 친구들과 대화하고 논쟁했다. 친구들은 수준이 높았다. 아는 게 없어 한마디도 못 하는 날이 많았다. 집에 가는 길에 자괴감이 들었다. 숙제하듯 다음 날 할 말을 준비했다. 그 내용으로 대화를 유도했다. 이렇게 하루하루 토론하며 살았다.

첫째도 존중, 둘째도 존중, 셋째도 존중

갈수록 토론이 중요해지고 있다. 토론이 필요한 시대다. 내 경험으로 토론이 주는 유익은 네 가지다. 첫째, 다양한 생각이 섞여 창조가 일어난다. 둘째, 복합적 요인으로 발생하는 위기의 징후를 포착하고, 예방할 수 있다. 셋째, 내 생각을 여러 사람 앞에서 검증받을 수 있고, 참여의식과 책임의식을 품게 된다. 넷째, 중지를 모으고 공감대를 형성해서, 합의와 통합의 길로 나아갈 수 있다.

토론은 입론-반론-질문-응답의 순으로 진행되며, 참여자 수에 따라 찬반 양측이 한 명씩인 '링컨-더글러스식 토론', 두 명씩인 '의회식 토론', 세 명씩인 '칼 포퍼식 토론'이 있다. 이처럼 정해진 꼴을 갖추지 않고서도 토론은 직장과 가정, 친구 사이에서 부지불식간에 벌어진다. 어떤 문제나 쟁점을 두고 논리적으로 주고받는 대화는 모두 토론이라 할 수 있다. A라는 견해를 가진 사람과 B라는 견해를 가진 사람이 토론으로 C라는 새로운 견해를 끌어낸다. 대립하는 생각의 차이를 좁히기 위해 토론을 벌이기도 한다.

이를 위해서 필요한 것이 있다. 뛰어난 언변이나 해박한 지식, 비판적 사고와 풍부한 근거도 필요하지만, 무엇보다 중요한 것은 명확한 관점과 상대에 대한 존중 그리고 열린 자세와 대안을 제시하는 역량이다. 그중 '존중'이 가장 중요하다. 상대방에게 나보다 나은 의견이 있다고 전제할 때 토론은 풍성한 열매를 맺는다. 다른 사람의 생각을 듣고 배운다는 마음가짐으로 토론에 임하면 입에 거품 물 일도, 목멜 일도 없다. 말과 사람을 분리하자. 토론할 때 사람을 비판하지 말고 말의 시비를 따지자. 사람이 밉다고 그 사람의 말까지 싫어하지 말자. 말의 내용 그 자체만 문제 삼자. 그것이 토론에 임하는 열린 자세다.

나는 존중의 중요성을 토론 프로그램에 나가서 절실히 깨달았다. 두 번 다시는 나가지 않겠다고 결심할 만큼 결과가 참담했다. 그때를 생각하면 지금도 얼굴이 화끈거린다.

원인을 분석해봤다. 무엇보다 토론 상대를 이기려고 한 데 문제가 있었다. 내가 맞고 상대가 틀렸다는 걸 증명하는 데만 몰두했다. 그러다 보니 상대의 말은 안중에 없고, 상대가 말할 때도 내가 할 말을 찾기 바빴다. 결과적으로 상대에 대한 경직된 태도, 가르치려 드는 오만함을 내비쳤고, 급기야 얼굴이 상기되고 언성을 높이는 불상사를 연출하고 말았다.

그때 세 가지 토론의 태도를 깨달았다. 첫째, 자연스러워야 한다. 물 흐르듯 토론 과정에 스며들어야 한다. 내 차례가 되었을 때 앞서 나온 말을 '보충'하거나 '반박'하거나 '전환'하거나 셋 중 한 가지를 해야 한다. 지지해주고 싶으면 보충하고, 부정하거나 비판하고 싶으면 반박하고, 다른 이야기로 돌리고 싶으면 전환해야 한다. 둘째, 장황하면 안 된다. 주장하고 이유만 대면 된다. 이유를 말할 때 사례나 예시, 비유를 들어주고, 근거가 필요하면 수치를 대준다. 셋째, 흥분하지 말아야 한다. 오죽하면 쇼펜하우어가 논쟁에서 이기려면 상대가 화내도록 유도하고, 발끈하는 지점을 찾아 공략하라고 했겠는가. 열변을 토하고 격렬하게 공격하면 토론 당시에는 후련하고 잘한 것 같지만, 막상 끝나고 나면 자신이 얼마나 못난 짓을 했는지 알게 된다.

태도가 반이다

결국 토론은 태도가 반이다. 좋은 태도를 갖추려면 부단히 노력해야 한다. 이를 위해 다음 목록을 만들었다.

1. 상대의 말을 자르지 마라.

2. 상대가 말할 때 메모해가며 경청하라.

3. 의표를 찌르는 질문을 준비하라.

4. 대답할 때는 결론부터 말하라.

5. 유머를 구사해 분위기를 부드럽게 하라.

6. 표정에 유의하라.

7. 주제에서 벗어나는 말은 절대 하지 마라.

8. 누구나 아는 얘기는 삼가라.

9. 할 말이 없으면 침묵하라.

10. 반박은 일단 수긍한 후 하라.

11. 가급적 긍정어를 쓰라.

12. 동의도 반박도 마땅치 않으면 다른 화제로 전환하라.

13. 같은 말을 되풀이하는 것은 최악이다.

14. 토론을 마치면 복기하고, 동영상을 찍었다면 꼭 보라.

15. 토론 잘하는 사람을 보고 배워라.

요즘에도 술자리에서 토론이 자주 벌어진다. 나는 토론 프로그램 출연 이후 주로 듣는 편이다. 맞장구쳐주고, 대화에서 소외된 사람이 있으면 끼어들 수 있게 도와준다. 의문이 들면 질문도 한다. 마음이 그렇게 편할 수 없다. 하지만 아직도 버리지 못하는 버릇이 있다. 텔레비전이나 라디오에서 토론 프로그램을 하면 버릇처럼 "나라면 뭐라고 대답할까?" "저걸 어떻게 되받아칠까?" 혼자 구시렁댄다.

논의:
25분 회의의 기적

어릴 적부터 가족회의, 학급회의를 하기 시작해, 회사에 들어가서는 주간 업무회의, 월간 실적평가회의, 분기별 사업계획회의 등 회의만 하고 살았던 것 같다. 이는 청와대도 마찬가지여서 대통령을 비롯한 참모 대부분이 근무 시간에서 최소 3분의 1 이상을 회의하는 데 썼다. 일반 직장인은 하루 평균 두 번 정도, 퇴직할 때까지 총 3만 시간을 회의한다는 통계도 있다. 아마 지금도 어딘가는 '회의 중'일 것이다.

피할 수 없다면 배워라

회의를 좋아하는 사람은 없다. 열이면 열 다 싫어한다. 그 이유는 회의에서 숙제가 부과되기 때문이다. 회의는 숙제를 해결하기 위해서 열리는 게 아니라 새로운 숙제를 만들기 위해 열린다. 더 괴로운 것은 쪼인다는 점이다. 실적을 채근하고 더 빨리 달리라고 채찍을 휘두르는 시간이 회의다. 무엇보다 회의는 주재자의 필요로 열린다.

참석자는 회의의 수혜자가 아니다. 회의가 좋을 리 만무하다. 주재자의 일장 연설을 듣는 것도 고역이다.

그렇지만 참석자는 회의에서 자신이 평가받는다는 사실을 명심해야 한다. 직장생활의 성공 여부가 달린 면접이라고 생각해야 한다. 발언 내용만 중요한 게 아니다. 태도와 자세 모두 신경 써야 한다. 또한 회의는 사람들과 관계를 돈독히 하는 자리다. 이 자리에서 적도 만들어지고 동지도 생긴다. 직장에서의 인간관계 대부분은 회의에서 형성된다. 나아가 회의는 배우는 자리다. 세 사람만 모여도 반드시 스승이 있다고 했다. 장점을 배우건 단점을 배우건 회의에서 틀림없이 배울 게 있다.

회의에도 자세가 필요하다

회의에 임하는 자세는 어떠해야 할까. 우선 목표에 집중해야 한다. 회의 때 말을 잘하는 가장 확실한 방법은 회의의 목적에 부합하는 말만 하는 것이다. 샛길로 빠지는 발언만 조심해도 중간은 간다. 그러기 위해서는 왜 회의하고 있는지 자신에게 계속 물어봐야 한다.

회의의 목적은 의사 결정, 정보 공유, 문제 해결, 기획 도출, 추진사항 점검, 협력 모색 등 다양하다. 이런 목적에 맞게 기획회의면 기획을, 전략회의면 전략을, 사업계획회의면 사업계획을 논의해야 한다. 주재자에게 보고하고 지시받는 회의는 참석자들을 회의懷疑에 빠뜨릴 뿐이다.

목표에 집중하기 위해서는 회의 시간을 최소한으로 제한해야 한다. 전문가들은 25분 회의를 제안한다. 25분이 집중력을 잃지 않고 중지를 모을 수 있는 가장 경제적인 시간이라는 것이다. 업무 지시나 공지를 위한 회의는 말할 것도 없고, 의사 결정을 위한 회의도 마찬가지다. 25분은 그리 짧은 시간이 아니다. 5분 동안 문제를 공유한 후, 15분 정도 의견을 교환하고, 나머지 5분 동안 결정하면 된다. 물론 사안에 따라서는 시간 제약 없이 밤새 회의할 수도 있을 것이다. 하지만 이 경우에도 우선순위를 정해 논의를 진행하고, 중간중간 쉴 필요가 있다.

최소한의 시간에 최대한의 효과를 얻으려면 구경꾼처럼, 꿀 먹은 벙어리처럼 있어서는 안 된다. 회의에 그냥 참석하는 게 아니라 적극적으로 참여해야 한다. 나에게 더 좋은 의견이 있다는 확신을 품고 끊임없이 말할 틈을 엿보면서 적극적으로 임해야 한다. 지금 내 발언이 상사의 뇌에 기록되고 있다는 걸 생각해야 한다. 단 모르는 건 아는 척하지 말고 침묵해야 한다. 또 분위기에 휩쓸리거나, 참석자 비위를 맞추려고 책임질 수 없는 말은 하지 말아야 한다.

다음으로 우군 확보도 중요하다. 참석자 면면을 둘러보고 누가 아군인지 살펴보라. 회의 중 발언으로 적어도 한 사람에게는 당신 편이라는 믿음을 주는 게 좋다. 그 사람의 발언에 호의적으로 반응해주거나 "누가 얘기하셨듯이" 등의 추임새로 거명하여 내 편으로 만들어야 한다.

이를 잘하려면 내 생각이 진리라고 착각해서는 안 된다. 창의적인 성취 대부분은 사람과 사람 사이 상호작용의 결과다. 회의하는 이유도 바로 이것이다. 대화로 주고받는 서로의 생각이 뒤엉키며 발전한다. 이 세상에 '절대'나 '유일무이'는 없다. 확신과 자신감을 품고 말하되, 언제든지 물러설 준비가 되어 있어야 한다. 미리 결론 짓지 말고 융통성 있게 대응해야 한다.

연장선에서 어떻게 말하는지도 중요하다. "말은 맞는데 재수 없다"라는 소리를 듣지 않도록 해야 한다. 겸손과 정중함, 그러면서도 당당함이 필요하다. 발언 내용도 비관적이기보다는 긍정적인 게, 소극적이기보다는 적극적인 게 바람직하다.

회의의 효율을 높이려면

실제 우리의 회의 모습은 어떠한가. 상사나 말발 센 사람의 독무대거나, 안건과 참석자가 많아 분위기가 산만하거나, 책임 추궁과 전가, 성토의 장이거나, 주주총회 안건 처리하듯 형식적으로 진행되거나, 마지못해 들어와 상사의 말을 받아 적으면서 간간이 휴대전화를 확인하며 지루하게 앉아 있다가 아무런 결론 없이 헤어지는, '회의를 위한 회의'인 경우가 많다.

비생산적인 회의로 치러야 하는 손실과 비용은, 비록 눈에 보이지 않지만, 막대하다. 회의로 부서 간, 또는 참석자 간에 갈등이 생길 수 있고, 의사 결정이 지연되는 데 따른 비용도 발생한다. 회의하는 동안 다른 업무를 할 수 없기에 기회비용도 따져야 한다. 무엇보다 '참가 인원 수×업무 단가(한 시간 기준)×회의 시간'이라는 직접 비용이 소요된다.

그런데도 회의가 개선되지 않는 이유는 무엇일까. 회의 준비에 소홀한 참석자 때문일 수도 있고, 권위적이고 진행 기술이 부족한 주재자 때문일 수도 있다. 사실 회의다운 회의를 이끄는 방법은 간단하다. 회의 시작할 때 무엇을 논의하자고 공표한 후, 회의가 끝날 때까지 그 무엇을 달성하면 된다. 간단해 보여도 꽤 어렵다. 다음 목록을 참조하면 도움이 될 것이다.

1. 회의 목적은 무엇인가.
2. 사전 연락과 준비는 충분한가.
3. 제 시각에 시작했는가.
4. 제 시각에 끝냈는가.
5. 회의 시간은 적절했는가.
6. 꼭 필요한 사람만 참석했는가.
7. 전원이 발언했는가.
8. 회의의 목적이 달성되었는가.
9. 결정사항을 실행할 방법과 주체가 정해졌는가.
10. 회의록을 공유했는가.
11. 이 회의는 다음에도 필요한가.

회의는 직장생활의 거의 전부다. 회의를 잘하면 성과가 좋아지고, 효율이 올라가며, 분위기도 활력을 얻는 일석삼조의 효과를 거둘 수 있다. 데카르트가 이 시대에 태어났다면 이렇게 말했을 것이다.

"회사는 회의한다. 고로 존재한다."

기본기:
글 쓰는
몸과 마음을
만드는 태도

말하듯 쓰고 글 쓰듯 말하기

말을 못 하는 사람은 없다. 잘하지 못해도 누구나 할 수는 있다. 그래서 제안한다. 말해보고 쓰자. 말하듯이 쓰자. 이렇게 권하는 이유는 말하기가 글쓰기보다 쉽기 때문이다. 우리는 태어나서 말을 먼저 배웠다. 남에게 말하는 게 여의치 않으면 혼잣말도 좋다.

나는 쓰기 전에 먼저 말해본다. 기고할 일이 있으면 차를 운전하면서 옆에 앉은 아내에게 말한다. "내가 어떤 주제로 글을 써야 하는데, 이런 내용으로 쓰려고 해. 한번 들어봐 줘." 그러면 아내가 "내가 운전할 테니 가만히 앉아서 생각하고 말해" 한다. 하지만 나는 조수석에 앉아 말하면 생각이 잘 나지 않는다. 운전하면서 말해야 불쑥불쑥 잘 튀어나온다.

일단 말해야 하는 5가지 이유

나는 말하면서 다섯 가지를 얻는다. 첫째, 생각을 얻는다. 말없이 생각만 할 때나 쓰면서 생각할 때보다 훨씬 생각이 잘 난다. 나는 그때마다 아내에게 메모해달라고 한다. 의외로 쓸 만한 내용을 많이 건진다. 말해보지 않았으면 얻을 수 없는 내용들이다.

둘째, 생각이 정리된다. 오랫동안 말해보라. 어느 순간 머릿속에 그림이 그려진다. '이렇게 쓰면 되겠구나!' 막연하고 갈피가 잡히지 않던 생각에 흐름이 잡히고 골자가 세워진다. 나는 이를 '졸가리(군더더기 없는 뼈대를 뜻하는 순우리말)가 타진다'라고 표현한다. 마치 엄마가 아이에게 잔소리를 잔뜩 늘어놓은 후 "엄마가 하는 말 알아듣겠어? 세 가지야. 첫째는 뭐, 둘째는 뭐, 셋째는 뭐" 하고 다시 한 번 강조하는 것과 같다. 이때 엄마가 처음부터 세 가지를 염두에 두고 말을 시작한 것은 아니다. 말하면서 정리된 것이다. 이 얘기 저 얘기 좌충우돌하다가 자기도 모르게 논리적 흐름을 찾는 게 아닐까 싶다.

셋째, 반응을 알 수 있다. 내 말이 재미있는지, 알아들을 만한지 확인할 수 있다. 아내가 없으면 혼자 산책하면서 말해본다. 누군가 내 앞에 있다고 생각하고 중얼거려본다.

넷째, 글 쓸 때의 호흡과 운율을 준비할 수 있다. 글을 낭독해보면 어떻게 계속하고 멈출지, 어디가 어색하고 막히는지 알게 된다. 같은 이유로 말해보고 쓰면 리듬을 살릴 수 있다.

다섯째, 말은 희한하게도 하면 할수록 양이 늘어난다. 어른들은 말이 많다. 말을 많이 해봐서 그런 것이다.

글보다 말이 먼저다

사실 말과 글은 불가분의 관계다. 음성과 문자라는 표현 수단이 다를 뿐, 전달하려는 내용은 같다. 생각과 감정의 표현이란 점에서 그렇다. 그러면 이렇게 묻는 사람이 있다. "나는 말은 잘해요. 그런데 쓰지는 못합니다. 이유가 뭡니까?" 글을 많이 안 써봐서 그렇다. 말할 수 있으면 쓸 수 있다. 반대로 글은 좀 쓰겠는데 말하기가 어려운 사람도 마찬가지다. 말을 많이 안 해봐서 그렇다. 내성적인 성격 때문일 수도 있지만, 이 또한 많이 해보면 극복할 수 있다. 많이 하다 보면 성격도 바뀐다.

말이 먼저다. 말부터 배우고 글쓰기를 익힌다. 엄밀히 따지면 듣는 것부터 시작한다. 그 이후 말하고 읽고 쓴다. '듣기 – 말하기 – 읽기 – 쓰기'의 과정을 거치는 것이다. 나도 듣기부터 시작했다. 초등학교 2학년 때 엄마가 암으로 죽은 후부터 남의 말을 대충 듣지 않고 새겨들었다. 상대가 내게 왜 그런 말을 하는지, 이유, 배경, 맥락, 취지, 의도를 파악하려고 노력했다. 눈 밖에 나지 않도록 열심히 들었다. 인정받고 안전하게 살기 위해 눈치를 많이 본 것이다.

열심히 듣는 대신 말은 하지 않았다. 당시 학교에서의 공부는 말할 필요가 없었다. 무슨 말인지 알아듣는 이해력, 중요한 것과 그렇지 않은 것을 가려내는 분석력, 중요한 것을 일목요연하게 정리하는 요약 능력만 있으면 되었다. 나는 사람들 앞에서 발표하는 게 세상에서 가장 어려웠다. 학급회의 시간에 한마디 하라고 하면 머릿속이 하얘지고 가슴은 쿵쾅거렸다. 그런데 당시에는 말을 못하는 것이 단점이 아니었다. 오히려 "과묵하다" "진중하다" "묵묵히 자기 할 일 잘한다"라고 칭찬을 들었다.

학창 시절 내내 갈고닦은 나의 듣기 역량은 김우중 회장 연설문을 쓰면서 전환점을 맞았다. 연설문은 말을 준비하는 글이다. 글이면서 말이다. 당시 김우중 회장은 전경련 회장으로서 연설할 일이 많았다. 그분의 말과 생각을 글로 바꾸는 것이 나의 일이었다. 더욱이 나의 사수는 대한민국 최고의 연설문 작성가였다. 그에게 말이나 생각을 글로 바꾸는 일을 배우고 익혔다.

이후 청와대에서 8년 가까이 김대중, 노무현 대통령의 연설문 쓰는 일을 했다. 김우중 회장은 말을 잘하는 분이 아니었다. 하지만 두 대통령은 말까지 잘했다. 어쩌면 말로써 대통령 자리에까지 오른 분들이다. 이분들의 연설문을 쓰는 일은 말의 중요성을 깨닫고, 무엇을 말해야 하는지, 어떻게 말해야 하는지 배우는 시간이기도 했다.

2014년 2월부터 나도 말하기 시작했다. 글쓰기 강의를 개시한 것이다. 이제는 강의 잘한다는 소리를 듣는다. 강의하고 책 쓰는 것만으로 먹고산다. 직장 다닐 적보다 수입도 많고 마음도 편하다.

비슷하면서도 다른 말과 글

말과 글은 한 쌍이다. 글에는 말이 붙고, 말에는 글이 붙는다. 글을 다 썼다고 끝이 아니다. 말을 붙이고, 말로 설명해야 한다. 말도 마찬가지다. 발표는 말이지만 글 없이는 할 수 없다. 토론할 때도 글로 준비한다. 그러므로 구어체와 문어체가 따로 있는 게 아니다. 기본 방향은 언문일치여야 한다. 예를 들어 말할 때 '및'이란 단어를 안 쓰면 글에서도 가급적 안 쓰는 게 맞다. 말하듯 쓰고, 글 쓰듯 말하는 게 바람직하다. 글이 말처럼 자연스럽고, 말이 글처럼 치밀하면 좋은 말과 글이 된다.

물론 말과 글의 다른 점도 있다. 우선 말은 대상을 앞에 두고 한다. 상대의 반응을 살피며 말할 수 있다. 상대가 내 말을 알아듣는지, 따분해하지는 않는지 즉각적으로 알 수 있다. 그에 따라 말의 내용과 방향을 바꿀 수 있다. 글쓰기는 그렇지 않다. 독자가 눈에 보이지 않아서 반응을 알 수 없다.

또한 말은 말투, 표정, 손짓의 도움을 받는다. 그러나 글은 순수하게 문자 그 자체만으로 소통해야 한다. 미국 심리학자 앨버트 머레이비언Albert Mehrabian은 의사소통을 할 때 말의 내용은 고작 7퍼센트 정도의 영향만 미칠 뿐, 나머지 93퍼센트는 말의 음색과 억양, 표정, 손짓 등 청각적·시각적 요소가 좌우한다고 했다. 말은 언어적 표현이 정교하지 않아도 된다. 부족한 부분을 표정과 손짓으로 보완할 수 있다. 그런 점에서 곧장 알아들을수록 좋은 말이다. 하지만 글은 한 박자 늦게 와닿아야 더 좋다. 글에 고유한 표정이 있고, 그 표정을 독자 스스로 알아챘다는 뜻이기 때문이다.

끝으로 말은 즉시 통한다. 글은 써놓고 고칠 수 있지만, 말은 퇴고할 수 없다. 글은 쓰기 전에 자료를 찾아보는 등 이런저런 준비를 하지만, 말은 대개 준비 없이 즉각적으로 한다. 그래서 말은 글보다 깊이가 덜하다.

말만 잘해도 책 한 권을 쓴다

나는 《대통령의 글쓰기》라는 책을 쓰지 않았다. 5년간 말했을 뿐이다. 하마터면 청와대를 나오자마자 쓸 뻔했다. 《한겨레》의 〈한겨레가 만난 사람〉이라는 코너에 청와대에서의 생활을 인터뷰한 기사가 실렸는데, 출판사 여러 곳에서 연락이 왔다. 인터뷰 내용으로 책을 쓰면 어떻겠냐는 제안이었다. 얼토당토않았다. '내가 무슨 책?' 당시만 해도 저자가 된다는 건 터무니없는 일로 여겼다.

다행히 그 후 5년간 책에 쓸 내용을 숙성시키고 여러 사람에게 검증받는 기회를 얻었다. 만나는 사람마다 내게 물었다. "청와대에서 겪은 재미있는 일화 없나?" "노무현 대통령은 어떤 분이냐?" "연설문은 어떤 과정을 거쳐 나오냐?" "연설비서관은 뭐 하는 사람이냐?" 등등. 수많은 질문에 답하면서 나도 모르게 사람들이 궁금해하는 걸 알게 되었다. 내 답변도 점점 나아졌다. 말이 진화하고 있음을 깨달았다. 반응이 나쁜 말은 다음에 하지 않거나 다르게 말하고, 반응이 좋은 말은 기억해뒀다가 다시 써먹다 보니, 자연스럽게 그리되었다. 그렇게 추려진 말들이《대통령의 글쓰기》라는 책이 되었다. 그때까지 말해왔던 것이니 못 쓸 리가 없었다.

책을 쓰고 싶은 사람에게 먼저 말해보라고 권한다. 특정 주제로 열 시간 이상 말할 수 있으면 당장 책을 써도 된다. 예를 들어 자서전을 쓰고 싶으면 자신에 관해 말해보라. 열 시간 이상 말할 수 있으면 이미 책 한 권을 쓴 것이다.

노무현 대통령은 구술을 시작하면서 종종 이렇게 말했다. "받아 적지 말게. 지금은 받아 적어봤자 소용없네. 그냥 잘 듣게." 그러다 어느 순간 "지금부터"라는 말과 함께 받아 적기 시작하면 말이 아니라 글이었다. 그 전까지는 말이 아니라 생각이었다. 그분은 말로 생각하고, 말로 글을 썼다.

좔좔 나오는 말, 술술 읽히는 글

말한 것을 글로 바꾸면 그냥 쓴 글보다 술술 읽힌다. 이유는 세 가지다. 첫째, 구어체라서 쉽게 읽힌다. 독자는 눈으로 읽는 것 같지만, 머릿속에서 소리 내 읽고 듣는다. 누구나 읽는 것보다는 듣는 게 더 잘 쏙쏙 들어온다. 어려운 내용도 말로 설명해주면 이해가 빠르다. 직장에서 보고서 내용이 잘 이해 안 된다는 상사에게 말로 설명하면 바로 알아듣고 이렇게 묻는다. "아, 그런 내용이에요? 그럼 그렇게 쓰지, 왜 이렇게 썼어요?"

둘째, 독자의 반응을 미리 알고 쓴 글이므로 쉽게 읽힌다. 보통은 글이 내 손을 떠난 뒤 어느 정도 시간이 흐른 다음 독자의 반응을 접하게 된다. 그때는 이미 늦었다. 독자의 지적과 짜증을 듣는 수밖에 없다. 그런데 말을 해보면 이런 반응을 먼저 알 수 있고, 그걸 반영해서 쓸 수 있다.

셋째, 말은 꾸미거나 욕심부릴 여지가 없어서 쉽다. 말은 핵심으로 곧장 들어간다. 물에 빠진 사람은 "사람 살려"라고, 도둑을 본 사람은 "도둑이야"라고 외친다. 군더더기가 없고 생생하다. 그러나 글은 다르다. 더 아는 것처럼 보이기 위해, 잘 쓴다는 것을 과시하기 위해 궁리한다. 그래서 글은 말보다 자연스럽지 않고 배배 꼬인다.

출판사에서 편집자로 일할 때 강의를 녹취해서 책을 만든 적이 있다. 유명 저자에게 책을 써달라고 하면 바쁘다며 손사래를 친다. 하지만 두 시간짜리 강의를 다섯 차례만 해달라고 하면 승낙한다. 그 강의 내용을 녹취해서 정리한 다음 저자의 검토를 받아 몇 차례 수정을 거치면 책이 된다. 강의를 어려워하는 저자에게는 인터뷰를 권한다. 몇 회에 걸쳐 인터뷰를 진행해 분량을 채우면 책 한 권이 나온다. 이렇게 말은 책도 만든다. 말해보고 쓰자. 더욱이 글은 말과 달리 고칠 수 있고 즉흥적으로 해야 하는 것도 아니지 않은가. 못 쓸 이유가 없다.

'첫 문장'이라는 공포

아내도 글 쓰는 사람이다. 결혼 전에는 생각지도 못했는데, 의도치 않게 둘 다 글 쓰는 일로 밥벌이를 해왔다. 신문사에서 잡지를 만들던 아내가 2020년 초 뜬금없이 논설실로 발령이 났다. 한창 제주도에서 휴가를 즐기던 중이었다. 신문을 떠난 지 오래된 데다가, 사설을 제대로 읽어본 적이 없는 아내는 "내가 어떻게 사설을 쓰냐"라며 망연자실했다. 퇴직까지 고려할 정도로 심각해져 휴가는 엉망이 되었다. 하지만 여차하면 그만둔다는 배수진을 치고 출근했던 아내가 처음 사설을 쓰고 나서 이렇게 말했다. "사설 별거 아니네!"

물론 그 뒤로도 한두 번 못 쓰겠다고 손사래를 쳤지만, 언제 그랬냐는 듯 열심히 글을 쓰며 30년이 넘는 신문사 생활을 마감할 수 있었다.

우리는 왜 글쓰기를 두려워하는가

글쓰기는 왜 어려울까. 가장 큰 이유는 두려워서다. 두려워서 자신이 없다. 자신 있으면 두렵지 않고, 두렵지 않으면 쓸 수 있다. 글쓰기의 두려움을 이기는 것은 내 오랜 화두다. 기업에서 17년, 청와대에서 8년 그리고 이후에도 줄곧 글 쓰는 일을 하는 나조차 글쓰기가 두렵다. 나만큼 쓰고 싶지 않은 글을 오래 쓴 사람도 드물다. 소설가나 시인도 글쓰기가 두렵겠지만, 누가 그들에게 쓰라고 했나. 어쩌면 설렘을 두려움으로 착각하고 있는지도 모른다. 조정래 작가도 자신의 글쓰기 책에서 '황홀한 글 감옥'이라는 표현을 썼다. 그러나 나는 결코 황홀했던 적도, 설렜던 적도 없다. 쓸 때마다 두려웠다.

글쓰기가 두려운 대표적인 이유는 '첫 문장' 때문이다. 첫 문장을 쓰기 전이 가장 두렵다. 동트기 전이 가장 어둡듯 글쓰기 직전, 뇌는 마지막 발악을 한다. 어떻게든 안 써보려고 안간힘을 쓴다. 뇌를 이기는 방법은 기습적으로 무턱대고 쓰기 시작하는 것이다. 요령 피우지 못하도록 일단 쓰기 시작해야 한다. 확실히 시작이 반이다. 공부하기 전이 힘들지 막상 책상에 앉으면 마음이 편하다. 글쓰기는 특히 그렇다.

많이 안 써봐서 두렵기도 하다. 자주 해보지 않은 일은 누구에게나 두렵다. 아무것도 쓰지 못하고 있으면 막연한 불안감이 느껴진다. 잘 쓰려 하지 않고 그냥 쓰면 된다. 메모하는 습관을 길러 자주 쓰면 된다. 자주 쓰다 보면 괜찮은 글을 쓰게 되고 자신감도 생긴다.

글쓰기 근육이 붙는 것이다. 그뿐 아니라 많이 쓰면 누군가가 읽는다. 그때까지 쓴다는 마음으로 밀어붙여 보라. 어쩌다 잘 썼다는 칭찬도 듣게 되는데, 이쯤 되면 글쓰기가 즐거워진다. 낯선 두려움에서 출발한 글쓰기가 익숙함과 자신감뿐 아니라 즐거움까지 주는 것이다.

한꺼번에 다 쓰려고 해서 두렵기도 하다. 글쓰기는 복합노동이어서 한 번에 여러 일을 해야 한다. 어휘를 떠올리면서 문장을 완성해야 하고, 문맥을 이어가면서 독자의 반응을 짐작해야 한다. 그래서 나는 한 번에 하나씩만 한다. 쓸거리를 생각할 때는 생각만, 쓸 때는 쓰기만, 쓴 것을 배열할 때는 구성만 신경 쓴다. 쓰는 것과 고치는 것도 따로따로 한다. 쓰면서 고치지 않는다. 고치기는 나중에 한다. 게다가 어휘를 고칠 때는 어휘만, 문장을 고칠 때는 문장만 고친다. 맞춤법을 살피거나 사실관계를 바로잡을 때는 그것만 한다.

독자도 글쓰기를 두렵게 하는 주범이다. 독자가 없는 글쓰기는 허망할 테지만, 독자가 없다면 두려움도 없다. 독자의 눈치를 심하게 보기에 글쓰기가 두렵다. 나는 이러한 두려움을 네 가지 생각으로 이긴다. 첫째, 남들은 내 글에 생각보다 관심이 없다. 둘째, 내가 독자를 두려워하는 것은 독자를 존중하는 마음과 잘 쓰고 싶은 생각 때문이다. 굳이 피할 일이 아니다. 남에게 보여줘야 글쓰기 실력이 는다. 셋째, 글은 내가 쓴다고 완성되는 게 아니다. 독자와 발을 묶고 달리는 이인삼각 경주다. 독자와 나는 한편이고, 동행한다. 넷째, 독자를 위해서 쓴다. 독자에게 도움이 되는 글을 쓰자. 도움이 안 되었다고 나무라면 달게 받아들이자.

글쓰기가 두려운 또 하나의 이유는 외로워서다. 글쓰기는 고독한 작업이어서 글 동무가 꼭 필요하다. 내게는 함께하는 네 친구가 있다. 첫째 친구는 내 글의 첫 독자인 아내고, 둘째 친구는 남의 글이다. 누에가 뽕잎을 먹고 고치를 만들 듯 나는 남의 글에 기대 쓴다. 아무리 생소한 주제의 글이라도 관련 책 세 권만 읽으면 얼마든지 쓸 수 있다. 셋째 친구는 글쓰기 책과 강의다. 글을 쓰다가 슬럼프가 오면 글쓰기 책을 읽는다. 글쓰기 강의는 동기를 부여하고 안내자 역할을 해준다. 넷째 친구는 글쓰기 멘토다. 내 글에 매섭게 빨간 펜을 들이대는 고등학교 동창이 있다. 나는 그 친구의 조언을 달갑게 듣는다. 물론 고독을 즐기고, 외로움으로 자신을 담금질하는 사람도 있다. 이것도 나쁘지 않다.

글쓰기는 원래 어려운 일이어서 두렵기도 하다. 아마 인간이 하는 일 중에 가장 어렵지 않을까 싶다. 그런 글쓰기를 학교에서 제대로 배운 적이 없다. 하지만 이제라도 배우면 된다. 글쓰기를 통째로 배울 방법은 없다. 어휘력, 문장력, 구성력 등 하나씩 떼어서 익혀야 한다. "어떻게 하면 글을 잘 써요?"라고 묻지 말고 "어휘력을 향상하려면 어떻게 해야 하죠?"라거나 "문장력은 어떻게 키우죠?"라고 물어야 한다.

그런데 글쓰기는 이런 기본기만을 요구하지 않는다. 이는 축구로 치면 슛하고 패스하고 헤딩하는 능력이다. 축구를 잘하려면 이보다 더 중요한 순발력, 지구력 등이 필요하다. 글쓰기도 관찰력, 질문력, 공감력, 비판력, 상상력 같은 역량을 요구한다. 그래서 어렵다. 하지만 하나씩 키워나가면 된다. 나는 쉰 살이 넘어 글쓰기 공부를 시작했다. 공부하기 좋은 세상이다. 인터넷에 접속하면 공부할 거리가 지천으로 널려 있다. 공부하는 게 그렇게 재미있을 수 없다. 글쓰기 역량을 키워나가는 과정은 단지 글공부만이 아니라 인생공부이기도 하다.

마음을 내려놓는다면

뭐니 뭐니 해도 글쓰기가 두려운 것은 잘 쓰겠다는 욕심 때문이다. 나는 다음과 같은 생각으로 욕심을 자제한다.

1. 우선 한 문장만 쓰자.
2. 내 역량을 보여줄 기회는 또 있다.
3. 있는 실력 그대로 보여주자.
4. 내 민낯을 드러내도 손해 볼 것 없다.
5. 모두 만족하고 누구도 시비 걸지 않는 글을 쓰는 것은 불가능하다.

정리하면 '솔직해지자'는 것이다. 이번 글이 부족할 수 있음을 인정하고 다음 글이 좋아지도록 노력하면 된다. 억지로 꾸미지 않으니 거짓이 없다. 내가 성인군자도 아니고 좋은 모습만 보여줄 필요도 없다. 위악적 표현도 쓰고 부끄러운 일도 쓴다. 거침없으니 쉽게 쓸 수 있다. 주술관계만 맞춰 쓰고, 무슨 말인지 알아듣게만 쓰면 된다. 모든 독자가 만족하지 않아도 된다. 내 글을 좋아할 단 한 사람을 생각하며 쓰자.

자신감이 부족해서 오는 두려움은 다음의 생각으로 다스린다.

1. 이것 못 쓴다고 죽고 살 일 아니다.
2. 양으로 승부를 가리자.
3. 말하듯 쓰자.
4. 글은 쓰다 보면 언젠가 써진다.
5. 글쓰기는 뒤로 갈수록 속도가 난다.
6. 지금까지 늘 써왔고 반드시 썼으므로 나는 나를 믿는다.

결국 필요한 것은 꾸준한 노력이다. 일단 많이 써야 한다. 그러다 보면 자연스럽게 실력이 는다. 뒷심이 붙는다. 거북이가 토끼를 이긴 이유다. 한 문장 한 문장에 과도하게 힘줄 필요도 없다. 말하듯 쓰기만 해도 맛이 산다. 이렇게 마음을 비우고 노력하면 자기 자신을 믿게 된다. 자존감이 충분한 사람의 글은 그 자체로 멋있다. 독자도 이를 안다.

이전에 아무리 많은 글을 썼더라도 지금 쓰는 글은 새로운 도전이다. 새로운 글을 쓴다는 것은 시작점에 다시 서는 것이다. 처음은 누구나 두렵다. 그렇지만 처음이어서 또한 두근거린다. 두려움과 두근거림은 한 끗 차이다. 두려움을 '두근거림'으로 바꾸는 건 도전정신이다. 나는 청와대를 나온 이후 늘 시도하고 있다. 새로운 것에 도전할 때마다 한편으로 두렵지만, 다른 한편으로 짜릿하다. '과연 내가 해낼 수 있을까?' '그런 역량이 내게 있을까?' 자문하며 나는 나를 탐험한다. 그 결과가 궁금하다. 한 꼭지 글을 쓰는 게 내게는 새로운 도전이고 짜릿한 모험이다.

간절하게 쓰고 싶은 글이 있고, 글을 써서 이루고 싶은 꿈이 있으면 누구나 쓸 수 있다. 안 쓰고는 도저히 버텨낼 수 없는 절박한 상황이면 글쓰기가 두렵지 않다. 글쓰기가 두렵다면 아직 살 만한 것이다.

글을 쓰기 위한 나만의 루틴

《강원국의 글쓰기》를 쓰면서 매일 술을 마셨다. 그러지 않고서는 쓸 수 없었다. 글은 동네 카페에서 썼다. 카페에 가기 전에 들르는 곳이 있는데, 바로 편의점이다. 거기서 술을 산다. 글은 술을 가린다. 사람마다 글을 잘 쓰게 하는 주종과 주량이 있다. 나는 청하 한 병이다. 편의점에서는 마실 수 없으니 카페 가는 길에 마신다. 카페에 도착해서는 따뜻한 아메리카노를 한 잔 주문한다. 자리에 앉아 노트북 플러그를 콘센트에 연결한다. 안경을 꺼내 닦는다. 글을 쓰고 싶은 마음이 차오를 때까지 닦는다. 계속 닦고 있으면 '이젠 써볼까?' 하는 마음이 든다. 그때 노트북을 연다. 당시에는 술을 마시는 것부터가 글을 쓰기 위해 치르는 나만의 의식이었다.

이 책을 쓰고 있는 지금은 습관이 바뀌었다. 카페가 아닌 집에서 쓴다. 거실과 부엌의 형광등을 모두 켜는 게 가장 먼저 하는 일이다. 그다음은 가스레인지 불을 켠다. 끓인 물에 즉석커피를 타서 마신다. 안경을 닦는 것부터는 같다. 안경을 닦지 않으면 글이 안 써진다. 그건 안경만 닦으면 글이 써진다는 말이기도 하다. 습관이 되는 '그 무엇'만 있으면 쓸 수 있다는 얘기다.

습관만 만들어도 글이 써진다

습관으로 쓰기 위해서는 몇 가지 조건을 갖춰야 한다.

❶ 장소를 정하라

일단 장소 정해야 한다. 나는 보통 집, 카페, 사무실에서 쓴다. 카페의 경우 앉는 자리까지 정해뒀다. 그 자리에 누군가 앉아 있을 것에 대비해 카페를 세 군데 정도 골라놓았다. 일찍 가서 자리를 차지했더라도 온종일 한 군데에만 있기는 힘들어 중간에 다른 곳으로 옮긴다.

❷ 시간을 정하라

집에서 쓰는 지금은 새벽과 오전 시간을 주로 활용한다. 최대한 방해받지 않는 시간을 정하는 게 중요하다. 그리고 이 시간에는 천하 없어도 쓰겠다고 다짐해야 한다.

❸ 반복하라

규칙적으로 반복해야 한다. 불가피한 사정이 아니면 하루도 거르지 말고 매일 써야 한다. 그리고 일정 시간을 채워야 한다. 적어도 하루 30분 이상은 써야 한다. 시간으로 채우기 힘들면 분량으로 채워도 된다. 헤밍웨이는 무슨 일이 있어도 하루 500단어 이상씩 썼다. 분량을 채우는 것이 버거우면 개수로 채워도 된다. 하루 한 꼭지씩 써내는 식이다.

❹ 집중하라

글을 쓰는 시간에는 메신저나 SNS를 보지 않는다. 휴대전화는 무음으로 해둔다. 미국 작가 E.B. 화이트Elwyn Brooks White는 "창조란 집중을 방해하는 요소들을 포기하는 것에 불과하다"라고 말했다. 글쓰기라는 창조 행위도 따지고 보면 별거 아니다. 불필요한 것을 자제하고 필요한 것에 집중하면 되는 일이다.

❺ 꾸준하라

꾸준히 계속해야 한다. 하루, 이틀, 한 주, 두 주가 아니라 한 달, 두 달, 1년, 2년 계속해야 한다. 그러기 위해서는 하루하루의 성과가 눈에 보여야 한다. 나는 지금까지 써온 글을 하나의 파일로 정리해놓았다. 거기에 매일 쓴 글을 보태며 원고지 매수가 얼마나 늘었는지 확인한다. 그것이 글 쓴 수고에 대한 보상이자, 나에 대한 동기부여다.

❻ 휴식도 방법이다

계속하기 위해서는 휴식도 필요하다. 긴장감이 계속되는 건 좋지 않다. 의식을 곤두세우는 일은 꽤 피곤한 일이어서 오래 할 수 없다. 반드시 쉬어서 여유를 찾아야 한다. 재충전을 위해서만이 아니라, 주의를 환기하고 분위기를 바꾸기 위해서도 휴식은 필요하다. 쉬지 않으면 매너리즘에 빠져 '습관적'으로 쓰게 된다. 가끔은 일정 기간 일탈할 필요도 있다. 그럴 때면 무언가를 해야 한다는 강박에서 벗어나 아무것도 하지 않는다. 아무것도 하지 않는 시간도 사실은 무언가를 준비하는 시간이다.

❼ 장기 목표를 설정하라

매일매일 쓰되 1년 후나 2~3년 후에 무엇을 이뤄내겠다는 청사진이 있어야 한다. 내게는 그것이 책 쓰기다. 내 꿈은 시시때때로 바뀌었다. 초등학교 시절엔 영화배우, 중고등학교 때는 법관, 대학 입시를 앞두고는 기자, 외교관 등 오락가락했다. 단 한 번도 작가라는 꿈을 꿔본 적은 없다. 시류에 따라, 남들의 기대와 내 역량에 맞춰 살아왔다. 직장에서 잘리고서 불가피하게 선택한 길이 강의하고 기고하는 일이었다. 이를 위해서 필수적으로 해야 할 것이 책을 쓰는 일이었다. 어디를 다니지 않는 사람에게 책은 유일하게 기댈 수 있는 명함이요, 이력서였다. 책을 쓴 건 내 인생에서 가장 잘한 선택이었다.

누구나 책을 쓰는 시대다. 아니, 써야 하는 시대다. 오래 살기 때문이다. '어디' 다니는 사람이 아니라 스스로 정한 '누구'라는 정체성으로 살아야 할 기간이 길다. 적어도 책 한 권 분량의 콘텐츠가 있어, 그것으로 자기를 설명할 수 있어야 한다. 고령화 사회에서 책은 명함 같은 것이다. 그래서 책이 있으면 일할 수 있다. 그렇지 않으면 매일 산에만 다녀야 한다.

스트레스와 동거하기

글쓰기가 습관이 되면 좋은 점이 많다. 우선 하기 싫은 마음이 적어진다. 글쓰기는 시작이 힘들다. 그렇다고 시작이라는 방아쇠를 당기지 않으면 쓸 수 없다. 그런데 습관이 되면 시작이 수월하다. 시작이라는 장벽이 낮아진다. 버티지 않고 으레 하는 일인 것처럼 하게 된다. 조건반사적으로 움직인다. 그만큼 부담이 덜하다.

또한 에너지를 덜 쓸 수 있다. 주차장에 가로로 세워져 있는 차를 밀면 처음에는 버틴다. 거듭 밀면 움직이기 시작하는데, 이때부터는 손만 대고 있어도 차가 움직인다. 바로 이게 '습관화'된 상태다. 신발을 신을 때 오른쪽부터 신을지 왼쪽부터 신을지 고민하지 않는 것과 같다. 이렇게 무의식적으로 하는 일은 에너지가 적게 든다.

나아가 더 잘하게 된다. 기타를 잘 치는 사람은 악보를 보거나 코드를 생각하지 않고 그냥 치는데 잘 친다. 달인이나 장인이라고 하는 사람들은 모두 그렇다.

습관은 결국 몰입으로 이어진다. 습관과 몰입은 일심동체다. 습관적으로 쓰면 주로 쓰는 주제에 몰입하게 되고, 특정 주제에 몰입하면 습관적으로 쓰게 된다. 습관은 몰입을 낳고, 몰입은 습관을 이끈다.

습관을 들이는 과정에서 두 가지 장애물과 싸워야 한다. 우선 스트레스다. 매일매일 쓰면서도 나를 가장 괴롭히던 것이 바로 스트레스다. 스트레스를 이겨내야 습관적으로 매일매일 쓸 수 있다. 그런 점에서 작가는 습관적으로 쓰는 사람인 동시에, 스트레스에 승리하는 법을 아는 사람이다.

나는 스트레스에 취약하다. 글쓰기 최고의 적인 스트레스 앞에 무력하다. 스트레스는 쓰는 사람의 숙명이고, 글은 스트레스를 쥐어짜서 뽑아낸 즙과 같다. 계속해서 쓰려면 실패를 이겨내는 힘이 필요하다. 사실 글쓰기는 실패의 연속이다. 한 문장 잘 쓰고 다섯 문장, 열 문장에 실망한다. 좌절하거나 포기하지 말아야 한다. 그러려면 스트레스를 견디고 어떻게든 적응해야 한다. 그래야 계속 쓸 수 있다.

스트레스의 가장 큰 주범은 '완벽주의'다. 가뜩이나 새가슴인 나는 대통령의 연설문을 쓰면서 극심한 스트레스를 받았다. 나의 글쓰기 여정은 스트레스와 싸우는 과정이다. 글을 쓰며 늘 주문을 외운다. 종교인의 식사 기도, 아니 발원發願과 같다. 스트레스와의 동거를 위한 자기암시다. 대충 이런 내용이다.

나는 할 수 있는 노력을 다하고 있다. 써낸 결과만 의미 있는 것은 아니다. 쓰지 못하고 끙끙 앓는 시간도 소중하다. 이 또한 쓰는 시간이다. 모든 사람에게 잘 보이지 않아도 된다. 지금 쓰는 글을 얼마나 많은 사람이 읽을지 모르지만, 혹시 내 글을 읽지 않는 사람에게까지 잘 보이려 하고 있지는 않은가. 남보다 잘 쓰려고도 하지 말자. 내가 이전에 쓴 것보다 잘 쓰면 된다. 못 쓰면 또 어떠하랴. 너무 완벽한 인간은 밥맛없다. 완벽하게 살아야 할 이유는 없다. 무너지는 게 당연하다. 나는 인간적일 때 가장 매력적이다. 무너지고 상처받고 다시 일어서며 쓸 것이다. 생채기에 딱지를 덕지덕지 붙여가며 하루하루 쓸 것이다.

글이건 말이건 일이건 늘 잘할 수는 없다. 모든 사람에게 잘했다는 소리를 들을 수도 없다. 어쩌다가 한 번 잘하면 된다. 못한다는 소리보다 잘한다는 소리를 좀 더 들으면 된다.

스트레스는 내게 주어진 상황을 스스로 통제할 수 없다고 생각할 때 심해진다. 나는 내가 제어하고 결정할 수 있는 범위 안에서, 쓸 수 있는 만큼만 쓴다. 쓰기 싫으면 언제라도 그만둔다. 내 뜻대로 할 수 없을 때는 상황을 긍정적으로 해석한다. 내 요령은 감탄과 감사다. 나는 내 글에 감탄한다. 그리고 감사한다. 쓸 시간이 있어 감사하고, 쓸 수 있는 몸 상태도 감사하다. 살아 있어 감사하고, 이렇게 쓰다 죽는 것도 감사하다. 나아가 상황이 어떠하든 글 안에서 나는 자유롭다. 내 글은 내가 쓰고 내가 해석한다. 별것 아닌 것이 내가 쓰는 순간 특별해진다. 의미는 내가 만든다. 물론 이도 저도 안될 때가 있다. 그러면 적당한 선에서 타협하고 안주한다. 마음을 비우고 방황과 방랑의 시간을 누린다.

슬럼프는 나의 동반자

습관적으로 쓰는 것을 방해하는 다른 장애물은 슬럼프다. 스트레스가 쓰는 과정에서 그때그때 부딪히는 걸림돌이라면, 슬럼프는 장기간 계속된다. 일정한 기간을 통째로 앗아간다. 그래서 더 심각하다. 글쓰기 강의에서 많이 받는 질문 중 하나도 슬럼프에 관한 것이다. "쓰기 싫어졌어요. 벽에 부딪힌 느낌이에요. 어떻게 극복할 수 있나요?"

슬럼프에 빠지는 이유는 여러 가지다. 우선 쓰는 일이 의미 없어졌을 수 있다. '내가 지금 이걸 왜 하고 있지?' '이거 해서 무얼 하려고 하는 거지?' 모든 게 무의미하고 허망하다. 아무것도 쓰기 싫다. 나는 이런 경우 머릿속의 재설정 버튼을 누른다. 처음부터 다시 시작한다. '리셋'한다.

해오던 일에 권태감을 느껴도 슬럼프가 온다. 그냥 쓰는 게 재미없다. 재미를 붙여보려고 안간힘을 쓸수록 더 재미없다. 나는 이럴 때 글쓰기를 멈추고 다른 일을 한다. 다시 글쓰기가 그리워질 때까지 철저히 외면한다. 그러다 보면 언젠가 다시 글쓰기를 찾게 된다. 그때가 슬럼프에서 빠져나오는 시점이다.

가진 게 너무 많아 못 쓰는 경우도 있다. 방에 물건이 많으면 무엇 하나 찾으려 해도 힘들고, 도로에 차가 많으면 교통체증이 일어난다. 실타래가 복잡하게 엉키면 풀기 어렵다. 가진 게 많으면 기대와 검열 수준도 높다. 다행히 나는 가진 게 별로 없다. 기준도 낮다.

올라갈 일만 남았다. 대신 나는 차이에 민감하다. 어제보다 조금 나아졌음을 느끼거나 미세한 발전을 알아채면 너무 기쁘고 스스로가 대견하기까지 하다. 오늘보다 더 나은 나를 만들기 위해 노력한다.

회의가 들면 쓰지 않기도 한다. 블로그에 글을 올려도 댓글이 달리지 않는다든가, 내 글의 수준이 제자리걸음이라는 생각이 들 때다. 그럴 때마다 나는 이런 생각을 했다. '내게는 아직 내가 알지 못한 재능, 내가 알고 있지만 보여주지 못한 저력이 숨어 있을 거야. 그것은 써야만 내 앞에 나타날 수 있어. 언젠가 보여줄 날이 반드시 올 거야. 아마 사람들이 깜짝 놀랄걸. 그때까지는 참고 기다릴 수밖에 없어.'

글쓰기를 배우는 사람 중에 쓰지는 않으면서 잘 쓰고 싶어 하는 사람이 있다. 그러면서 잘 쓰지 못할 바에는 안 쓰는 게 낫다고 얘기한다. 그렇지 않다. 잘 쓰는 게 가장 좋고, 그다음은 잘 못 써도 쓰는 것이다. 안 쓰는 것이 최악이다. 잘 못 써도 쓰면 희망이 있다. 오늘 안 써진다고 내일도 안 써진다는 법은 없다. 시를 못 쓴다고 소설까지 못 쓰란 법도 없다. 다른 사람이 인정해주지 않는다고 내가 못 쓰는 사람이 되는 것도 아니다. 글쓰기에 정해진 법은 없다. 나는 앞으로 글로써 성취할 미래를 상상한다. 글쓰기 학교 교장이 되어 있는 나를 그려본다. 서두르지 않고, 그렇다고 쉬지도 않고 그곳을 향해 한 발 한 발 나아간다. 글쓰기에 비법이나 왕도는 없다. 그저 고통에 익숙해지는 길만 있을 뿐이다. 나는 생각이 곪아 터져 글이 될 때까지 아픔을 참는다.

베껴 쓸 때 얻을 수 있는 것들

왜 글을 못 쓰겠다는 것인지 모르겠다. 잘 쓰기는 어렵지만, 누구나 쓸 수는 있지 않은가. 글이란 걸 최초로 써야 하거나, 문자를 창제해야 하는 것도 아니지 않은가. 게다가 이미 누군가 써놓은 글이 있다. 남과 다르게 쓰기는 어려워도 남처럼 쓰는 건 힘든 일이 아니다. 그것이 배우기나 본받기건, 또는 흉내 내기나 베끼기건 거리끼지 말고 모방하자. 글을 못 쓰고 있다면 남이 써놓은 걸 덜 봤거나, 남처럼 쓰려는 노력을 덜 했거나, 절박하지 않기 때문이다.

　나는 모방의 힘을 믿는다. 재능이나 소질이 없어도, 독서를 많이 하지 않아도 남의 글에 기대서 얼마든지 잘 쓸 수 있다고 확신한다. 내가 산증인이고, 또 증거다.

따라 쓰고 싶은 사람을 정하라

모방의 출발은 사람을 본받는 것이다. 대통령의 연설문을 쓰는 일은 모방 능력이 거의 전부다. 적어도 나는 그랬다. 대통령의 생각과 문체를 베껴야 한다. 그러기 위해 그를 본보기로 삼아야 한다. 따라 하고 싶고, 흉내 내고 싶어야 한다. 그러면 베낄 수 있고, 누구라도 그처럼 쓸 수 있다.

캐나다 심리학자 앨버트 밴듀라Albert Bandura는 1960년 진행한 일명 '보보인형 실험'으로 '모델링 이론'을 세웠다. 사람은 누구나 자신이 정한 모델의 사고와 행동을 모방하고자 한다는 것이다. 이국종 교수를 보면 이 말이 옳다. 그가 쓴 《골든아워》를 선물 받고 몇 장 읽지도 않았는데, 놀라운 사실을 발견했다. 김훈 작가가 대필하지 않았나 싶을 정도로 문체가 닮아 있었다. 그를 만났을 때 물었다. "어떤 작가를 좋아하세요?" "김훈 선생님을 가장 존경하고, 그분처럼 쓰고 싶은 게 소원입니다." 그래서 내가 말해줬다. "이미 김훈 선생님입니다." 그가 뛸 듯이 기뻐했다.

당신의 모델을 정해보라. 작가도 좋고, 학자나 정치인도 상관없다. 직장인이라면 회사 안에서 본받고 싶은 사람을 찾아보라. 뉴턴의 말대로 그의 어깨에 올라타라. 그의 글을 교본으로 삼아보라. 학창 시절 자기가 좋아하던 선생님 흉내를 내듯 '큰 바위 얼굴'만 있으면 된다.

한때 나는 강준만 교수를 모델로 삼았다. 그의 칼럼을 서른 편 출력해 세 번씩 읽었다. 처음에는 요약하며 읽었고, 그다음에는 비판하며 읽었다. 마지막으로 구성을 따라서 써봤다. 그의 칼럼이 일화로 시작하면 나도 서두에 일화를 놓았다. 고사성어를 인용하면 나도 주제에 맞는 고사성어를 찾아 소개했다. 이렇게 따라 쓰다 보니 그의 글 전개 방법과 글쓰기 기법을 알게 되었다.

굳이 사람일 필요도 없다. 책 한 권을 모델로 삼아 최소 세 번 이상 읽는 것도 좋은 방법이다. 고등학교 다닐 때《수학의 정석》,《성문 종합영어》를 독파하듯, 책 한 권을 통달하는 것이다. 이 대목은 왜 좋은지, 저자는 왜 이렇게 썼는지 분석하고, 좋은 표현은 메모하며, 자주 띄는 단어는 언젠가 써먹겠다고 다짐하면서 읽고 또 읽는 것이다. 독서백편의자현讀書百遍義自見(100번 읽으면 의미가 저절로 드러난다)이라 하지 않던가. 어느 시기가 되면 모델로 삼은 책의 저자처럼 쓰는 자신을 보게 될 것이다.

책을 독파하는 게 부담스럽다면 문장으로 접근해보라. 문장을 필사하고 암송해보는 것이다.《크리스마스 캐럴》로 친숙한 디킨스는 필경사 출신이다. 당시에는 인쇄술이 대중화되지 않아 손으로 베끼는 방법으로 여러 권의 책을 만들었는데, 디킨스는 이 작업을 하다가 작가가 되었다. 나도 고등학교 3학년 때 잠시, 자칭 시인이 되었다. 국어 선생님이 〈한국의 현대시〉 단원에 나오는 시를 모두 외우라고 해 그리했더니, 신기하게도 시가 써졌다. 친구들이 야간자율학습을 위해 저녁 먹으러 간 사이, 칠판에 자작시를 썼다. 친구들이 "원국아, 그만해라"라고 비웃듯 말했지만, 나는 시가 쓰고 싶었다.

암송과 필사는 문장의 여러 형태를 터득하게 하는 힘이 있다. 흔히 접하는 명언이나 격언은 오랜 세월 검증되고 선택받은 문장이다. 문장이 어떠해야 사람 사이에 회자하고 기억되는지 알려준다. 거기에는 여러 문형이 녹아 있고, 온갖 수사법이 구사되어 있다. 기발한 표현도 많다. 2500년 전 히포크라테스가 "인생은 짧고, 예술은 길다"라고 한 이후, 이런 아포리즘은 모방의 보물창고가 되었다. 그냥 베껴 쓰거나 무턱대고 외우는 것은 효과가 없다. 간절하게 닮고 싶은 문장을 찾아 기쁜 마음으로 꾹꾹 눌러 써야 한다. 조선 시대 선비들의 일필휘지 능력도 좋은 글귀에 대한 갈급함에서 비롯된 것이리라.

다른 말로 바꾸어 표현하거나 다시 써보는 것도 권한다. 전자는 누가 써놓은 문장을 자신의 말로 바꿔보는 것이고, 후자는 고쳐 쓰는 것이다. 전자가 형식은 놔두고 내용만 바꾸는 것이라면, 후자는 두 가지 모두 손대는 것이다. 이것도 일종의 모방이다.

생각 모방의 4가지 유형

나는 생각도 모방하는데, 주로 다음과 같은 방법을 쓴다.

❶ 모방하되 바꾸기

다른 사람의 생각을 변형하고 응용하며 재배열한다. 있는 것을 뒤집거나 덧붙이거나 다른 소재로 대체하거나 비틀거나 재배치한다. 줄이거나 쪼개서 A를 'a'나 'A+'로 만든다. 새로운 것은 하늘에서 떨어지지 않는다. 있는 것을 새롭게 해석하거나, 바꾸고 변형한

끝에 나온다. 돌덩이가 구르는 것을 보고 바퀴가 만들어진 것처럼 말이다.

❷ 여러 방식 결합하기

이미 있는 A와 B를 결합해 'A+B'를 만든다. 이때 A와 B는 여전히 내 글 안에 존재한다. 일종의 편집이고 물리적 결합이다. 이를 위해 나는 쓰려는 글과 비슷한 주제의 글을 스무 편 정도 읽는다. 나의 뇌는 이 글에서는 전개 형식을 빌려오고, 저 글에서는 인용구를 차용하며, 또 다른 글에서는 시작하고 끝내는 방식을 참고한다. 베끼려고 하지 않았다. 뇌가 알아서 했다. 누가 내게 돌을 던질 것인가. 파스칼은 배치만 바꿔도 새로운 것이라고 했다. 몽테뉴도 꿀벌은 이 꽃 저 꽃에서 꿀을 얻지만, 꿀은 꽃이 아니라 벌의 것이라고 했다.

❸ 연결하고 융합하기

A와 B를 융합해 'AB'를 만든다. 화학적 용해다. 이렇게 녹여낸 글에서 A와 B는 보이지 않는다. AB가 있을 뿐이다. 융합이 일어나기 위해서는 이것저것을 연결해봐야 한다. 나는 2019년 SNS에 2000개가 넘는 글을 썼다. 이 조각들이 녹아 지금 이 책이 되었다.

❹ 새로운 생각의 탄생

A와 B가 결합해 'C'를 잉태하는 경우다. 생물학적 해산解産이다. 그렇다고 산고産苦까지 겪을 필요는 없다. 고찰하는 수고와 발효하는 시간이 필요할 뿐이다. 그러다 보면 길을 걷거나 반신욕을 하다

가, 또는 잠들기 직전 숙성된 생각이 불현듯 찾아온다.

나는 회사에서 보고서를 쓸 때 이 네 가지 방법을 잘 써먹었다. 우선 선배들이 써놓은 것을 찾아봤다. 주로 중간 제목을 봤다. 그동안 회사에서 만들어진 보고서의 중간 제목을 모두 망라해서 한 데 모았다. 글을 쓸 때마다 그중 몇 가지를 골라 조합했다. 글의 구성을 모방한 셈이다. 보고서를 잘 쓰는 사람은 배경, 취지, 현황, 원인, 대책, 해법, 기대효과, 실행계획 등의 중간 제목을 많이 알고 있다. 소설가는 살인, 탈옥, 추적, 역전, 구출, 갈등, 복수 같은 중간 제목, 다시 말해 글의 소재가 될 만한 개념어를 많이 갖고 있다. 글쓰기는 이런 소재를 모아서 주제를 드러내는 일이다. 그런 점에서 여럿이 모여 쓰는 것도 좋은 방법이다. 함께 쓰면서 서로 흉내 내고 모방하며 배울 수 있다.

모방할 때 더 나은 내가 된다

모방의 성공 여부는 기존에 있는 것을 얼마나 내면화할 수 있느냐에 달렸다. 단순한 복제여서는 곤란하다. 그것은 답습이고 클리셰다. 표절이고 도용이다. 설사 법에 저촉되지는 않더라도 '짝퉁' '모조' '카피'란 소리를 듣는다. 내 것이 가미되어야 하고, 이전 것보다 나아져야 한다. 이미 있는 지식과 정보를 자신의 관점과 시각으로 해석하고 결합하며 조합해서 현실에 접목하고 적용한 후, 해법과 대안을 제시할 수 있어야 창조적 모방이다. 〈불후의 명곡〉이라는 텔레비전 예능 프로그램을 즐겨 본다. 가수들이 나와 '명곡'을 다시 부르는데, 원곡을 훼손하면 추억을 빼앗긴 것 같아 화난다. 원곡대로만 부르면 날로 먹으려는 것 같아 성의 없어 보인다. 그 중간 어디쯤 있어야 훌륭한 모방이다.

모방의 종착점은 자기 자신을 모방하는 것이다. 남을 모방하다 보면 어느 순간 스스로 생각해도 괜찮은 내 것이 만들어져, 다음부터는 그것을 베낀다. 그런 것들이 축적되면 나만의 문체가 만들어지고 나다운 글을 쓰게 된다.

나는 모방을 부끄러워하지 않는다. 내게 모방은 나보다 더 나은 것을 따라 하고 싶은 충동의 결과다. 배우겠다는 의지의 표현이자 더 나은 나를 향해가는 성장 여정이다. 나는 남의 글을 숙주 삼아 내 글을 쓴다. 남의 글에 기생한다. 그러나 쭈뼛쭈뼛하지 않는다. 도리어 큰소리친다.

"당신을 보존하고 번식시켜주는 거야. 훔치는 게 아니라 빌리는 거야. 기다려. 더 좋은 것으로 갚아줄게. 지켜봐. 나를 따라 하게 될지니."

모방은 인간의 본능이다. 글은 그렇게 서로를 모방하며 자란다. 글은 글로써 완성된다.

당신의 독자는 누구입니까

대우증권 신입사원 시절 《대우증권 20년사》를 쓰게 되었다. 이제 막 들어온 직원에게 회사의 20년 역사를 쓰라니, 어처구니가 없었다. 하지만 상사의 말에 용기가 생겨 썼다. "이 책은 아무도 보는 사람이 없네. 나오자마자 책꽂이에 꽂힐 책이니 잘 쓸 필요 없고, 창립기념일에 맞춰 나오기만 하면 되네." 독자의 반응은 글쓰기가 두려운 이유 중 하나다. 독자가 내 글을 읽고 어떻게 평가할지가 두려워 선뜻 쓰지 못한다. 그런데 독자가 없다니 못 쓸 이유가 없었다.

사실 독자는 글을 쓰는 사람에게 부담이기도 하지만, 다른 한편으로 둘도 없는 우군이기도 하다. 독자가 없는 글은 허망하다. 독자가 읽어줬을 때 글은 비로소 의미가 생긴다. 독자가 내 편이 되면 글쓰기가 오히려 수월하다.

한 사람의 독자를 위하여

내가 독자에게 의지해서 쓰는 방법은 이렇다. 첫째, 독자 한 사람을 마음속에 정한다. 《강원국의 글쓰기》를 쓸 때는 이전 직장에서 함께 일했던 30대 여성이었다. 글쓰기 책은 30대 여성 직장인이 많이 읽기 때문이다. 한 사람을 콕 짚으면 그에게 무엇을 써줘야 할지도 분명해진다.

어렸을 때 학교에서 국군 장병에게 위문편지를 쓰게 했는데, "얼마나 고생이 많으신가요. 덕분에 후방에서 발 뻗고 잘 살고 있습니다. 고맙습니다" 다음에는 더 쓸 말이 없었다. 그런데 가족 중에 군대에 간 사람이 있는 친구들은 달랐다. 어떻게든 위로하고 싶어 이것저것 많이 썼다. 대상이 명확하면 쓸 내용이 분명해지고 많아진다. 판에 박힌 글이 아니라, 진심이 담긴 글을 쓰게 된다. 버지니아 울프도 "독자가 누구인지 알면 어떻게 써야 하는지 알 수 있다"라고 했다.

둘째, 그 한 사람의 소리를 듣는다. 취향, 성향, 수준, 처지, 생각, 심정을 잘 알고 있는 사람을 놓고 쓰면 그의 소리가 들린다. 반응을 알 수 있다. 글은 독자의 반응에 호응하면서 쓰는 것이다. 독자가 "다짜고짜 이게 무슨 소리예요? 그렇게 말하면 어떻게 알아들어요? 찬찬히 설명해봐요"라고 하면 자세히 설명해줘야 한다. 독자가 "그래서 하고 싶은 얘기가 뭔데요?"라고 나오면 서론이 너무 길어서 핵심을 못 잡은 것이니 빨리 결론을 말해줘야 한다. 독자의 소리가 생생하게 들릴수록 글쓰기가 쉬워진다.

그러면 독자도 자기를 염두에 두고 쓴다는 걸 안다. 그래서 집중한다. 회사 다닐 적에 전 직원의 참여를 끌어내야 할 일이 있었다. 세 가지 방안을 두고 고민했다. 대표가 전 직원을 대상으로 참여를 독려하는 연설을 하거나, 임원들을 모아놓고 직원들의 참여를 당부하거나, 부서장 한 사람 한 사람을 불러 얘기하는 것이었다. 어느 방안이 가장 효과적이었을까.

전 직원을 대상으로 연설하면 직접 소통한다는 측면에서 명분이 좋다. 하지만 실리는 없다. 임원들을 모아놓고 얘기하는 것도 크게 다르지 않다. 임원들은 참여하겠지만, 직원들에게까지 잘 전달될지는 의문이다. 결국 대표가 부서장들에게 개별적으로 얘기하는 것으로 정했다. 품은 많이 들었지만, 효과가 정말 좋았다. 부서장들이 모두 자기 일처럼 생각했던 것이다.

'링겔만 효과'라는 게 있다. 줄다리기에 참여하는 사람 수가 늘어날수록 각자가 쏟아붓는 힘의 양은 줄어든다는 것이다. '내가 아니어도 누군가 하겠지' 하는 심리가 작동하기 때문이다. 인원이 많아질수록 묻어가려는 사람도 많아지기 마련이다. 그만큼 무책임해질 가능성도 커진다. 숫자가 중요한 것이 아니다. 자기 일이라고 생각하는 '한 사람'이 필요하다. 눈사람을 만들 때 가장 먼저 작고 단단한 돌멩이 하나가 필요하듯 말이다.

독자를 배려하는 글쓰기

이제 독자를 위해 글을 써보자. 내 글을 읽고 도움받았으면 하는 간절한 마음으로 독자가 원하는 것이 무엇인지를 파악해 글에 담으려고 힘써야 한다. 평소에 내가 남의 글에서 얻기 원하는 것을 내 글의 독자에게 베풀어야 하는 것이다. 이런 배려가 기본이다.

독자를 배려하는 사람은 글로 상처 주지 않으려고 노력한다. 화나도 폭언을 삼간다. 그것이 상대에게 어떤 영향을 미칠지 한 번 더 생각한다. 칼에 베인 상처는 시간이 지나면 아물지만, 글과 말에 베인 상처는 쉽게 치유되지 않는다는 걸 잘 안다. 자기가 한 만큼 다시 돌아온다는 사실도 잘 안다. 내가 원하지 않는 것은 다른 사람도 원하지 않는다고 생각해 무례하게 쓰지 않는다.

또한 쉽고 간결하게 쓴다. 풍덩풍덩 쓰지 않고 한 문장 한 문장 아껴가며 쓴다. 최대한 상세하게 쓰는 게 독자를 배려하는 길이라고 생각할 수 있지만, 오히려 시간을 빼앗는 일일 수도 있다. 독자를 믿고 짧게 쓰는 것이 생각할 공간을 열어주는 결과를 낳는다. 배려심이 깊은 사람은 어려운 글로 독자를 곤혹스럽게 하지 않는다. 평소 하는 말과 글이 크게 다르지 않다.

독자의 반응도 섬세하게 고려한다. '훈계조는 아닌가?' '읽기 좋게 리듬을 타는가?' 고민한다. 독자를 내 글을 읽는 대상, 즉 수단으로 간주하지 않고, 함께 내 글을 완성하는 상대, 다시 말해 목적으로 존중한다. 그래서 글을 고치고 또 고친다.

그러다 보니 글로써 독자를 즐겁게 해주려고 한다. 즐겁게 하는 방법은 첫째, 유머다. 풍자와 해학으로 사람들을 웃긴다. 둘째, 풍부한 소재다. 다양한 이야기로 시간 가는 줄 모르게 한다. 셋째, 칭찬이다. 상대를 추켜세운다. 상대와의 공통점을 찾아 우리는 비슷하다는 것, 한편이란 걸 강조한다. 덕담에 인색하지 않다. 다만 지나치게 하면 알랑거리고 아첨한다는 소리를 들을 수 있다.

관점의 차이를 인정하고 받아들이는 것도 배려하는 사람의 특징이다. 상대의 취향과 개성, 다양성을 존중한다. 자기중심적으로 쓰면 상대는 절대 설득되지 않는다. 대화할 때를 생각해보면 쉽다. 내가 주도권을 쥐고 실컷 떠들어봤자 반감만 쌓일 뿐이다.

무조건 이기려고도 하지 않는다. 누가 맞는지 따지기보다는 무엇이 옳은지 판단한다. 누구에게 이익이 되는지 계산하기보다는 함께 이익을 얻는 방향을 찾는다. 그래서 양보해야 할 때는 양보한다. 그럼으로써 더 큰 걸 얻는다.

결론적으로 배려하는 사람의 글에선 진정성이 느껴진다. 글은 '표현력'과 '진정성'으로 평가받는다. 독자들은 이 두 잣대로 글이 좋은지 나쁜지 품평한다. 표현력이 좋다는 의미는 뭘까. 사용하는 어휘 수가 많고, 구사하는 문장 유형이 다양하며, 수사법을 잘 활용한다는 것이다. 잘 꾸미는 능력이다. 진정성은 많이 아는 것과는 상관없다. 유려한 글솜씨와도 무관하다. 그냥 그 사람에게서 뿜어져 나온다. 문제는 표현력이 진정성과 부딪는다는 것이다. 잘 꾸미는 표현력과 꾸밈이 없는 진정성은 상충한다. 흔히 기교보다는 진정성이 중요하다고 하는데, 이때 기교에 해당하는 게 표현력이다.

표현력과 진정성이 충돌할 때 어느 쪽 손을 들겠는가. 진정성은 있는데 표현력이 부족한 사람의 글과 표현력은 좋은데 진정성이 없는 사람의 글 가운데 어느 쪽에 호감과 신뢰감을 느끼는가. 진정성 없이 표현력만 좋다면 오히려 독이 된다. 그에 반해 표현력은 부족하지만 진정성 있는 사람은 왠지 도와주고 싶은 마음이 든다. 물론 진정성도 있고 표현력까지 좋으면 금상첨화다.

독자에게 의지하는 마지막 방법은 반응을 겸허하게 받아들이는 것이다. 칭찬하든 나무라든 그것은 독자의 몫이다. 독자는 글 쓰는 사람의 밭이다. 농부가 밭을 탓해서야 되겠는가. 또한 글은 독자의 반응이 더해져야 완성된다. 나는 독자가 내 글의 취지와 의도를 정확하게 간파할 때 전율한다. 교감해준 독자가 고맙다. 독자가 글쓰기의 걸림돌이 아니라 오히려 버팀목이요, 디딤돌이 된다. 독자를 사랑하는 마음으로 쓰면 못 쓸 글이 없다.

시간을 내 편으로 만든다면

시간과 글쓰기는 떼려야 뗄 수 없는 관계다. 쓰고 싶을 때 쓰면 좋겠지만 마감이 있는 경우에는 쉬운 일이 아니다. 그만큼 시간 활용이 중요한데, 여기에는 몇 가지 규칙이 있다. 첫째, 마감을 활용한다. 나는 마감이 없으면 글이 안 써진다. 시험이 없으면 공부하기 싫은 것과 같은 맥락이다. 내 책은 모두 연재를 자청한 후 마감에 쫓겨 쓴 글들을 모아 출간한 것이다. 독자의 반응을 미리 확인하겠다는 의도도 있었지만, 마감을 지켜야 한다는 강박으로 쓰기 위해서였다.

마감이 임박해서 쓰면 장점이 있다. 벼락치기 상황이 되면 내 뇌는 최악만 면하자는 절박감 속에서 잘 써야겠다는 욕심을 내려놓고 위기의식을 한껏 고조시킨다. 직관을 동원하여 내가 가진 것을 최대한 끄집어낸다. 정확히 말해 내 뇌는 써야 할 글이 생겼을 때부터 걱정과 불안 속에서 작업을 시작한다. 내가 언제까지 마감해야 한다는 사실만 잊지 않으면 뇌는 혼자서 쓴다. 그 결과물이 마감 직전 나온다. 이렇게 마감에 쫓겨 쓰면 계획을 세워 조금씩 써나가는 것보다 결과물이 더 좋을 수도 있다. 단점은 정신과 육체의 건강에 좋지 않다는 것이다.

시간이라는 우군

둘째, 시간을 장악하고 쓴다. 내가 시간에 끌려가는 객체가 아니라 시간을 끌어가는 주체가 된다. 대통령 담화문을 쓸 때 가장 중요한 건 시간 내에 쓰는 것이다. 담화문은 갑자기 쓰게 되고, 심지어 이곳저곳에서 찾는다. 아직 안 되었느냐고, 언제쯤 되느냐고, 지금 얼마나 썼느냐고 마구 묻는다. 일일이 답하다가는 괜히 시간만 보낸다. 시간에 쫓길수록 더 안 써진다. 그래서 언제부터인가 급히 써야 할 때는 길어봤자 30분 정도로 스스로 마감을 정했다. 어차피 그 이상 쓸거리도 없다. 물론 30분 동안 쓴 원고가 좋을 리 없다. 몇 번 그러다 보면 사람들이 기다려준다. 그 시간만큼 손본다. 나를 시간에 내맡기지 않고, 시간을 장악해서 쓴다.

셋째, 잘 써지는 시간에 쓴다. 나는 심야보다는 새벽녘에 잘 써진다. 바쁘고 기쁠 때보다는 심심하고 우울할 때 잘 써진다. 조용한 곳보다는 약간 소음이 있는 곳, 혼자 있을 때보다는 주변에 사람이 있을 때 잘 써진다. 아무도 봐주지 않는 데서 글쓰기의 고통을 홀로 감당하고 있는 건 억울하다. 내가 이렇게 고생하고 있다는 걸 보여주고 싶다. 또 나는 글을 쓸 때 가장 멋있다. 그 멋진 모습을 누군가에게 보여주고 싶다. 그래서 카페에 간다. 작업 내용에 따라서도 잘 써지는 시간대가 다르다. 구상이 잘되는 시간, 초고가 잘 써지는 시간, 퇴고가 잘되는 시간이 각각 다르다.

넷째, 자투리 시간에 쓴다. 글은 써야 하는 시간보다 안 써도 되는 시간에 더 잘 써진다. 버스를 타고 이동하거나 카페에서 사람을 기다리는 동안에 쓴다. 이 시간은 원래 글 쓰는 시간이 아니다. 그러니 안 써져도, 못 써도 상관없다. 부담 없이 쓰게 된다. 글을 써야겠다고 정색하고 책상 앞에 앉으면 이런 게 되지 않는다.

다섯째, 써질 때까지 쓴다. 인내와 끈기만 있으면 쓸 수 있다. 써질 때까지 궁둥이를 붙이고 앉아 힘든 시간을 참아내고, 수없이 실망하고 좌절하면서도 포기하고픈 마음을 이겨내고, 내 글에 반응이 없어도 견디고 버텨내는 인내와 끈기만 있다면 글은 써진다. 이런 지구력은 두 종류다. 오래 앉아 버티는 지구력과 자주 앉는 지구력이다. 나는 후자다. 오래 앉아 있지는 못하지만 자주 앉는 편이다.

아무튼 나는 시간이라는 우군을 믿는다. 역량이 부족하고 타고난 재주가 없어도 시간을 들이면 된다고 생각하며 살아왔다. 시간은 누구에게나 공평하게 주어진다. 대통령의 글을 쓸 때도, 다른 일을 할 때도 이렇게 주어진 시간이 늘 의지가 되었다. 다른 건 몰라도 시간으로 겨루는 건 자신 있었다. 그래서 내가 잘할 수 있는 거로 승부를 내자는 생각으로 일해왔다. 시간은 늘 글쓰기의 최대 응원군이자 축복이었다.

100세 시대를 사는 법

나와 비슷한 연배인 50대 후반에서 60대 초반은 참 애매한 나이다. 무엇인가를 하자니 늦은 것 같고, 그렇다고 아무것도 안 하자니 살아갈 날이 많다. 나보다 잘 쓰는 분들을 보면 그들보다 오래 살고 싶다는 생각을 한다. '오래 살기만 하면 나도 그분들만큼 잘 쓰는 날이 오겠지. 시간을 들이면 되니까.' 생각만 하지 않고 그렇게 되기 위해 실행도 한다. 술을 끊은 게 대표적이다. 음주는 나의 유일한 취미이자 삶의 즐거움이었지만, 맨정신으로 오래 살기 위해서 결단했다.

내게 주어진 시간을 늘리기만 해서는 소용없다. 그 시간을 잘 써야 한다. 다른 일보다 글 쓰는 데 시간을 더 할애하고 집중해야 한다. 생각해보면 지금까지보다 앞으로의 시간의 밀도가 더 높을 수밖에 없다. 맨땅에서 시작해 여기까지 왔다면, 앞으로는 지금까지의 경험을 발판 삼아 나아갈 수 있기 때문이다. 산 날보다 살아갈 날이 많지 않은 것도 이유다. 조만간 유튜브나 팟캐스트도 시작해볼 작정이다. 혼자 시간을 보내며 놀기에 이만한 것이 없겠다는 생각이 든다. 돈이 드는 것도 아니고 시간만 있으면 누구나 가능하다. 잘하면 많은 사람에게 즐거움과 유익을 줄 수도 있다. 혹시 이것으로 돈까지 벌 수 있을지 누가 알겠는가.

100세 시대라고 한다. 인생의 전반부 50년은 남의 말을 들으며 살았다. 말 잘 듣는 어린아이와 학생, 시키는 것 잘하는 직장인이었다. 인생 후반부 50년은 내 말을 하고 내 글을 쓰면서 살고 싶다. 또 그래야 한다고 생각한다. 남의 것을 받기만 하며 지금껏 살았으니 이제는 내 것을 주면서 살아가야 한다. 나에게 주는 삶이란 바로 글 쓰는 삶이다.

관계:
친해지기 위해 말하라

누구나 좋은 관계를 원한다. 함께 있어도 불편하지 않고, 안 보면 보고 싶고, 서로 도움이 되는 관계 말이다. 이는 친구나 직장 동료, 가족 등 모든 관계에 적용된다.

관계에는 여러 종류가 있다. 종속적인 관계도 있고, 대등한 관계도 있다. 비슷한 사람끼리 모여 있기도 하고, 이질적인 사람이 섞여 있기도 하다. 경쟁하는 관계도 있고, 돕는 관계도 있으며, 갈등하는 관계도 있다. 이해관계가 밀접하게 얽힌 관계도 있고, 전혀 상관없는 사람 간의 관계도 있다.

어떤 관계건 가장 큰 영향을 미치는 것은 '말'이다. 주고받는 말이 관계를 좌우한다. 이는 누구도 부정하기 어렵다. 그러면 어떻게 말해야 좋은 관계를 만들어갈 수 있을까.

듣는 게 먼저다

무엇보다 이기려 들지 말아야 한다. 그렇다고 져주라는 뜻은 아니다. 이기면 좋다. 그러나 이기려는 욕심만으로는 이길 수 없다. 적어도 관계라는 측면에서는 그렇다. 누구나 자신이 가장 소중하다. 내가 이기면 누군가는 지게 된다. 자신이 졌다고 생각하는 사람과 좋은 관계를 맺을 수 없다. 어쩌면 말에서 지는 게 관계에서 이기는 길이 아닐까.

축구 시합에서 이기려면 내가 공격수로서 골을 넣는 방법만 있는 건 아니다. 수비를 잘해 상대의 득점을 막거나, 공격수를 도움으로써 이길 수도 있다. 내가 골을 넣어 스포트라이트를 받으면 좋겠지만, 그 과정에서 상처받는 사람, 질투하는 사람이 생긴다.

나는 살면서 주인공이 되고자 했고, 때로는 주인공이라고 착각하기도 했다. 그러다 보니 부담이 컸고, 말에 힘이 들어갔다. 몇 번 방송을 진행하면서는 패널을 이끌려고 했다. 그래서 힘들었다. 패널을 믿어야 했는데, 그러지를 못했다. 진행 솜씨가 뛰어난 사람의 말에는 두 가지 특징이 있다. 하나는 귀를 기울이게 한다는 점이고, 다른 하나는 말을 하고 싶게 한다는 점이다. 나는 감초 역할을 잘하는 사람이다. 한 자락 끼어들어 살짝 거드는 배역이 맞는다. 내 소질을 방송을 해보고 알게 되었다.

가르치려 들지도 말아야 한다. 사람은 저마다의 사정이 있다. 아무리 옳은 말이라도 상대의 결점을 찾아 고치려 든다면, 고마워하지 않는다. 심지어 부모와 자식 간에도 마찬가지다.

그렇다고 무관심하라는 얘기는 아니다. 좋은 관계의 출발은 관심을 품는 것이다. 관심에서 시작해 자주 만나 얘기를 나눠야 한다. 하지만 그러다 보면 선을 넘게 되어 오히려 관계가 나빠지기도 한다.

1년에 한두 번 만날까 말까 한 친구와는 관계가 나빠질 일이 없다. 그래서 관계는 '고슴도치 딜레마'를 동반한다. 온기를 나누기 위해서는 가까이 가야 하지만, 그러면 가시에 찔리고 만다.

이런 딜레마를 극복하려면 더 많이 들어주라고 이구동성으로 말한다. 자기 말을 잘 들어주는 것을 싫어할 사람은 없으니, 관계를 좋게 하는 데 이보다 나은 방법은 없을 것이다. 그런데 들어주는 게 왜 어려울까. 내 경우를 곰곰이 생각해보면 부질없는 우려 때문이다. 말을 안 하면 아무 생각이 없는 사람이라고 여길까 봐 찜찜하다. 상황이 마음에 안 들어 말을 안 한다고 여길까 봐 눈치 보이기도 한다. 내가 먼저 말해야 하고, 중간에 대화가 끊어지지 않도록 해야 한다는 조바심도 있다. 그러다 보면 말이 많아지고 마음도 편치 않다.

좋은 말이 좋은 관계를 만든다

그렇다면 어떻게 말해야 하는가. 첫째, 단점을 지적하기보다는 장점을 칭찬한다. 당연한 얘기 같지만 쉽지 않다. 장점보다는 단점이 눈에 더 잘 띈다. 장점을 말해주면 상대가 교만해질 것 같기도 하고, 또 칭찬하는 게 쑥스럽기도 하다. 장점보다는 단점을 말해주는 것이 상대에게 더 도움이 된다는 생각도 한다. 입에 쓴 약이 몸에 좋다는 말도 있지 않은가. 하지만 사람은 누구나 단것을 좋아하고 쓴 것은 싫어한다.

둘째, 차이점보다는 공통점에 주목한다. 우리 가족은 나와 아내와 아들로, 총 세 명이다. 즐겨 보는 텔레비전 프로그램이 제각각이다. 그나마 텔레비전 볼 때 온 가족이 모여 앉는데, 꼭 티격태격하게 된다. 그런데 아들이 텔레비전에서 유튜브 보는 방법을 알려준 뒤부터 싸우지 않는다. 유튜브에서 모두 좋아하는 영상을 검색해 본다. 거기에서 자주 나오는 말이 우리 가족의 유행어가 되었다. 그 말만 하면 누가 먼저랄 것 없이 깔깔댄다.

우리 뇌는 비슷한 것을 좋아한다. 이를 심리학에서는 '유사성의 법칙'이라고 한다. 관심사나 취미가 비슷한 사람에게 친근감을 느낀다. 보통은 출신 지역, 출신 학교, 나이, 함께 알고 있는 사람 등에서 공통점을 찾으려고 한다. 이건 별로 좋은 방법이 아니다. 기호나 취향, 성격 등에서 유사점을 찾아야 한다. 그러기 위해 먼저 상대의 관심사나 취미를 파악하고, 그 가운데 나와 비슷한 것을 찾아야 한다. 여간 신경 쓰이는 일이 아니다. 하지만 일단 비슷한 점을 찾으면, 어지간한 의견 차이는 수월하게 극복할 수 있다. 의견이 충돌해도 이런 공통점이 완충해준다.

셋째, 원인을 추궁하기보다는 해결책을 제시한다. 물론 잘못의 원인은 찾아야 한다. 하지만 우리는 잘잘못을 따지는 데 너무 큰 비중을 둔다. 흘러간 물로는 물레방아를 돌릴 수 없다. 그런 말은 관계만 나쁘게 할 뿐이다. 이미 벌어진 일보다는 그 일을 어떻게 해결할 것인지에 더 큰 비중을 둬야 한다.

넷째, 빼기보다는 더해야 한다. 남의 말을 깎아내리거나 반박하지 않고 보완하고 보충해줘야 한다. '그러나' '하지만'보다는 '그리고' '아울러' '그와 함께'라는 말로 남의 말에 내 말을 보탠다.

다섯째, 모든 사람과 좋은 관계를 맺으려는 욕심을 부리지 않는다. 어느 자리에나 꼴 보기 싫은 사람이 한 사람은 있다. 굳이 거슬리는 사람과 부딪히지 말고, 나와 관계가 좋고 말이 통하는 사람과 더 많이 대화하자.

여섯째, 유식하고 똑똑하게 보이려 용쓰지 말고 성격 좋은 사람이 되어야 한다. 대화에서는 논리와 지식이 중요하지 않다. 감정과 교감이 더 중요하다. 아울러 완벽함보다는 빈틈과 허점이 있는 게 낫다. 허술하면 경계를 늦추고, 미비하면 채워주려고 한다. 그래야 같이 있어도 부담 없는 사람, 함께 밥 먹고 싶은 사람이 될 수 있다.

진심:
사과, 축하, 위로, 마음을 녹이는 말

아내와 싸우면 늘 내가 먼저 사과한다. 그게 속 편하다. 하지만 영혼 없이 하면 더 큰 화를 입을 수 있다. 아내가 충분히 혼내고 "잘했어, 잘못했어?" 물어보면 그때 미안하다고 해야 한다. 아내가 말하는 도중에 잘못했다고 하면, 급한 불부터 끄고 보자는 심보로 해석될 수 있다. 그러면 꾸중이 처음부터 다시 시작된다. 아내 말이 끝나자마자 사과하는 것도 무성의해 보인다. 무엄한 일이다. 잠깐 뜸을 들이다가 "뭘 잘했다고 대답을 안 해!" 했을 때, 바로 그때 말해야 한다.

실패하는 사과

"잘못했다." 나만큼 이 말을 입에 달고 사는 사람도 없을 것이다. 하루걸러 한 번씩은 아내에게 사과한다. 그런데 대개 성공적이지 않다. 이유가 뭘까. 늘 하는 사과여서 그렇다. 사과를 너무 남발한다. 그러다 보니 진심으로 느껴지지 않고, 상황을 모면하기 위한 수단으로 비치는 것이다. 사과는 즉시 하는 게 좋다고 해서 그때그때 늦추지 않고 했는데, 오히려 결과가 좋지 않았다.

사과에 실패하는 이유는 또 있다. 사실 사과하는 쪽이 100퍼센트 잘못한 경우는 드물다. 내 경우도 그렇다. 그래서 사과하면서도 한편으로는 서운한 경우가 많다. 나는 좋은 의도로 했는데 결과가 좋지 않았던 경우도 있고, 책임이 내게만 있지 않은 경우도 있다. 내게도 피치 못할 사정이 있고, 그럴 만한 까닭이 있다. 그런데도 온전히 내 잘못이라고 사과하는 게 억울하다. 그 억울함이 표정에 묻어난다. 말은 내 잘못이라고 하지만, 표정은 그렇지 않다. 아내는 내 표정을 본다. 표정은 속일 수 없다.

따지고 보면 내가 사과하는 이유는 아내를 위해서가 아니다. 나를 위해서다. 혼나는 게 무섭고, 불편한 관계가 싫기 때문이다. 사과함으로써 내가 편해지고 싶은 것이다. 내 잘못으로 힘들어하는 아내를 위로하고 괴로움을 덜어주기 위한 사과가 아니다.

사과한 이후도 문제다. 내가 양보하고 물러섰으니 이제는 아내가 배려할 차례라고 생각한다. 아내는 아직 분이 덜 풀렸고 나를 완전하게 용서하지 않았는데 말이다. 그런 상황에서 나오는 소리가 있다. "사과했잖아. 너무하는 거 아냐? 내가 뭘 그렇게 잘못했어?" 물론 속으로만 말한다. "사과를 받아줘서 고마워"라고 하면 깨끗이 끝날 일인데, 그러지 못한다.

사과하는 법의 정석

사과에 인색하지만 않아도 '나쁜 놈' 소리는 안 듣는다. 수십 년간의 경험으로 사과는 모름지기 이렇게 해야 한다고 생각한다. 우선 내용이 구체적이고 명료해야 한다. 잘못한 사실을 하나하나 적시해야지, "유감스럽게 생각한다" "심려를 끼쳐 송구하다" 등의 의례적 표현으로 구렁이 담 넘어가듯 어물쩍 넘어가려 해선 안 된다.

이때 주어는 반드시 '나'여야 한다. 유체이탈 화법은 곤란하다. 해명을 빙자해 핑계를 대고, 책임을 전가하면 화를 더 돋울 뿐이다. 내가 어떻게 피해를 보상하고 개선할지 밝히는 것이 바람직하다.

사족과 조건을 달아서도 안 된다. "이번 일로 기분이 나빴다면" "그럴 의도는 없었지만" 등의 조건을 다는 표현은 마지못해 사과한다는 인상을 준다. 기왕에 하는 사과, 상대가 미안할 정도로 적극적이고 전폭적으로 해야 한다. "이유 여하를 막론하고" "경위야 어찌되었든" 등이 옳은 표현이다.

논리적 해명보다는 정서적 호소가 좋다. "후회한다" "부끄럽다" 처럼 잘못을 인정하고 반성하는 감정적 표현이 적절하다. 누구나 마음 깊은 곳에 고결한 심성을 간직하고 있다. 그것을 자극해야 한다. 이와 함께 "얼마나 힘드시냐?" "상처받고 피해를 본 사람의 심정에 공감한다"라는 말도 빠뜨려서는 안 된다.

끝으로 같은 잘못을 또 저지르지 않을 것이라는 믿음을 줘야 한다. "다시는 그러지 않겠다"라는 말로는 부족하다. 내가 어떤 이유로 이런 잘못을 저질렀는지 알고 있다는 걸 보여줘야 한다. 그래야 같은 잘못을 또 범하지 않을 것이라는 믿음을 줄 수 있다.

사과를 글로 써서 할 수도 있다. 이때는 여섯 가지 요소가 필수다. 무엇을 잘못했는지에 대한 구체적 서술(시인), 진심으로 뉘우침(반성), 피해자에게 미안함 표시(사과), 잘못의 근본적 원인 파악(규명),

보상 또는 복구 대책 언급(책임), 재발 방지 약속(다짐)이다.

잘못은 언제든 저지를 수 있다. 문제는 어떻게 사과하는지다. 더 중요한 것은 사과와 그 뒤 행동이 일치하느냐다. 한 번 사과한 일을 또 저지르지 않도록 해야 한다.

감동을 주는 축하

생일에서부터 결혼, 출산, 승진, 수상에 이르기까지 축하할 일은 참 많다. 그런데 뭐라고 해야 할지 막막할 때가 종종 있다. 기왕 하는 만큼 축하받는 상대의 기분을 좋게 해주고 싶은데, 뭔가 화끈하고 기발한 것이 없을까 찾게 된다.

우선 이런 생각부터 내려놓아야 한다. 축하받는 사람을 감동의 도가니로 몰아넣겠다는 의욕은 접고, 남들 하는 만큼만, 기본만 하면 된다. 펀치를 날리려 하지 말고 가드를 올려 방어하자. 가장 좋은 방법이 축하 횟수를 늘리는 것이다. 사소한 일에도 축하를 아끼지 않으면 된다. 그러려면 약간의 관심과 노력이 필요하다. 집안 어르신이나 배우자의 생일을 잘 기억해야 하고, 형제자매나 친구 자녀의 졸업, 입학 등도 챙겨야 한다. 연인 사이에는 축하하고 기념할 일이 얼마나 많은가.

다음으로 축하해야 할 대상에 의미를 부여하자. 1991년 내가 첫 차를 샀을 때 형이 이렇게 축하했다. "우리 집안에서 네가 처음으로 차를 샀구나. 내가 다 뿌듯하다." 단순히 "차 산 거 축하해" 하는 것보다 기분 좋은 축하다.

미래에 더 좋은 일이 있기를 기원하는 것도 좋다. 예를 들어 출산을 축하하면서 태어난 아이가 잘 자라기를 바라는 것이다. 축하 이상의 축원이다. 개업이나 이사 축하도 이렇게 하면 좋다.

무엇보다 축하받는 사람의 사정을 잘 알아보고 그에 맞춰야 한다. 모르면 넌지시 물어보자. 상대가 그걸 얼마나 원했는지 말이다. 언젠가 아는 선배가 승진했다는 소식을 듣고 전화해서 축하한다고 얘기했다가 된통 혼난 적이 있다. 알아보니 승진은 했지만 정말 가기 싫은 자리로 발령이 난 것이다.

축하해야 할 대상을 놓치지 않는 것도 중요하다. 졸업식에서 축하할 대상은 졸업생과 학부모다. 공부하느라 고생한 졸업생, 뒷바라지하느라 애쓴 학부모를 위로해야 한다. 졸업생들에게 앞으로 잘될 거라는 격려도 빠뜨리면 안 된다. 다음으로 선생님과 내빈에게 감사 인사를 해야 한다. 졸업생을 배출한 학교에도 칭찬을 아끼지 말자. 이렇게 두루두루 빠진 사람 없이 언급해야 한다. 축하받는 기쁨은 잠깐이지만, 축하 못 받은 서운함은 두고두고 오래간다.

나는 축하하는 자리에 가기 전에 생각해보는 것이 있다. 바로 축하하는 마음이 진심인가 하는 것이다. 혹여 시기하거나 질투하는 마음은 없는지, 정말로 기쁜지 생각해본다. 그렇지 않으면 축하의 말을 건네지 않는 게 낫다. 축하받는 사람은 그 마음이 진심인지 아닌지 안다.

끝으로 나는 늘 내게서 축하할 일을 찾는다. 찾아보면 축하할 일이 많다. 아무 의미 없는 일은 없다. 오늘 살아 있는 것도 축하할 일이다.

위로가 필요한 시대

예기치 않은 사고와 이런저런 일로 힘든 사람이 많은 세상이다. 하지만 진심 어린 위로만 있으면 살 만한 세상이기도 하다. 위로받은 사람은 좌절하지 않는다. 다시 일어설 수 있다. 상대를 회복하기 위한 위로의 말은 이렇게 해야 한다.

먼저 상대의 심정과 처지에 공감한다. "그래, 그랬구나. 참 힘들었겠구나" 하면서 탄식과 애통을 담담하게 받아주는 수준이면 된다. 그 고통의 깊이를 다 알고 있다는 둥, 당신보다 더 큰 아픔을 겪은 사람도 있다는 둥 오지랖을 떠는 건 금물이다. 같이 비를 맞아주는 것이다. 굳이 우산을 들어주려고 하지 않아도 된다. 이어서 희망과 용기를 주는 긍정의 언어가 필요하다. "이전에도 너는 이렇게 잘 극복했잖아. 잘될 거야. 넌 잘할 수 있어. 나는 널 믿어" 하면서 자신감을 북돋워줘야 한다. 끝으로 도울 일을 찾아 있는 힘껏 돕겠다고 말한다. 물론 행동으로 보여주면 금상첨화다.

위로의 말에도 조심해야 할 게 있다. 가장 피해야 할 것이 위로를 가장한 충고다. 입원한 이에게 문안 가서 술을 많이 마셔 그런 것이니 조심하라는 둥, 음식을 가려 먹으라는 둥 잔소리하거나, 사는 게 다 그런 것이라는 둥, 그보다 더한 일도 겪어봤다는 둥 자기 이야기를 늘어놓는 경우다. 위로한답시고 당사자의 고통을 과소평가하는 것처럼 보인다. 위로가 되기는커녕 기분만 나빠질 뿐이다.

동정에서 비롯한 위로도 좋지 않다. 남의 처지를 딱하게 여기는 건 좋은데, 그것이 동정으로 비치면 위로받는 사람의 자존심을 상하게 할 수 있다. 사실 누군가를 불쌍히 여기는 데는 두 가지 마음이 담겨 있다. 내가 그보다 낫다는 우월의식과 나는 사랑이 넘친다는 선민의식이다. 심지어 저런 처지에 있지 않아 다행이라고 안도하기도 한다. 이런 것들이 드러나지 않도록 주의해야 한다.

하나 마나 한 위로도 쓸모없다. 힘든 사람에게 힘내라고 하고, 억울한 사람에게 억울해하지 말라고 하고, 취업으로 고민하는 젊은이에게 젊었을 때 고생은 사서도 한다고 하는 경우다. 그런다고 힘이 나지 않는다. 반발심만 생긴다.

인터넷을 돌아다니다가 나쁜 위로의 예를 찾았다. 미국 존스홉킨스대학교 정신신경학과 애덤 캐플렌Adam Caplen 박사가 소개한 우울증 환자에게 건네서는 안 될 여섯 가지 말이다. 옮겨보면 "힘내" "네가 감정을 잘 다스려야지" "가족을 생각해" "네가 생각하기에 달렸어" "네 심정 알아" "너보다 더 안 좋은 상황에 있는 사람도 있어" 등이다. 평소 나도 자주 썼던 말들이라 뜨끔했다. 위로가 필요한 시대라고 아무 위로나 다 환영받는 건 아니다.

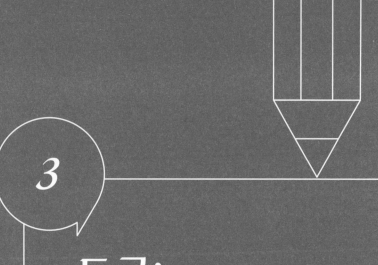

도구:
글맛을 끌어내는
최고의 재료들

자료 수집
: 무엇을 어떻게 찾을까

나는 자료로 쓴다. 자료만 잘 찾으면 쓸 수 있다. 자료 찾기도 글쓰기 실력이다. 자료를 빨리, 잘 찾는 데 필요한 역량이 있다. 나는 그런 역량이 뛰어나다. 타고난 것은 아니다. 글을 쓰면서 길러졌다.

우선 나는 어딘가에 찾는 자료가 틀림없이 있다고 생각한다. 자료는 어딘가에 반드시 있다. 아직 내가 찾지 못했을 뿐, 더 열심히 찾으면 나온다고 믿는다. 어느 학생이 중간고사 전날 길에서 시험지를 주웠다고 가정해보자. 누구에게도 말할 수 없다. 조용히 혼자서 답을 찾아야 한다. 찾기만 하면 시험은 만점이다. 시험지가 자기 손안에 있으니 풀기만 하면 되는 것이다. 나는 그런 심정으로 자료를 찾는다.

그래서 나는 눈을 부릅뜨고 찾는다. 대충 봐서는 아무것도 보이지 않는다. 각성한 상태로 봐야 한다. 시끄러운 장소에서 내가 들어야 하는 내용이 나오면 주변 사람들을 조용히 시키고 온 신경을 곤두세우며 듣는, 바로 그런 상태로 찾는다. 그런데 이런 상태를 오랜 시간 유지하기는 힘들다. 그래서 잠깐씩 쉬어야 한다. 컴퓨터를 껐다가 켜듯 정신을 초기화한다. 그렇게 자료를 찾고야 말겠다는 처음의 다짐을 유지하는 것이다. 초기화가 안 되면 긴장감을 스스로 내려놓게 된다. 그러면 상투적으로 찾게 되고, 아무리 많은 자료를 읽어도 소용없어진다. 자료를 찾아봤다는 위안만 얻을 뿐이다. '정신줄' 놓지 말아야 한다는 다짐을 시시각각 하면서 자료를 찾는다.

문체부터 표현까지

그럼 자료에서는 무엇을 찾아야 할까? 내가 자료에서 찾는 것은 다음과 같은 것들이다.

❶ 문체와 스타일

글을 쓰기 전 어떤 스타일로 빠져들어야 한다. 내가 쓰는 방법은 나태주 시인의 시를 읽는 것이다. 시간이 없을 때는 한두 편, 여유가 있으면 열 편 정도 읽는다. 그러면 글을 쓰는 호흡이 만들어진다. 시에는 고유의 리듬이 있고, 시인마다 독자적이고 규칙적인 운율이 있다. 작곡가이자 가수인 송창식이 시를 노래 가사로 만들기 어렵다고 한 이유다. 시 안에 이미 음악이 들어 있기 때문이다. 아무튼 자기만의 운율이 있는 사람은 글쓰기가 훨씬 수월하다. 대통령의 글을 쓰면서 이를 절감했다. 노무현 대통령의 글을 쓸 때는 쓰기전에 그분의 연설을 한두 개 들었다. 그분이 말하는 방식이 있다. 그위에 올라타야 그분의 연설문을 쓸 수 있었다. 작두 타는 무당처럼되어야 한다. 청와대를 나와서는 이 사람 저 사람의 글에 빙의해봤다. 김훈 작가, 박노해 시인의 글에도 빠져봤다. 지금은 나태주 시인의 시가 그 역할을 한다. 글쓰기 전 준비운동이다.

❷ 인용할 거리

뉴스, 유행, 경향, 수치, 이론, 영화나 책의 줄거리, 인물의 삶이나말 같은 것들이다. 이것들을 직접, 또는 간접 인용으로 내 글에 반영한다. 많은 사람이 인용을 위해 자료를 찾는다.

❸ 참신한 시각이나 해석

자료를 찾다 보면 '이렇게 생각할 수도 있구나' '저런 측면에서볼 수도 있구나' 깨닫게 된다. 이런 순간에 빙그레 미소가 지어지면서 내 나름의 '관점'이 생긴다. 나는 이 순간을 위해 자료를 찾는다.

❹ 해법이나 대안

자료를 찾다가 내 글의 결론으로 쓸 수 있는 내용이 나왔을 때 자료를 찾는 보람과 기쁨을 느낀다.

❺ 멋있는 표현

멋진 표현을 찾으면 '다른 말로 바꾸어 표현paraphrasing'하거나 '약간은 다르게 흉내parody' 내본다. 나는 마치 사냥하듯 이런 표현을 찾는데, 이 또한 자료 찾는 즐거움이다.

처음에는 자료를 찾기 위해 주로 칼럼을 읽었다. 내가 써야 할 글과 주제가 비슷한 칼럼을 최소 스무 편, 많이는 100편 이상 읽은 적도 있다. 칼럼 내용을 베끼기 위해서가 아니다. 읽고 나면 내 생각이 떠오르기 때문이다. 칼럼은 내 생각을 쪼아주고, 길어 올려준다. 글쓴이의 머릿속을 여행하며 내 것과 맞춰보는 즐거움이 있다.

요즘에는 칼럼만 읽지 않는다. 유튜브에서 동영상 강의를 듣거나, 인터넷 서점에서 책의 목차 보는 것을 더 즐긴다. 공감각적 효과라고나 할까. 보기와 듣기를 병행하니까 더 효과적이다. 칼럼, 동영상 강의, 책의 목차를 종횡무진 넘나들며 쓸거리를 찾는다.

개인적으로 동영상 강의를 시청하는 것보다는 소리만 듣는 게 더효과가 있다. 텔레비전을 보기보다는 라디오를 들을 때 생각이 더잘 떠오른다. 특히 산책하면서 들으면 생각이 더 잘 난다.

자료는 파랑새다

영국 언어철학자 폴 그라이스H. Paul Grice는 대화에서 네 가지 원칙을 지키라고 했다. '양의 원리' '질의 원리' '관련성의 원리' '방법의 원리'가 그것이다. 이 가운데 앞의 세 가지는 자료 찾기에도 적용할 수 있다.

먼저 양의 원리다. 자료의 세계는 무궁무진하다. 자료를 찾다 보면 한도 끝도 없다. 연신 '이런 것도 있구나' 감탄하게 된다. 더 찾으면 더 좋은 게 나올 듯한 욕심이 생긴다. 그러다 보면 자료만 찾다가 날 샌다. 적당한 선에서 타협해야 한다. 전문가는 자료 찾기의 기준이 있고, 글을 쓰는 데 필요한 만큼만 자료를 챙기는 절제력이 있다.

다음으로 질의 원리다. 진실하고 정확한 정보만 가지고 대화해야 하듯, 글에도 거짓과 과장, 부정확한 내용이 들어가서는 안 된다. 끝으로 관련성의 원리다. 글의 주제나 맥락에 맞아야 한다. 야구의 유인구처럼 자료에도 유혹적인 게 있다. 자기가 쓰고자 하는 주제와 동떨어졌지만, 내용 자체가 매력적이고 마음에 드는 경우다. 이 경우 어떻게든 얼기설기 엮어서 글에 집어넣고 싶은 충동을 느낀다. 이럴 때 조심해야 한다. 아무리 좋은 내용도 글의 주제에서 벗어난다면 눈길도 주어서는 안 된다.

같은 맥락에서 자료 찾기의 함정을 조심해야 한다. 자료를 찾다 보면 그것이 글을 쓰기 위한 수단이란 사실을 망각한다. 자료 찾기 자체가 목적이 된다. 자료에 빠져든다. 결국에는 쓰지도 못할 내용 안에서 허우적댄다. 자료 안에서 길을 잃고 헤맨다. 나중에 글을 쓸 때 보면 '이런 내용을 뭐하러 붙여놨지?' 하며 스스로 의아해한다.

자기가 가진 것부터 글로 쓰고 남의 것을 참고하는 사람과 자기 것은 제쳐두고 남의 것부터 찾아 헤매는 사람의 글은 깊이가 확연히 다르다. 자료는 파랑새와 같다. 여기저기를 찾아 헤매지만, 결국 자기 안에 있음을 깨닫게 된다. 자료 찾기는 자기 안의 파랑새를 불러내기 위한 과정이어야 한다. 칼럼이나 강의 안에 파랑새는 없다. 하지만 칼럼을 읽고 강의를 들으면 자기 안의 파랑새를 불러낼 수 있다.

나는 그런 경험을 대학교 시절 자주 했다. 시험을 잘 보기 위해 도서관에서 참고서적도 대출하고, 서점에 가서 책도 사고, 친구에게 노트도 빌렸다. 한 송이의 국화꽃을 피우기 위해 먹구름 속에 천둥이 치고 간밤에 무서리가 내린다. 그리고 돌아와 거울 앞에 선다. 그 거울에 비친 나, 내가 필기한 노트 안에 답이 있었다. 바로 내가 찾던 그 파랑새다.

큐레이션
: 지식으로 글을 쓰는 6단계

누구나 지식으로 쓸 수 있다. 세 가지만 갖추면 된다. 남이 모르는 지식을 찾을 수 있고, 찾은 지식을 알기 쉽게 설명할 수 있으며, 그 것에 자기만의 해석을 달 수 있으면 된다.

　요즘 세상에서 지식을 찾는 일은 그리 어렵지 않다. 물론 남이 모르는 최신 지식으로 글을 쓰려면 많은 독서와 학습이 필요하다. 하지만 이보다 더 필요한 것이 설명하는 능력이다. 아는 게 많은 사람도 그것을 말이나 글로 표현하는 데 미숙한 경우가 많다. 나아가 지식으로 글을 쓰는 데 절대적으로 필요한 것은 자기만의 시각으로 해석하고 의견을 달 수 있는 역량이다. 보편타당하고 불편부당한 글은 매력이 없다. 특수하고 편벽해야 재미있다.

코멘트 잘하십니까

자기 생각을 드러내는 '코멘트' 능력은 글쓰기뿐 아니라 일상적인 대화에서도 요구받는다. 내가 출연했던 KBS 교양 프로그램 〈대화의 희열〉은 진행자를 사이에 놓고 초대한 출연자 한 명과 패널 세 명이 대화하는 형식의 텔레비전 예능 프로그램이다. 패널이 하는 일은 출연자에게 질문하고, 출연자가 한 말에 의견을 제시하는 것이다. 패널은 주인공이 아니므로 길게 말해서는 안 된다. 질문이건 답변이건 10초 전후로 짤막하게 말해야 한다. 짧은 한두 마디를 인상적으로 잘해야 패널로서 역할을 잘하는 것이다. 이게 코멘트 능력이다.

라디오 시사 프로그램을 진행할 때도 가장 필요한 것이 코멘트 능력이었다. 출연자에게 물어볼 내용은 작가의 도움을 받아 사전에 준비할 수 있다. 문제는 출연자의 발언에 내 생각이나 느낌, 의견을 보태는 것이다. 출연자가 어떤 말을 할지 미리 알 수 없으므로 순발력이 필요하다. 의미 있으면서 재치 있는 한마디를 던져야 한다. 그것이 진행자의 역량이다.

비단 패널이나 진행자에게만 코멘트 능력이 필요한 게 아니다. 우리는 시시때때로 코멘트를 해야 한다. 식당에 가서 밥을 먹으면 누군가 "음식 맛이 어때?"라고 물어본다. 영화를 본 후에도 "영화 어땠어?"라고 감상평을 물어본다. 그럴 때 단순히 맛있다거나 재미있다고만 말하면 코멘트 능력이 부족한 것이다. 짧게라도 자기 느낌과 평을 말할 수 있어야 한다. 어떤 모임이나 행사에서 소감을 말해야 하는 경우도 종종 있다. "오늘 어땠어요?" 하는 갑작스러운 질문에 아무 생각도 나지 않아 난감했던 경험이 있을 것이다. 느낌, 소감, 평가가 모두 코멘트다.

코멘트가 절대적으로 필요한 곳이 직장이다. 회의할 때 하는 발언이 모두 코멘트다. 보통 상사가 "어떻게 생각해?"라고 물으며 코멘트를 요구한다. 반대로 상사도 부하가 질문을 던지면 대답해줘야 한다. 그 대답이 코멘트다. 또 보고받고 나서나 발표를 듣고 나서 그리고 회의를 마무리하면서도 코멘트를 해야 한다. 그러지 못하면 회의를 주재하거나, 보고받아서는 안 된다. 보고받는 것도 코멘트하기 위해서가 아닌가. 이렇듯 직장에서 주고받는 대부분의 말은 코멘트다.

코멘트를 잘하려면 어떻게 해야 할까. 내가 쓰는 방법은 세 가지다. 첫째, 텔레비전이나 라디오에서 인터뷰나 좌담, 토론 등을 하면 나도 그 자리에 있다고 생각하며 듣는다. 내가 저 경우라면 뭐라고 코멘트할지 떠올리면서 말이다. 둘째, 평소 칼럼을 즐겨 읽는데, 읽고 나면 내 소감을 한두 문장으로 정리해본다. 칼럼을 쓴 사람이 "이 칼럼 어때?"라고 물어봤다고 가정하고 답해보는 것이다. 셋째, 영화를 보거나 외식하면 스스로 짤막한 평가를 내려본다. 평소 이런 노력으로 코멘트 능력을 키운다면 어떤 상황에서건 자기 의견을 덧붙일 수 있다.

지식으로 글을 쓰는 6단계

내 지식이 글이 되려면 현실에 접목하고 적용할 수 있어야 한다. 지식 자체만으로는 글 안에서 가치를 발휘하지 못한다. 독자는 지식이 아니라 그 지식이 자기 삶에 어떻게 연결되는지를 알고 싶어 한다. 특히 지식이 난무하고 누구나 쉽게 접근할 수 있는 오늘날엔 더더욱 그렇다. 내가 이런 것을 알고 있다고 아는 체하는 정도로만 쓰이는 지식은 의미가 없다. 그 지식을 현실에 접목하고 적용해서, 새로운 것을 제안하고 해법을 제시하며 미래를 전망해야 지식의 부가가치가 생긴다. 아무리 해박해도 현실 문제를 해결하는 데 지식을 써먹지 못한다면 무슨 소용이겠는가. 따라서 지식으로 글쓰기는 다음의 6단계를 거친다.

> 1단계: 지식을 찾는다.
> 2단계: 지식을 이해한다.
> 3단계: 지식을 설명한다.
> 4단계: 자기만의 관점과 시각으로 해석해 의견을 덧붙인다.
> 5단계: 현실에 적용한다.
> 6단계: 해법이나 대안을 제시한다.

지식과 함께 정보로도 쓸 수 있다. 정보는 지식으로 체계화되기 이전의 사실들이다. 정보 글쓰기도 기본은 수집 능력이다. 우선 글을 쓰는 데 필요한 정보가 무엇인지 파악할 수 있어야 하고, 그 정보를 어디에 가면 구할 수 있는지, 누구에게 물어봐야 하는지 알아야 한다. 내가 정보를 수집하는 방법은 '취재, 조사, 검색'이다. 취재는 사람에게, 조사나 연구는 책으로, 검색은 인터넷으로 한다. 하지만 무엇보다 중요한 것은 정보가 풍부한 환경에 속해 있는 것이다. 직장에서는 주로 상사가 그런 여건에 있다.

그다음 해야 할 일은 취사선택이다. 버릴 것과 남길 것, 가짜와 진짜를 구분한다. 정보의 진위를 가리는 것이다. 이어서 분류해야 한다. 맥락이 비슷한 정보를 묶고, 고급 정보와 저급 정보를 나눈다. 이렇게 나눈 정보는 분석 과정을 거친다. 정보의 의미를 따져보고 다른 정보와 비교, 대조해보는 것이다. 마지막으로 정보와 정보를 연결하고 결합해서 재구성한다. 그 결과를 가지고 상황을 파악하거나 추론하고, 미래를 예상하거나 예측하고, 해결책과 대안을 도출해서 그 내용을 글에 반영하면 끝이다. 이 모든 과정을 한마디로 정리하면 '큐레이션'이다.

언어학에 '랑그langue'와 '파롤parole'이란 개념이 있다. '언어言語'로 해석되는 랑그는 사회적으로 합의된 규칙이다. 이렇게 저렇게 말하자고 약속한 것이다. 이에 반해 파롤은 실제 사용되는 '말言'이다. 어떤 말을 어떻게 쓸 것인지는 개개인이 판단하고 선택한다.

랑그는 유한하지만, 파롤은 무한하다. 정보로 글을 쓰려면 랑그가 아닌 파롤이 필요하다. 랑그는 누구나 공유하는 내용이다. 그것에서 자기만의 파롤을 만들어내야 한다.

이를 위해 평소 내가 하는 일은 뉴스에 관심 두기, 여러 뉴스가 하나의 사안을 어떻게 다루는지 비교하기, 사설이나 칼럼 읽기다. 뉴스에 관심을 두는 것으로 정보 감수성을 키우고, 뉴스 간 비교로 정보를 분석하는 능력을 기르며, 사설이나 칼럼 읽기로 정보 편집과 가공법을 배운다. 다행히 나는 직장생활 첫 7년 동안 홍보실에서 일하며 매일 신문과 마주했다. 그러면서 세상의 흐름을 읽는 눈과 지식과 정보를 소화하는 힘과 중요한 사안을 분별하는 안목을 키울 수 있었다.

나는 모르는 상태에 있으면 불안하다. 불확실함에서 벗어나고자 한다. 남보다 더 알고 싶어 한다. 그래서 지식과 정보를 얻었을 때 환호한다. 이것만으로도 글쓰기는 가능하다. 수준 높은 글을 쓸 수는 없지만, 못 쓰는 일 또한 없다. 아는 만큼 쓰면 된다.

메모
: 생각을 모으는 습관

글쓰기가 어려운 가장 결정적인 이유는 쓸 말이 없어서다. 글을 쓰려면 자기 생각이 있어야 한다. 글을 써야 할 때 생각하면 이미 늦었고, 평소 해놓은 생각을 글 쓸 때 써먹어야 한다. 시험은 평소에 해둔 공부를 써먹는 것이다. 시험 볼 때는 문제를 풀어야지 그때 공부하려고 해서 되겠는가. 글쓰기도 마찬가지다. 없는 것을 만들어 쓸 수는 없다. 있는 것을 불러내 문자로 적는 게 글쓰기다. 잘 쓰려면 쓸 말을 평소에 만들어두어야 한다.

평소에 쓸거리를 만들어두는 방법이 메모다. 하나하나가 글의 조각이 되니 메모를 일상화해야 한다. 글쓰기는 아이들 블록 놀이와 같다. 다양한 모양의 블록 조각을 얼마나 많이 가졌는지가 관건이다. 블록 조각만 많으면 집도 짓고 자동차도 만든다. 글도 마찬가지다. 평소에 만들어둔 블록을 써먹는 게 글쓰기다.

메모는 글쓰기 공부다

일하는 유형에는 두 가지가 있다. 해야만 해서 그때그때 어쩔 수 없이 하는 유형과 미리미리 준비해뒀다가 적기에 써먹는 유형이다. 해야만 해서 하는 일은 즐겁지 않다. 내가 하고 싶어서 하는 일이 아니라 누군가 하라고 해서 하는 일이다. 시킨 사람이 잘했는지 검사도 한다. 이렇게 일하는 것은 짜증도 나고 두렵기도 하다. 일을 시킬까 봐 불안하고, 내가 잘할 수 있을지 초조하다. 그러나 내가 하고 싶어서 하는 건 다르다. 자기가 주도적으로 하는 일은 덜 힘들다. 미리 준비해둔 게 있으면 그것을 자랑하고 써먹고 싶어진다. 누군가 하라고 하면 반길 정도다. 끌고 가는지, 끌려가는지의 차이다. 어차피 해야 할 일, 선수를 치는 게 좋다.

학창 시절을 떠올려보면 세 부류의 친구가 있었다. 첫째, 수업 시간에 다른 책 펴놓고 공부하는 친구다. 수업 내용이 출제 범위에 들어가지 않는다고 선생님 말씀을 듣지 않는다. 어차피 다음 시험의 출제 범위가 될 텐데 말이다. 그야말로 발등의 불만 끄려고 하는 부류다. 둘째, 그냥 진도를 따라가는 모범생이다. 크게 실패하지 않는 부류다. 셋째, 시험이 닥치면 카뮈의 《이방인》이나 헤세의 《데미안》을 읽는 친구다. 전교에 이런 친구가 꼭 한두 명은 있다.

직장 다닐 적 나는 컴퓨터 바탕화면에 32개 폴더를 깔아 놓았다.

정치, 경제, 사회, 문화, 외교, 안보, 통일, 복지, 여성, 환경 등 주제별 폴더였다. 나는 메모로 32개 폴더를 채웠다. 내가 써야 할 글 중에 32개 주제를 벗어나는 내용은 없었다. 나는 읽고 듣고 보고 겪은 내용을 찢어발겨 32개 폴더에 차곡차곡 쌓아갔다. 그리고 어느 때부턴가 폴더에 축적해놓은 내용을 써먹고 싶어졌다. 폴더에 애써 쌓아놓은 내용으로 글을 쓰고 싶었다. 누군가 글을 쓰라고 하면 반가웠다. 메모와 공부는 맥락이 비슷하다. 메모하는 일이 공부라면 글을 쓰는 일은 시험 보는 것이다. 시험이건 글쓰기건 세 유형이 있다.

첫째 부류는 해야만 하기에 하는 유형이다. 둘째 부류는 미리 해두기는 하지만 하고 싶어서 하는 건 아닌 유형이다. 셋째 부류가 하고 싶어서 하는 유형으로, 그렇게 머릿속에 넣어둔 것은 언젠가 사용하게 된다. 어쩔 수 없이 하지 않고, 하고 싶을 때 했다는 차이만 있을 뿐인데, 할 때도 즐겁고 나중에 결과도 좋다.

메모에도 방법이 있다

메모는 어려운 일이 아니다. 누가 하라고 해서 하는 일도 아니다. 자청해서 하는 일이다. 하다 보면 재미있다. 나는 세 가지 점에 유의하며 메모한다.

❶ 즉시 한다
생각이 떠오르면 운전하다가도 신호를 기다리는 짧은 시간에 메

모한다. 잠들기 전이어서 귀찮더라도 일어나 휴대전화를 찾아 더듬
더듬 메모한다. 그렇게 하는 이유가 있다. 메모할 거리가 생각났다
는 것은 내 뇌가 '착한 일'을 한 것이니, 즉시 칭찬해줘야 한다. '어
떻게 그런 생각을 다 했어? 아주 좋은 생각이야!' 고마움을 표현해
야 한다. 그래야 메모할 거리를 더 던져주려고 한다.

❷ 뭐든지 한다

내가 메모하는 내용은 지식, 정보, 생각, 느낌, 의견, 주장, 기억 등
일곱 가지다. 어제는 몰랐는데, 오늘 새롭게 안 것이 있으면 메모한
다. 어디서 새로운 정보를 들어도 메모한다. 언뜻 떠오르는 생각도
메모한다. 또한 내 느낌과 감정도 메모한다. 어떤 일을 하면서 이러
저러한 감정을 느꼈다고 메모한다. 내 의견과 주장도 메모한다. 떠
오른 기억도 메모한다. 어린 시절이나 직장생활 기억이 나면 메모
한다. 아무튼 머릿속에서 생겨난 건 거의 다 메모한다. 그래 봤자 많
지 않다. 그만큼 우리는 생각하지 않고 산다. '어록'이란 게 있다. 어
떤 현안이나 현상에 붙인 한두 문장의 짧은 의견이다. 유명한 사람
은 이런 어록을 남긴다. 우리 같은 보통 사람도 얼마든지 가능하다.
자신의 어록이 될 말을 미리 메모해두면 된다.

❸ 반드시 사용한다

나는 아내와 밥을 먹거나 친구와 커피를 마시면서 써먹는다. 써
먹지 않으면 회의에 빠진다. 써먹지도 않을 것을 왜 메모했는지, 왜
힘들게 생각했는지 화만 난다. 그러나 바로바로 사용하면 우쭐한

감정을 느낀다. 나를 표현하고 남에게 영향을 미치는 욕구가 충족
되기 때문이다. 앞의 두 가지가 채찍이라면 이것은 당근이다.

메모가 책이 되는 기적

메모하는 걸 생활화하면 세 가지 현상을 경험하게 된다. 첫째, 공부
하는 게 즐겁다. 무언가를 읽거나 들을 때 메모할 거리가 보이기 때
문이다. 자연스럽게 그런 환경에 자신을 놓고 싶어진다. 이런 이유
로 메모하는 사람은 '공부중독자'가 된다.

둘째, 메모한 걸 써먹고 싶어진다. 일단 말해보고 싶다. 말할 기회
를 주지 않으면 서운해진다. 이렇게 말해봐야 글로 쓰기도 쉽다. 메
모와 글쓰기 사이에 다리를 놓는 것이 말하기다. 말해본 것, 말할 수
있는 것만 쓸 수 있다. 그러면 기억도 잘 난다. 그래서 공부도 하고
싶다. 메모와 말하기와 글쓰기와 공부는 선순환한다.

셋째, 메모가 어느 정도 쌓이면 이자가 붙는다. 메모가 새끼를 친
다. 특정 주제로 계속 메모하면 관련된 뉴런이 새로 만들어지고, 뉴
런을 연결하는 시냅스가 굵어진다. 이렇게 메모하는 주제에 맞게
뇌가 바뀐다. 해당 주제의 쓸거리가 무시로 떠오르게 되는 것이다.

나는 오랫동안 메모란 걸 모르고 살았다. 받아쓰기는 했다. 남이
시킨 일을 잘하기 위해서는 받아쓰기를 잘해야 한다. 학교에서 공
부를 잘하기 위해서도 그렇다. 하지만 이건 메모가 아니다. 메모하
기 시작한 건 《대통령의 글쓰기》를 쓰고 나서다. 처음에는 하루 하

나 쓰기도 버거웠다. 그러다 하루 세 끼 밥 먹듯 세 개 정도는 쓰게 되었다. 언제부터인가 열댓 개씩 쓰는 날도 종종 생겼다. 3년 가까이 1700개를 썼다. 책을 써도 되겠다는 생각이 들자 책을 쓰고 싶어졌다. 그리고 책이 써졌다. 그렇게 《강원국의 글쓰기》가 세상에 나왔다. 결국 메모가 책이 된 것이다. 어떤 주제든 메모를 1000개 정도 하면 책을 쓸 수 있다.

사람들이 글쓰기 요령을 자주 묻는데, 나는 일단 쓰고, 끝까지 쓰고, 자주 쓰고, 계속해서 쓰라고 말한다. 이 조건들을 모두 충족하는 것이 바로 메모다.

독서
: 출력의 질을 좌우하는 입력

명색이 저자다 보니 책에 관해 인터뷰할 일이 적잖다. 글쓰기 책을 썼기에 더욱 그러하다. 가장 난감한 질문은 감명 깊게 읽은 책을 꼽아달라는 것이다. 가장 먼저 떠오르는 건 초등학교 들어가기 전에 읽은 책으로 《엄마 찾아 삼만리》다. 혼자 있을 때는 늘 이 책을 읽었다. 읽고 또 읽어 책이 너덜거리고, 내용을 모두 외울 정도였다. 나이 먹어서도 불현듯 이 책이 생각나면 가슴이 먹먹해지면서 어린 시절로 돌아간다. 그다음으로 초등학교 때 읽은 책이 한 권 기억나는데, 제목은 도통 떠오르지 않는다. 독후감, 일기, 편지 등 좋은 글을 모아놓은 책이었다. 그것도 닳도록 읽었다. 아마도 학창 시절 내가 쓴 모든 글은 이 책의 영향 아래 있지 않나 싶다. 고마운 책이다.

독서에 관해 말할 때 꼭 언급하는 사람이 있다. 아르헨티나 출신의 세계에서 가장 많은 책을 읽은 독서가이자 대작가 보르헤스가 시력을 잃었을 때, 책을 읽어준 것으로 유명한 알베르토 망겔이다. 그는 《독서의 역사》라는 책에서 독서와 삶의 유형을 순례자, 은둔자, 책벌레로 분류했다. 순례자는 두루 섭렵하는 유형이고, 은둔자는 특정 작가나 작품을 냅다 파는 유형이며, 책벌레는 주마간산식으로 권수만 늘리는 유형이다.

나는 책벌레 유형이다. 부끄러운 얘기지만 진득하게 글을 읽지 못한다. 한 권을 처음부터 끝까지 온전히 읽지 못한다. 읽고 싶은 내용을 찾아 읽거나, 읽다가 건너뛰거나 둘 중 하나다. 심지어 목차만 읽기도 한다. 인터넷 서점에 접속해 읽고 싶은 책의 목차만 본다. 내용이 궁금해지면 그제야 사서 읽는다. 그러다 보니 소설이나 시에 푹 빠져 감동한 지가 오래되었다. 나이를 먹으니 소설과 시가 주는 감흥이 노스탤지어가 되어간다. 가끔 다시 읽고 싶은 마음이 들기는 한다. 자극이 필요할 때는 자기계발서나 관심 있는 사람이 쓴 수필을 읽는다. 글쓰기 강의나 책 쓰는 데 도움이 되는 전문서는 생계를 위해 읽는다.

독서는 글쓰기 밑천

어떻게 읽든 독서는 엄청난 유익이 있다. 어떤 책을 읽었다고 아는 체할 수 있고, 한 해 동안 읽은 목록을 들여다보면 뭔가를 이룬 것 같아 뿌듯하기도 하다. 어떤 분야의 책을 집중적으로 읽으면 전문

가처럼 보일 수도 있다.

무엇보다 독서는 생각을 떠오르게 한다. 생각은 글쓰기 밑천이다. 《어떻게 살 것인가》는 대문호 톨스토이의 명저다. 노벨 문학상 수상자인 러시아 소설가 알렉산드르 솔제니친이 "이 세상에서 단한 권의 책만 가지라 하면 나는 주저 없이 이 책을 택하겠다"라고 해서 더 유명해진 책이다. 여기에 지혜를 얻는 세 가지 방법이 나온다. '명상'과 '모방'과 '경험'이다. 이 세 가지는 공통점이 있다. 모두 독서로써 가능하다. 독서는 명상하게 한다. 남의 생각을 읽는 독서는 저자의 생각을 모방하는 행위기도 하다. 그래서 독서는 간접 경험이다.

또한 독서는 글을 어떻게 써야 하는지 모범을 보여준다. 책을 읽으면 다양한 어휘와 문장에 익숙해지고, 어떤 글이 좋은지 분간할 수 있게 된다. '안목'이 생기는 것이다. 좋은 글을 읽을수록 잘 쓰고 싶은 충동과 욕구가 자연스레 생겨난다.

끝으로 독서는 쓸거리를 준다. 여행, 조사, 연구, 경험의 결과로도 쓸거리가 만들어지지만, 가장 좋은 방법은 역시 독서다. 책을 읽을 때 쓸거리를 가장 많이 건져 올릴 수 있다.

물론 독서를 많이 했다고 반드시 글을 잘 쓰게 되는 건 아니다. 고등학교 때 영어 공부를 많이 했다고 외국인과 의사소통을 잘할 수 있는 건 아니지 않은가. 잘 쓰려면 '읽기'에 길든 내 머리가 '쓰기'에 익숙해지도록 상태를 바꾸어야 한다. 많이 읽은 사람이 쉬운 주제를 어렵게 쓰는 걸 자주 봤다. 많이 읽어서 많이 아는 것이 쉽게 쓰는 데 장애가 되기 때문이다. 청와대를 나와 먹고살기 어려웠던 이명박 정부 시절, 고향 후배가 나를 거둬줬다. '기술자 글쓰기 technical writing'를 하는 자리였다. 쉽게 말해 제품 설명서를 만드는 일이다. 이 일은 설명할 제품을 모르면 절대 할 수 없지만, 너무 잘 알아도 할 수 없다. 소비자도 나만큼 알 거로 생각해서 친절하게 설명하지 않기 때문이다.

적게 읽고도 잘 쓰는 방법

나는 독서를 많이 하지 않았지만, 글은 써야 했다. 그게 밥벌이였으니까. 그래서 죽기 살기로 많이 읽지 않고도 잘 쓰는 방법을 찾았다.

❶ 모방하며 읽기

글을 쓰기 위해 익숙해져야 할 게 두 가지가 있다. 규칙과 규칙성이다. 규칙은 문법처럼 지켜야 할 약속이다. 규칙성은 문체 같은 형식이다. 문법은 학교 다닐 적에 많이 배웠다. 그러니까 규칙은 충분히 익혔다. 문제는 형식, 즉 자기 글의 규칙성을 찾는 것이다. 이것은 읽기와 쓰기로 만들어진다.

가장 먼저 해야 할 것은 모방할 대상을 찾는 일이다. 모방할 대상이 칼럼니스트면 그의 칼럼을 반복해 읽고, 소설가면 그의 소설을 모두 읽고, 시인이면 그의 시를 암송해보라. 수필을 필사하는 것도 나쁘지 않다. 단 집중적으로 해야 한다. 김훈 작가의 형식을 본받기 위해 일정 기간 그의 소설만 읽는 식이다. 작가 중에는 문체가 좋은 사람과 내용이 좋은 사람이 있는데, 그중 전자의 책을 읽어야 한다.

'전작주의全作主義' 독서도 권하고 싶다. 전작주의는 헌책 수집가 조희봉이 만든 개념으로, 특정 작가가 쓴 작품을 모두 읽는 독서법이다. 처음부터 한 작가를 정해 작정하고 읽을 수도 있지만, 한두 권 읽다 보면 자신도 모르게 빠져들어 자연스레 모든 작품을 읽게 된다. 여러 작가가 쓴《삼국지》를 모조리 읽는 사람도 있다. 일종의 '덕후'가 되는 것이다. 만화는 대개 이렇게 읽는다. 영화도 그렇게 보는 경우가 많다. 이를 확장한 게 '테마주의' 독서다. 특정 주제에 관한 책을 모두 읽는 것이다. 처음 읽은 책에서 소개한 책을 읽는 방법도 있고, 참고문헌에 나오는 책을 읽는 방법도 있다.

전작주의 독서는 얻는 게 많다. 어떤 작가의 초기작부터 최신작까지 모두 섭렵하면 작품세계가 어떻게 변해왔는지 알 수 있는 것은 물론, 그의 인생 전체가 내게로 흘러들어 온다. 그것은 마치 학창 시절 한 과목의 문제집을 여러 권 풀었을 때 그 과목의 전체적인 상이 한 장의 그림으로 그려지는 경험과 같다. 실제로 몇몇 문학비평가는 작가 본인보다 그 작가를 더 잘 안다고 한다. 이렇게 한 작가를 제대로 알면, 그로써 알게 된 이치로 다른 작가들의 작품까지 관통할 수 있게 된다. 소설가 한 사람에 정통하면 소설 자체를 더 잘 이해하게 되는 것처럼 말이다. 이것은 비단 문학에만 국한되지 않는다. 니체의 책을 모두 읽게 되면 철학이 무엇인지 환하게 보이는 순간을 경험하게 될지 모른다. 인생을 어떻게 살아야 하는지 알게 되는 희열을 맛볼 수도 있다.

❷ 고전 읽기

마크 트웨인은 "고전은 누구나 한 번쯤 읽기를 바라지만, 사실은 아무도 읽고 싶어 하지 않는 책이다"라고 말했다. 내가 그렇다. 평소에는 고전을 읽지 않았다. 어렵고 딱딱하고 재미없어서다. 과연 나만 그럴까. 고전을 읽으면 고전苦戰한다고 했다. 게다가 예전에 출간된 고전은 대개 중역본이었는데, 그리스어나 라틴어, 옛 중국어로 쓰인 고전을 영어나 일본어로 번역한 다음, 그것을 다시 우리말로 옮겨놓은 것이다. 당연히 잘 읽히지 않는다. 고전은 함부로 의역해서는 안 되고, 한 단어, 한 구절을 본래 뜻에 충실하게 직역해야 한다. 그러니 쉽지 않다. 하지만 아들에게는 전공이나 영어는 공부 안 해도 좋으니 동서양 고전 100권 읽기에 도전해보라고 했다. 실행에 옮길 것이라고 기대하고 한 소리는 아니다. 책을 읽으라는 자극을 주기 위해서다.

우리나라 국민 중에 고전 100권을 읽은 사람이 과연 몇이나 될까. 0.01퍼센트나 될까. 미국은 1920년대 컬럼비아대학교에서 고전 읽기 프로그램을 시작했다. 3학년부터 4학년까지 2년 동안 고전만 읽는다. 지금은 세인트존스대학교를 비롯해 많은 대학교가 4년 동안 고전 100권을 읽는 프로그램을 운영하고 있다. 우리나라도 비슷한 시도를 했다. 초등학교 다닐 적에 '고전 읽기 반'이라는 게 있었다. 선생님이 공부깨나 하는 친구들을 모아 구성했다. 《삼국사기》, 《삼국유사》 같은 책을 열심히 읽었다. 다른 학교와 경쟁해야 했기 때문이다. 교육청 주관으로 시험도 봤다. 미국이 토론 중심으로 고전을 읽은 데 반해, 우리는 외워서 시험을 봤다. 나도 그 틈에 끼어 있었다. 공부를 잘했다는 얘기다.

그때나 지금이나 고전 읽기는 어렵다. 한번은 고전을 소개하는 칼럼을 쓸 일이 생겼다. 일로 생각하고 읽었는데, 느낀 게 많았다. '역시 고전은 고전이구나' '글 쓰는 데 도움이 많이 되겠구나' 했다. 무엇보다 고전은 생각하게 하고 상상력을 자극한다. 오래전에 쓰인 책이지만 현재를 사는 우리에게 주는 시사점이 있다. 자연스레 쓸 거리가 떠오른다. 게다가 응용할 수 있는 원리가 담겨 있다. 다른 책에 나온 걸 가져다 쓰면 표절이지만, 원리를 응용해서 쓰면 시비 걸 사람이 없다. 끝으로 누구나 인정하고 널리 회자하는 명문이 있다. 고전에서 인용하면 폼 나는 이유다.

이런저런 깨달음을 얻었다고 해서 술술 읽었다는 건 아니다. 이해 못 할 대목이 많았다. 읽으면서 몇 번을 갈등했다. '읽는 것을 멈추고 검색으로 해결할까?' '연재를 포기할까?' 그런데 그럴수록 호승심이 발동했다. 책과 겨루어 이기고 싶은 마음이 생겼다. 딱딱한 것을 씹어야 이가 튼튼해진다는 생각으로 읽었다. 억지로라도 읽으니 무슨 말인지 어렴풋이 알 것 같았다. 중요한 것은 기분이 매우 좋다는 점이다. 나만 아는 듯한, 고전의 저자와 대화하는 듯한 뿌듯함! 고전만이 줄 수 있는 즐거움이 이런 것이리라. 니체의《자라투스트라는 이렇게 말했다》를 시작으로 미셸 푸코의《감시와 처벌》, 프로이트의《꿈의 해석》을 읽었다. 역시 어려웠다. 그러나 읽으면서 문득 이런 생각이 들었다. '고전은 서로 통하는 바가 있구나' '고전을 관통하는 에너지, 고전만이 주는 묵직한 울림 같은 것이 있구나'. 그러니 어렵더라도 고전 세 권만 읽어보길 권한다. 더 읽으면 좋겠지만 세 권만 정독해도 고전의 '프랙털'을 확인할 수 있으니 30권 읽은 것과 진배없다.

❸ 목차 읽기

적게 읽고 잘 쓰는 세 번째 방법은 목차 읽기다. 책의 정수가 담긴 목차를 즐겨 보라. 다음 세 가지 효과가 있다. 첫째, 목차 한 줄이 내 글의 제목이나 주제가 된다. 둘째, 목차는 모호하게 잡혀 있어 호기심과 상상력을 키워준다. 셋째, 나무가 아닌 숲을 보는 능력, 글의 개요 짜는 역량을 높일 수 있다.

❹ 요약하며 읽기

쓰기는 요약의 역순이다. 요약은 줄이는 행위고, 쓰기는 늘리는 행위다. 요약을 잘하면 잘 쓸 수 있다. 한 꼭지를 읽으면 다음 꼭지로 넘어가기 전에 3초만 생각해보라. 방금 읽은 내용이 무엇인지를 떠올리는 것이 요약이다. 한 권 다 읽은 다음에 하지 말고 수시로 요약하자. 그래야 훈련된다. 한 문장을 발췌하든, 요점을 정리하든, 주제를 파악하든 상관없다. 방금 읽은 내용을 머릿속으로 그려보라.

❺ 챙기며 읽기

1000권을 읽어도 자기 것이 만들어지지 않는 독서는 의미가 없다. 한 문장, 한 꼭지를 읽어도 음미함으로써 자기 것을 챙겨라. 글을 읽으면서 무엇을 느끼고 배우고 깨달았는지 짚어봐야 한다. 그런 게 하나도 없으면 찾을 때까지 읽기를 멈추는 게 좋다. 시간을 들

여 읽었으면 본전을 찾아야 한다. 들인 시간이 아깝지 않은가. 우리
는 남의 것을 읽으려고 태어나지 않았다. 남의 글에 감동하고 설득
당하려고 이 세상에 오지 않았다. 글로써 남에게 영향을 미치고 도
움을 주며 자기 나름의 역할을 하기 위해 왔다. 읽는 이유는 쓰기 위
해서다.

❻ 메모하며 읽기

자기 것을 챙겼으면 그것을 메모하라. 책의 여백에 써도 좋다. 메
모한 것만 남는다. 나머지는 모두 잊는다. 무엇보다 메모하는 행위
자체가 글쓰기 연습이다. 글과 친해지고 익숙해지는 시간이다. 인간
은 익숙한 것을 잘하고, 친숙한 걸 하고 싶어 한다.

❼ 읽은 걸 말해보기

토론하든지, 친구에게 말하든지 읽은 것을 누군가와 나눠야 한
다. 읽기에는 세 영역이 있다. 내용을 요약하고 주제를 파악하는 '수
용 영역'이 있고, 수용한 것을 비교하고 분석하며 비판하는 '중간 영
역'이 있다. 그리고 마지막으로 그것을 말하는 '발산 영역'이 있다.
독서로 수용해서 분석, 비판한 후 말하기로 발산하는 과정은 서로
도움을 주고 보완하며 순환한다. 그만큼 독서와 말하기는 떼려야
뗄 수 없는 불가분의 관계, 아니 한 몸이다.

❽ 동시에 여러 권 읽기

즉 병렬독서다. 나는 책과 책이 통하고 연결되며 합해질 때 훨씬

좋은 생각이 떠오른다. 일종의 섞어 읽기다. 내 경험상 똑같이 세 시간을 공부해도 국어, 영어, 수학을 각각 한 시간씩 공부하는 것보다는 20분씩 번갈아 보는 게 낫다. 이런 융합과 통섭이 창의력 발달에 이바지한다. 내가 글을 쓰기 전에 관련 칼럼과 동영상 강의를 몇 편씩 보는 이유고, 여러 글을 동시에 이것 조금, 저것 조금 쓰는 이유다.

❾ 궁금증 좇아 읽기

목차를 보고 궁금한 데서부터 읽는다. 읽다가 앞이 궁금하면 앞으로, 뒤가 궁금하면 뒤로 건너뛴다. 책을 읽으면서 다음에 읽을 책을 찾는다. 읽고 있는 책에서 소개하는 책을 읽거나, 그렇지 않더라도 새롭게 생긴 궁금증을 풀어줄 만한 책을 찾아 읽게 된다. 이렇게 책을 새끼 쳐가며 읽는다. 그러다 보면 내가 읽은 책들의 공통분모를 발견하게 된다. 여러 책에서 중점적으로 다루고 있는 것, 그것이 내가 쓰고자 하는 글의 정수, 고갱이다. 이치를 터득한 것처럼 내 글의 내용이 분명해지고, 관련 분야에 정통해진다. 또한 호기심을 좇아 읽다 보면 자신의 관심사를 알 수 있다. 자신이 좋아하고 알고 싶은 주제를 찾게 된다. 그 주제가 앞으로 쓰게 될 글들의 기둥이다. 글을 낳는 모체고 글이 와서 붙는 요체다. 글을 계속해서 쓰려면 그런 단단한 중심이 하나 있어야 한다. 내게는 '글쓰기'란 주제가 기둥이다.

❿ 빠져 읽기

다음에 무엇이 나올지, 결말이 어떻게 될지 예상하며 읽는다. 추정하고 추측하고 추리한다. 또한 주인공이 되어 읽는다. 작중인물에 몰입하고 동화한다. 이러면서 글쓰기에 필요한 추론 능력과 공감 능력을 키운다. 빠져 읽을 때 주의할 점이 있다. 아는 것은 건너뛰고, 모르는 것을 이해하는 데 시간을 써야 한다는 점이다. 그래야 읽는 의미가 있다. 아는 것은 아니까 재미있게 빠져 읽고, 모르는 것은 모르니까 건너뛰면 얻는 게 없다.

⑪ 비딱하게 읽기

'그 말 맞아? 왜 내가 당신 말을 믿어야 하지?' '저자 생각은 이렇지만, 내 생각은 다른데?' 하면서 토를 달고 말대꾸하며 읽어야 한다. 고정관념이나 선입견, 편견을 배제하고 알량한 지식으로 속단하지 않으며, 나라면 어떻게 썼을까 생각해보고 까칠하게 시비 걸며 읽는다. 그래야 자신의 생각이 만들어지고, 그것을 자기 글에 써먹을 수 있다.

⑫ 의미 찾아 읽기

뜻이 아리송한 단어나 개념은 일단 전후 맥락으로 이해하되, 나중에 반드시 정확한 의미를 찾아본다. 글을 읽는 것은 의미를 파악하기 위해서고, 그러려면 단어나 개념을 알아야 한다. 그러나 대부분의 사람은 의미를 어렴풋이 파악하는 정도로 만족할 뿐, 단어와 개념 자체를 깊이 있게 이해하는 데는 소홀하다. 글을 읽으면서 사전을 찾아보는 사람이 드물다는 것이 이를 방증한다. 독서할 때 국어사전과 백과사전을 수시로 찾아보자. 한두 번 찾아봐서는 단어나 개념을 자신의 것으로 만들지 못한다. 적어도 세 번 이상 찾아봐야 한다. 어렴풋이 안다고 넘어가지 말자. 그것은 아는 것이 아니다. 정확한 뜻을 알기 위해 사전을 찾아보면 의외의 소득을 얻는 경우가 많다. 새로운 지식을 얻는다. 그것이 재미있는 일이 된다. 해보시라. 인간은 새로 아는 일을 좋아한다. 이것이야말로 가장 재미있는 놀이다.

글을 쓰려면 세 가지와 만나야 한다. 사람, 책, 자기 자신이다. 이 가운데 가장 만나기 쉬운 게 책이다. 그러나 나는 많이 읽지 않았다. 그렇지만 잘 쓴다. 읽기가 공부라면, 쓰기는 시험이다. 공부 열심히 한다고 시험 잘 보는 것은 아니듯, 많이 읽었다고 잘 쓰는 것은 아니다. 써본 사람은 안다. 쓰기 위해 읽는 것과 읽기 위해 읽는 것은 매우 다르다는 것을. 가끔 내가 신기하다. 독서를 안 하고도 왜 이렇게 글이 술술 써질까.

생각 근육
: 운동 잘하면 글도 잘 쓴다?

"문장은 생각에 걸친 옷에 불과하다." 네로 황제의 개인 교사였던 로마 철학자 세네카가 한 말이다. 나는 떠오르는 생각을 일단 씀으로써 글쓰기를 시작한다. 물론 생각나는 게 많지 않다. 하지만 쓰기 시작하면 없던 생각이 난다. 쓸수록 더 많은 생각이 난다. 낱말 퍼즐 맞출 때 빈칸을 채울수록 남은 칸 채우기가 쉬워지는 것과 비슷하다.

국어사전에서 '생각'을 찾아보면 유의어로 '의견, 느낌, 기억, 관심, 심경, 의향, 상상, 판단, 바람, 각오' 등이 나온다. 이처럼 생각은 범위가 넓다. 의견으로 한정하면 궁색해진다. 정의를 내리는 것, 이유를 대는 것, 비교, 비유, 구분, 분류, 상기해보는 것 모두 생각이다.

예를 들어 지하철에 관해 쓴다면 "지하철은 지옥철이다"라고 정의를 내려볼 수 있다. 왜 지옥철인지 이유를 댈 수 있다. 다른 나라의 지하철, 또는 버스와 비교해보고, 노선별로 구분해보고, 콩나물시루에 비유해보고, 직접 겪은 일화를 상기해볼 수 있다. 이 밖에 예상, 연상, 추측, 상상, 해석, 감상, 가정, 전제, 비판도 생각을 푸는 실마리가 된다.

생각 뽑아내기

내가 생각을 뽑아내는 절차는 보통 이렇다. 일단 무엇을 생각하겠다고 마음먹는다. 주제를 정하는 것이다. 그것에 관해 내가 가진 것을 모두 풀어놓는다. 종이에 쓰기도 하고 노트북 자판을 치기도 한다. 단어로 쓰기도 하고 문장으로 쓰기도 한다. 되는 소리, 되지 않는 소리 모두 늘어놓는다. 일종의 브레인스토밍이다. 그런 다음 영 말이 안 되는 것, 주제와 동떨어진 것은 버린다. 남들도 다 생각하는 것은 지우거나 뒤집어본다. 살아남은 생각은 덩어리로 묶는다. 비슷한 것끼리 범주화하는 것이다. 그리고 덩어리의 중요도에 따라 줄을 세운다. 가장 위에 있는 덩어리를 한마디로 집약한다. 그것이 내 글의 중심 생각이 된다. 생각나는 대로 쓰는 것은 상상 단계고, 산발적인 생각에 실을 꿰어 범주화하는 것은 발상 단계며, 중심 생각을 찾는 것은 착상 단계다.

마인드맵도 좋은 방법이다. 멍 때리면서 꼬리에 꼬리를 물고 연상한다. '원숭이 엉덩이는 빨개, 빨가면 사과, …… 비행기는 높아, 높으면 백두산' 하는 식으로 갈 데까지 가본다. 새로운 생각은 연상의 끝에서 나온다. 처음과 끝을 연결하면 도발적인 문장이 나오기도 한다. '원숭이 엉덩이는 백두산이다'처럼 말이다. 연상은 하늘에서 떨어지는 천재적 발상이나 기발한 영감이 아니다. 내 지식과 경험이 새끼를 치거나 나래를 편 것이다. 브레인스토밍이 생각을 흩뿌린다면, 마인드맵은 생각을 꿴다. 이렇게 연상으로 만들어진 생각을 도식화하면 글의 설계도, 즉 개요가 되고 논리나 이야기, 시나리오로 발전한다.

만다라트를 작성해보는 것도 좋다. 우선 중심 주제를 서너 개 적는다. 각각의 중심 주제 아래에 그것과 관련한 생각들을 적는다. 중심 주제와 관련 있는 하위 주제들이다. 이런 하위 주제 아래에 더 새끼 칠 내용이 있으면 추가한다. 이런 과정을 거쳐 생각을 확장하거나, 치밀하고 정교하게 다듬는다. 예를 들어 '어휘력'을 중심 주제로 삼았다면, 그 하위 주제로 '어휘력의 정의' '어휘력 향상 방법' '어휘력의 편익' 등을 생각해볼 수 있다. 하위 주제 하나하나에도 관련된 생각을 덧붙일 수 있다. 어휘력 향상 방법으로 '사전 가까이하기' '신문 읽기' '명강의 자주 듣기' 등을 생각해보는 것이다.

내가 자주 쓰는 비장의 생각법은 평소 글 선배로 여기는 사람을 떠올리는 것이다. 그 사람이라면 이 사안을 어떻게 생각할지 헤아려본다. 반대의 방법도 좋다. 나와 생각이 다른 사람은 어떻게 반응할지 예측해보는 것이다. 고등학교 때 시험은 사지선다형이었다. 모르는 문제를 찍을 때도 고민이 필요했다. '나는 왜 이걸 찍는가?' 정답을 놓고 갑론을박하며 친구들을 설득하기 위해 이런 순서로 생각을 정리해보았다. 우선 1인칭으로 생각한다. 누군가 내 생각을 물었을 때 대답할 거리를 정리한다. 그리고 2인칭으로 바꿔본다. 상대의 생각을 예상해보는 것이다. 마무리는 3인칭이다. 반론과 인용으로 내 의견이 옳다는 것을 증명하고 객관화한다.

몸과 생각의 근육을 키우면

더 근본적인 방법도 있다. '생각 근육'을 단련하면 된다. 그러면 생각하지 않아도 저절로 생각나는 상태가 된다. 몸의 근육을 단련하면 신진대사가 활발해져 많이 먹어도 살이 찌지 않는 것과 같은 이치다. 생각 근육이 불어나 사유의 힘이 세지면 쥐어짜지 않아도 더욱 많은 생각이 나온다.

생각 근육 중 으뜸은 호기심이다. 호기심을 키우는 지름길은 관심 주제를 두는 것이다. 관심 주제가 있으면 봐야 할 것과 안 봐도 될 것을 빨리 구분해서 효율적으로 생각할 수 있다. 관심 주제를 더 알고 싶어 끊임없이 질문하고 검색하고 공부한다. 남의 눈에 안 보이는 것도 내 눈에는 잘 띈다. 그뿐 아니라 세상사를 관심 주제의 렌즈로 보고 해석한다. 그런 사람은 독서하고 토론하며 경험한다.

생각 근육을 단련하려면 또한 깨어 있어야 한다. 깨어 있다는 것은 무슨 의미인가. 이미 있는 생각을 추종하거나 거기에 안주하지 않는 것이다. 상투적으로 생각하지 않고 매사에 의문을 품는 것이다. 내 생각을 지니려고 힘쓰는 것이다. 나아가 무엇이 공동체를 위해 옳은 생각인지 고민하는 것이다.

내가 모신 분들의 생각은 다섯 가지 특징이 있다. 첫째, 혁신적으로 사고한다. 변화와 진보를 고민한다. 역사의 수레바퀴를 거꾸로 돌리는 생각으로 자리에 연연하는 것은 그분들에게 곧 반역이다. 둘째, 균형감이다. 현실과 이상, 이론과 실제, 명분과 실리 사이에서 중심을 잡으려고 노력한다. 셋째, 연대의식이다. 공동체, 특히 약자의 이익을 먼저 생각한다. 넷째, 구조적으로 사고한다. 어떤 일이 벌어졌을 때 그것을 단편적이거나 일시적 혹은 개인적 일로 치부하지 않고, 종합적이고 장기적이고 사회적인 차원에서 해법을 찾으려고 한다. 다섯째, 미래 지향적이다. 희망과 목표, 낙관적 대안을 생각에 담는다.

감각을 벼리는 것도 생각 근육을 단련하는 길이다. 산책, 여행, 영화나 음악 감상으로 많이 보고 듣고 느낌으로써 오감을 자극하고 감수성을 민감하게 할 필요가 있다. 이성과 논리만으로는 생각이 건조하고 딱딱할 수밖에 없다. 감각과 감성이 더해져야 촉촉하고 유연해진다.

건강도 빼놓을 수 없다. 건강한 몸에 건강한 정신이 깃든다는 말은 진리다. 운동, 휴식, 수면이 좋은 생각을 만든다. 문인은 자고로 몸을 돌보지 않아 얼굴도 창백하고 몸도 삐쩍 말라야 한다고들 한다. 나이 들어보니 헛소리다. 몸이 튼튼해야 생각도 잘 난다.

백날 생각만 해도 의미 없다. 구슬이 서 말이라도 꿰어야 보배다. 당장 한 줄이라도 써야 한다. 생각은 글로 표현되지만, 우리는 또한 글을 보며 생각한다. 생각을 쓰기도 하지만 쓰면서 생각하기도 한다. 생각과 글은 상호작용한다. 글쓰기 자체가 생각 근육을 단련한다.

하나 더 필요한 게 있다. 용기다. 용기가 없으면 배짱이라도 있어야 한다. 내 생각이 받아들여지지 않거나 비난에 직면했을 때 "아니라고? 아무튼 내 생각은 그래. 생각이 다른 건 어쩔 수 없지" 하는 배짱이 없으면 자기검열이 과해져 생각 근육이 단단해지지 않는다.

글쓰기는 생각 쓰기다. 좋은 재료가 없으면 맛있는 음식을 만들 수 없고, 좋은 자재가 없으면 근사한 집을 지을 수 없다. 멋진 춤을 추려면 흥이 넘쳐야 하듯, 좋은 글을 쓰려면 생각이 흘러넘쳐야 한다.

경험
: 살아 숨 쉬는 글의 조건

몇 년 전 종합건강검진을 받았다. 초음파 검사를 하면서 갑상샘에 결절이 있다는 소리를 들었다. '결절? 갑상샘에 금이 갔나?' 걱정 반 호기심 반으로 휴대전화로 인터넷에 접속해 '결절'을 검색해봤다. "돌출된 피부 병변 중 사라지지 않고 계속되는 경향이 있는 피부 병변." 이게 무슨 귀신 씻나락 까먹는 소리인가. 좀 더 알아보니 혹이었다. 크기가 변할 수 있으므로 꾸준히 지켜봐야 한다니, 혹시 암은 아닌지 내심 걱정하면서 다음 순서인 위내시경 검사를 했다.

의사가 불렀다. "위암인 듯합니다. 정밀검사를 받아보시는 게 좋겠습니다." 그 순간 결절은 까마득히 잊었다. 더 큰 걱정이 생기면 이전 걱정은 걱정이 아니다. 더 큰 걱정은 언제 생기는가. 내 역량에 부치거나 안 해본 일을 앞두고 있을 때다. 익숙하거나 감당할 수 있는 일은 걱정하지 않는다. 뜬금없이 '새롭고 어려운 일을 시도해야 겠구나. 그러면 걱정이 없겠구나' 하는 생각이 들었다.

풍파는 전진하는 자의 벗

글은 경험이 많을수록 잘 쓸 수 있다. 경험하려면 일단 시도해야 한 다. 시도하려면 두 가지가 필요하다. 하나는 작을수록 좋고, 다른 하 나는 클수록 좋다. 작을수록 좋은 건 실패에 대한 두려움이다. 클수 록 좋은 건 목표요, 꿈이다. 하고 싶은 일과 이루고 싶은 꿈이 있다 면, 실패를 두려워하지 않는다면 이야기가 쌓이고, 그 이야기가 글 이 된다.

나는 실패에 대한 두려움이 큰 사람이다. 그래서 시도하지 않고 살아왔다. 회사에서는 인사 발령이 나는 대로 옮겼다. 가고 싶은 부 서로 보내달라고 "저요! 저요!" 손 들지 않았고, 가기 싫은 데로 발 령 났다고 가타부타 말하지 않았다. 청와대에서 부르니 갔고, 끝나 서 나왔다. 이후에도 관성에 몸을 맡기고 바람 부는 대로 물결 닿는 대로 살았다. 목표와 꿈을 품고 도전하지 않았다.

내가 모신 김대중, 노무현 대통령은 그러지 않았다. 하고 싶은 일 이 있고, 이루고 싶은 꿈이 있었다. 무엇보다 실패를 두려워하지 않 았다. 김대중 대통령은 도전과 응전의 역사가 아름답다고 했다. 배 는 항구에 정박해 있을 때 가장 안전하다. 그러나 그것은 배가 아 니다. 배는 바다로 나가야 배다. 잔잔한 바다에서는 앞으로 나아가지 못한다. 파도가 치고 풍랑이 일 때 배는 전진한다. 그분은 니체의 "풍파는 전진하는 자의 벗이다"라는 말을 즐겨 인용했고, 실제로 도전과 응전의 역사로 가득한 삶을 살았다.

노무현 대통령도 이에 못지않다. 상업고등학교를 졸업하고 50명밖에 뽑지 않던 사법시험에 도전했다. 책 살 돈도 없던 '깡촌' 청년이 판검사를 꿈꿨다. 부산에 내려가 무모한 선거에 도전했다. 지지율이 2퍼센트도 안 되던 상황에서 대통령 출마를 선언했다. 도전의 연속이었다.

"한 대도 안 맞는 싸움은 없다. 네 대 맞고 여섯 대 때릴 수 있으면 싸운다. 시도하고 도전하면 실패와 성공 확률이 50 대 50이다. 실패가 두려워 도전하지 않으면 100퍼센트 실패다. 왜 100퍼센트 실패의 길을 가려고 하는가." 한미 자유무역협정 연설문을 준비하면서 노무현 대통령이 해준 말이다. 대통령이 돌아가시고 개봉한 영화 〈흥부〉에 이런 대사가 나온다. "꿈을 꾸게. 그 꿈을 글로 전하게. 그런 꿈을 꾸는 사람이 많아지면 세상이 좀 나아지지 않겠나." 문득 대통령이 생각났다.

두 분은 자신의 경험에 늘 의미를 부여했다. 경험하며 무엇을 배우고 느끼고 깨달았는지 생각했다. 연설문, 기고문 실마리도 자신의 경험에서 찾았다. 어느 단체에 가서 연설해야 한다면 그 단체와 무슨 인연이 있는지, 그 단체는 자신에게 어떤 의미인지 곱씹었다. 그것이 연설문이 되었다.

내 경험이 최고의 이야기다

자신의 경험을 쓰는 것으로 시작해보자. 세 가지만 지키면 된다. 우선 감추지 말자. 세상에는 세 가지 이야기가 있다. 첫째, 나도 알고 남도 아는 이야기다. 이 이야기는 다 아는 얘기니까 남이 들으려 하지 않는다. 둘째, 나는 모르지만 남이 아는 이야기다. 이것은 내가 모르니 쓸 수 없다. 셋째, 나는 알고 남은 모르는 이야기다. 이것이 내가 써야 할 이야기다. 프랑스 사상가 루소가 자서전《고백록》에 쓴 도둑질한 얘기, 친척에게 누명을 뒤집어씌운 얘기 같은 것 말이다. 이것을 감추면 할 말이 없다. 그래서 글을 쓰려면 개방적이어야한다. 그래야 쓸 말도 많아지고, 인간적이라는 평가도 얻을 수 있다.

멋있게 포장하려고도 하지 말자. 멋있게 포장하면 진한 화장처럼 티가 난다. 꾸미면 꾸밀수록 느끼해하고 밥맛없어한다. 오히려 보잘것없고 변변치 못한 것에 박수를 보낸다.

극적인 것만 찾으려고 할 필요도 없다. 사람들은 드라마 같은 얘기가 아니라, 평범한 일상 얘기를 듣고 싶어 한다. 그런 잔잔한 이야기에 감동하고 마음이 움직인다. 그것이 드라마보다 더 현실적이니까 그렇다.

끝으로 이야기가 고갈되는 것에도 대비해야 한다. 소설가들은 길게 보고 작품별로 얼마나 쓸지 총량을 관리한다고 한다. 가진 것을 단박에 쏟아내지 않고 계획을 세워 써먹는다는 것이다. 연료가 다 떨어지면 시동이 안 걸린다. 가진 게 떨어질 만하면 충전해가면서 써야 한다. 조지 오웰과 헤밍웨이가 스페인내란에 참전한 것처럼 말이다.

나도 강의하면서 이 얘기 저 얘기 하다 보니 밑천이 다 떨어졌다. 토크쇼에 나와 한 얘기 또 하고 또 하는 개그맨처럼 고장 난 녹음기가 될 처지에 놓였다. 그래서 채우려고 한다. 공부를 더 하든 일을 더 하든 계속해서 글을 쓰려면 이야기가 소진되지 않도록 꾸준히 경험해야 한다.

글 잘 쓰는 사람의 공통점 중 하나는 글 속에 이야기의 비중이 크다는 점이다. 글 쓰는 사람을 '이야기꾼'이라고 하는 이유도 여기에 있다. 이야기는 힘이 있고, 무엇보다 재미있다. 교훈도 준다. 그러니 두고두고 기억난다.

왜 그럴까. 오래전에는 이야기로 정보를 얻고 지식도 전수했다. 이야기를 즐겨 들은 사람은 살아남고, 귓등으로 허투루 들은 사람은 도태되었다. 그렇게 세월이 흐르다 보니 자연스럽게 이야기를 좋아하는 사람만 추려졌을 것이다. 그래서 우리는 어릴 적부터 할머니에게 이야기를 들려달라고 졸랐다. 할머니 무릎 위에 앉아 옛날이야기를 들을 때 세상 편안했다. 이름 모르는 사람의 절절한 사연에 가슴이 뭉클했다. 브랜드나 연예인이 인기를 얻는 배경에도 이야기가 있다.

세상은 이야기 천지다. 사연 없는 사람이 없다. 복잡한 사연, 억울한 사연, 애처로운 사연 등 각양각색이다. 일화도 많다. 술과 관련한 일화, 돈에 얽힌 일화, 직장에서의 일화 등등 아주 다양하다. 사례도 있다. 주변에서 일어나는 사건이 모두 여기에 해당한다. 책에도 인용할 사례가 많다. 멀리 갈 것 없이 신문만 봐도 사례가 넘친다. 이 밖에 인물 이야기도 있고, 역사 이야기도 있다. 고사, 신화, 전설, 민담, 설화, 우화도 이야기다. 이야기 교본인 문학작품도 있다.

잘 모아야 잘 쓴다

이야깃거리가 많다고 모두 글을 잘 쓰는 것은 아니다. 재미있는 이야기를 고르는 안목이 있어야 하고, 맛깔스럽게 전달할 수 있어야 한다.

선별하는 눈이 있다는 것은 '먹히는' 이야기의 조건을 안다는 뜻이다. 영화를 생각해보면 쉽다. 재미있는 영화는 이야기가 흔하지 않다. 맵고 짜고 신선하다. 긴장과 갈등이 있다. 영웅과 악당, 조력자와 적대자가 등장한다. 진실과 거짓, 사랑과 증오, 해방과 구속, 신의와 배반, 탈주와 추격이 대립한다. 애처로움과 안타까움, 슬픔과 분노의 감정을 자극한다. 누구나 경험해봤을 법한 이야기로 공감을 불러일으키고 몰입하게 한다. 복선이 있고, 의외의 반전도 있다. 늘어짐 없이 박진감 있게 전개된다. 주제가 분명하고 깊이가 있다. 결말에서 궁금증을 풀어줌으로써 감정의 정화, 즉 카타르시스를 느끼게 해준다. 나 혼자 알고 있기에는 아까워 누군가에게 얘기해주고 싶다. 결국 많은 사람에게 회자한다.

내가 이야기를 수집하는 방법은 기록이다. 부지불식간 떠오르는 이야기를 모두 기록한다. 특히 매일 겪는 일상에서 재미있는 이야기를 잡아낸다. 재미있는 일은 늘 일어난다. 이야기를 찾는 눈으로 보면 더 자주 일어난다. 심지어 그런 이야기를 만드는 행동을 일부러 하기도 한다. 페이스북에 심취해 있을 때, 올릴 만한 재미있는 소재가 궁하니까 자꾸 엉뚱한 행동을 하는 나를 발견했다. 알리바이를 입증하려는 피의자처럼 말이다.

이야기를 모으는 또 다른 방법은 관찰하는 것이다. 나는 아내랑 연애할 때도 다방 등에서 대화할라치면 옆 테이블에서 들리는 얘기가 그렇게 재미있었다. 그 때문에 야단도 많이 맞았지만 잘 안 고쳐진다. 신문이나 잡지에 난 인터뷰 기사나 한 인물의 삶을 추적하는 텔레비전 다큐멘터리를 보는 것도 즐겁다. 남들이 사는 걸 엿보거나 구경하는 게 재미있다. 듣고 보고 읽은 이야기는 내 글에서 사례로 등장한다. 내 이야기가 풍성한 비결이다. 이런 이야기를 글로 만드는 방법은 다음과 같다.

❶ 기억을 떠올려 경험 쓰기

기억나는 일이 없으면 당시 신문 기사를 뒤적이거나 유행하던 노래를 듣기도 하고, 그 시절 친구를 만나 얘기를 나누기도 한다. 가급적 어려움 속에서 고민하고 허둥댄 일화를 찾는다. 찾은 이야기를 전달하는 데는 '디테일'이 생명이다. 자세히 묘사해줘야 머릿속에 그림이 그려지고 귀에 생생하게 들린다. 시간적·공간적 배경뿐 아니라 상황과 분위기 등을 상세히 얘기할수록 재미있다. '발로 쓴다'는 말이 있다. 경험으로 썼다는 뜻이다. 하지만 "발로 썼냐?" 하는 반응은 좋지 못하다. 디테일을 살리지 못하면 이런 소리를 듣게 된다.

디테일과 함께 또 하나 신경 써야 할 것은 배열이다. 좋은 이야기는 궁금증을 자아내며 시작한다. 그런 다음 듣는 사람이 딴생각하지 못하도록 계속해서 붙들어둔다. 그러기 위해서는 구성이 치밀해야 한다. 등장인물과 사건이 따로 놀지 않고 인과관계로 긴밀하게 연결되어 있어야 한다. 결과가 있으면 원인이 있고, 행동이 있으면 의도가 있다.

자신의 '캐릭터'를 염두에 두고 쓰는 것도 중요하다. 이야기는 자신의 경험이고 살아온 과정이다. 그 안에 '나'라는 사람이 있다. 이를 잘 보여줄 수 있는 소재를 부각하고 강화하는 쪽으로 각색할 필요가 있다. 캐릭터는 자신에게 일어난 사건을 처리하는 과정에서 보여줄 수도 있고, 말과 심리로 드러낼 수도 있다. 이야기를 전하는 데 캐릭터가 있는 것과 없는 건 차이가 크다. '웃기는 사람'으로 정평이 나 있으면 그 사람의 글은 웃을 준비를 하고 읽기 시작한다. 그러면 십중팔구 웃게 되어 있다. 이처럼 자기만의 색깔이 있으면 같은 이야기도 훨씬 효과적으로 전달할 수 있다. 내 캐릭터는 밉지 않게 자화자찬하는, 이른바 '깔때기'다.

❷ 이야기에서 얻은 교훈 밝히기

많은 사람이 재미를 찾는 동시에 '의미'가 무엇이냐고 묻는다. 사람들은 알고 싶을 뿐 아니라 배우고 싶어 한다. 타인의 경험에서 얻은 지혜와 비결로 더 잘 살고 싶어 한다. 그래서 의미를 찾는다. 실상 의미 없는 이야기는 없다. 어떤 경험이든 그것에서 배우고, 느끼고, 깨달은 것을 말해주면 된다.

❸ 인용 덧붙이기

독자가 "그건 당신 얘기일 뿐이잖아. 그걸 왜 나한테 말해?"라고 반응할 것에 대비해, "내 경험과 의미는 당신에게도 해당해. 당신이 아는 유명한 누구도 그랬고, 이런 실험 결과도 있어"라고 보충한다. 이렇게 인용함으로써 개인적인 경험의 객관성과 신뢰도를 높인다. 자신의 경험을 '일반화'하는 것이다. 그러면 듣는 사람이 공감한다. '모두 그렇게 사는구나. 나만 그런 게 아니구나' 공감하며 위로받고 자신감과 희망을 얻는다.

겪고 음미하며 쓰는 삶

누구나 살아온 세월만큼 경험이 있다. 그 경험에 의미를 부여할 수 있는 사람은 자신밖에 없다. 내 일만 쓸 필요도 없다. 다른 사람에게 일어난 일을 써도 된다. 사람으로만 쓸 필요도 없다. 자연에서 일어난 일을 써도 된다. 과거만이 대상도 아니다. 현재와 미래의 일을 써도 된다. 이 모든 것이 자신의 경험이다. 경험에 의미를 부여하고 그것을 글로 남기는 것이 '성찰하는 삶'이다. 겪고 음미하며 쓰는 삶은 치열하다. 쓰기 위해 시도하고 도전하며 새로운 경험을 하는 삶은 아름답다.

개인의 경험을 글로 쓰는 것은 사회적 자산을 생산하는 일이기도 하다. 그런 점에서 나는 누구나 책을 써야 한다고 생각한다. 우리말 연구가 이오덕 선생님 말대로 글이 공해를 일으키는 시대라지만,

글을 멀리할 것이 아니라 모든 사람이 글을 써서 세상을 바로잡아야 한다. 특히 가시밭길을 걸으며 더 많이 고생한 분들이 책을 써야 한다고 믿는다.

신영복 선생님은 "머리에서 가슴으로 그리고 가슴에서 다시 발까지의 여행이 우리의 삶입니다. 머리 좋은 사람이 마음 좋은 사람만 못하고, 마음 좋은 사람이 발 좋은 사람만 못합니다"라고 말했다. 삶뿐 아니라 글도 그렇다. 우리는 머리와 가슴과 손발로 쓴다. 독서하고 학습하고 생각해서 머리로 쓴다. 감정과 느낌, 마음과 심정을 가슴으로 쓴다. 손발로 경험한 것을 쓴다. 신영복 선생님 말씀대로 머리보다는 가슴으로, 가슴보다는 손발로 쓴 글이 좋다. 하지만 우리 사회는 머리로 쓴 글을 더 쳐준다. 또 그런 사람이 많이 쓴다. 고난, 역경, 시련의 경험보다는 승승장구한 경험이 많은 사람이 쓴다. 책상물림 글이다. 간난신고艱難辛苦의 경험 속에 생각할 거리가 더 많은데도 말이다. 탄탄대로를 걸은 경험보다는 오히려 맵고 짜고 쓴 경험이 더 대접받아야 한다.

위암을 선고받은 날, 아내가 의사인 오빠에게 연락했다. 처남은 당시 서울대학교 국제백신연구소에서 일했다. 내시경 사진을 갖고 그곳을 찾았다. 초기인 것 같으니 걱정하지 말라며 대형 병원을 예약해줬다. 처남 사무실을 나오는데, 눈앞에 익숙한 건물이 보였다. 서울대학교 동창회관이었다. 불과 일주일 전에 난생처음 주례를 서려고 이곳에 다녀갔다. 오후 3시 결혼식인데, 아침 일찍 도착해 전혀 모르는 사람들의 결혼식을 세 번이나 봤다. 주례를 잘 서기 위한 준비였다. 그러고서도 주례 서는 내내 서 있기 힘들 정도로 떨었다.

아무도 듣지 않는 주례사를 하면서 말이다. '일주일 후 위암 선고를 받을 사람이 뭐가 그리 두렵다고 떨었을까? 사람들에게 잘 보이고 싶어서? 남의 눈에 잘 보이고 인정받는 게 무에 그리 대수라고 그랬을까?' 살아온 날이 주마등처럼 스쳤다. '내가 내 삶의 주인으로 살지 않았구나. 내가 눈 떠야 세상도 있고, 눈 감으면 세상도 없는 것을……'

그날 이후 내 삶의 방향은 달라졌다. 지금은 망신당할 각오로 시도하고 도전한다. 그런 시도와 도전이 삶이 되고 글이 된다. 두려운 순간이 왜 없겠는가. 그럴 때마다 노무현 대통령이 내디딘 마지막 한 발을 생각한다. 자신이 처한 상황에서 할 수 있는 가장 최선의 일을 찾아 내디딘 한 발. 그 마지막 도전을 떠올린다. 그것을 생각하면 두려울 것이 없다. 못 쓸 글이 없고, 못 할 일이 없다.

설명:
기본은 언제나 통한다

설명 잘하는 사람이 있다. 알아듣기 좋게, 귀에 쏙쏙 들어오게 말한다. 유시민 작가가 그렇다. 그의 말과 글이 좋은 이유 중 하나다.

설명은 누구나 할 수 있는 쉬운 일 같지만, 막상 하려면 그렇지 않다. 설명을 잘하기 위해서는 '사실'에 밝아야 한다. 해설과 해석은 다르다. 해석은 사실이나 근거가 없어도 된다. 관점과 시각만 있으면 된다. 하지만 해설은 다르다. 사실에 근거해야 한다. 설명이 여기에 해당한다. 그렇다면 사실이 뭘까.

사실의 백미는 숫자

사실은 크게 세 가지로 분류할 수 있다. 첫째, 개념적 사실이다. 용어나 개념의 뜻을 정확하게 아는 것이다. 개념 정리가 되어 있지 않으면 설명을 잘하기 어렵다. 이게 부족한 나는 늘 인터넷 백과사전을 검색하며 산다. 역사적 사실도 중요하다. 지난 일을 많이 알고 있어야 사례를 들어 잘 설명할 수 있다.

둘째, 이론이나 학설 같은 학문적 사실이다. 한마디로 유식해야 한다. 모든 분야를 두루 잘 알기는 쉽지 않다. 그래서 자신만의 관심 분야가 필요하다. 나는 '글쓰기'가 관심 분야다. 다른 분야 얘기도 글쓰기에 빗대서 설명한다. 글쓰기에 관한 사실은 책이나 신문 읽기로, 인터넷 검색으로 채집한다. 학문적 지식에서부터 최신 동향이나 유행에 이르기까지 공부한다.

셋째, 수치적 사실이다. 숫자에 밝을수록 설득력 있게 설명할 수 있다. 언젠가 상사에게 이런 꾸중을 들은 적이 있다. "그렇게 일하면 직무유기예요. 숫자를 안 챙기는 것은 계기판을 안 보고 비행기 조종하겠다는 심보라고요. 당신 그렇게 감이 좋아요? 숫자도 안 보고 말하게?"

숫자는 힘이 있다. 설명의 근거로 숫자만큼 들이대기 좋은 것도 없다. 객관적으로 보이기 때문이다. 게다가 각인효과도 있다. 치약이나 비타민 음료 포장지에 숫자가 많이 들어가는 것도 같은 이유다. 회사나 개인이 자신을 긍정적으로 보여줄 수 있는 숫자를 찾아내 강조하면 큰 홍보효과를 기대할 수 있다.

또한 숫자로 말하면 치밀해 보인다. 신뢰감이 든다. 사람들은 다른 건 몰라도 숫자라면 믿는 경향이 있다. 숫자는 거짓말하지 않는다고 생각한다. 구체적인 숫자를 언급하면 믿음을 줄 수 있다. 위기 상황일수록 그렇다.

숫자를 세밀하게 제시할수록 더 신뢰받는다. 경상자 몇 명, 중상자 몇 명, 내국인 몇 명, 외국인 몇 명 이렇게 말이다. 비중을 말해주면 더 좋다. 내국인이 몇 퍼센트고, 외국인은 몇 퍼센트라고 밝히는 식이다. 비교하면 더 명확해진다. 작년 대비 얼마나 늘었다며 추이를 말해주거나, 다른 나라와 비교해 보여주는 것이다.

숫자로 말하면 대범하지 못하다고 말하는 사람이 있는데, 오히려 섬세하고 치밀한 것이다. 기업에 몸담은 사람은 더더욱 숫자에 밝아야 한다. 기업은 계량화를 선호하고 주먹구구를 싫어한다. 주먹구구는 과학적이지도 않거니와, 직원들을 옥죌 수도 없기 때문이다. 그래서 숫자에 매달리고 신봉한다. 기업의 언어는 숫자여야 한다고 생각한다.

반면에 직원들은 숫자만 없으면 살 만하다고 한다. 숫자가 인격이 되는 현실이 싫다. 이들에게 숫자는 스트레스다. 벗어나고 싶은 감옥이다. 하지만 소용없다. 경영은 수치다. 매출액, 순이익 등 모든 것이 숫자다. 사장님은 숫자로 숨통을 조이고, 직원들은 수치로 능력을 입증해야 한다. 숫자를 맞추기 위해 하루하루 허덕이는 게 경영이고 직장생활이다.

피할 수 없다면 즐겨야 한다. 느낌으로 말하지 말고 숫자로 말하자. 뜬구름 잡는 소리 하지 말고 숫자로 증명해 보여야 한다. 그래야 바르고 분명하다는 소리를 듣는다. 이때 주의를 기울여야 할 것이 몇 가지 있다. 먼저 정확해야 한다. 누락과 과장이 있어서는 안 된다. 누구나 인정하고 믿을 만한 공신력 높은 수치나 통계를 활용해야 한다.

숫자놀음을 해서도 안 된다. 숫자는 의도나 목적에 따라 조작할 수 있다. 질문을 어떻게 하느냐에 따라 여론조사 수치가 달라지듯 말이다. 질적으로 나빠진 것을 양적으로는 좋아진 것처럼 꾸밀 수도 있다. 예를 들어 영업실적이 작년보다 줄었어도 최근 3년 평균과 비교해 오히려 늘어난 것처럼 제시하는 것이다. 이렇게 왜곡하거나 장난쳐서는 안 된다. 또한 숫자 뒤에 숨은 것을 볼 수 있어야 한다. 숫자는 가치를 반영하지 않는다. 사람의 창의와 꿈은 숫자로 파악할 수 없다. 감정과 정서는 숫자에 나타나지 않는다. 숫자 뒤에 있는 사람을 봐야 한다. 숫자에 울고 웃는, 바로 그 '사람'을 말해야 한다.

독자는 무엇이 궁금할까

사실에 밝은 것만으로는 부족하다. 다양한 설명 방법을 알아야 한다. 그래야 설명을 잘할 수 있다.

우선 자세하게 설명해야 한다. 자세하다는 것은 빠뜨린 게 없고, 구체적이라는 뜻이다. 생략할 수는 있지만, 누락은 없어야 한다. 비약과 추상도 설명의 적이다. 발을 땅에 디디고 있어야 한다. 그래야 이해가 쉽고 오해의 소지가 없다. 최대한 상세하게 전한다는 생각으로 하면 설명의 기본은 충족된다.

연장선에서 궁금증이나 의문을 풀어준다는 생각으로 접근해야 한다. 설명을 듣는 사람의 처지가 되어 무엇을 알고 싶을까 생각해보고, 그것을 말해야 한다. 설명하는 사람이 중심인지, 듣는 사람이 중심인지가 중요하다. 예를 들어 누군가 전화로 길을 묻는다고 해보자. 상대의 눈앞에 보이는 게 뭔지 물어보고 거기에서 몇 미터 더 오라는 식으로 설명해줘야지, 나만 아는 건물이나 길을 기준으로 설명하면 안 된다.

'예시'도 잘 설명하기 위해 많이 쓰는 방법이다. 구체적인 사례를 들어서 말하는 것으로, 두 가지 방법이 있다. 설명하려는 대상을 먼저 규정한 다음 여러 예를 들어 이해를 도울 수도 있고, 여러 예를 먼저 말한 다음 이를 일반화함으로써 대상을 규정할 수도 있다. 전자를 연역적 방법, 후자를 귀납적 방법이라 한다.

'분석'도 설명을 돕는다. 인과적 분석은 원인과 결과를 설명한다. 5·18광주민주화운동을 설명하기 위해 왜 일어났고 결과는 어떠했는지를 말하는 식이다. 연대기적 분석은 사건을 단계별로 설명한다. 윤동주 시인을 설명하기 위해 그가 쓴 시의 시기별 특징을 말하는 식이다. 개념적 분석은 민주주의처럼 추상적 대상의 의미를 설명한다. 기능적·물리적 분석은 김치의 효능은 무엇인지, 몸은 무엇으로 이루어져 있는지 등 구체적인 대상을 설명하는 데 사용된다.

'묘사'와 '서사'도 주된 방법이다. 묘사는 본 대로, 들은 대로, 있는 그대로 말하고, 서사는 이야기 형태로 풀어서 말한다. 즉 묘사는 서술로, 서사는 무성영화 시절 변사가 하던 일 정도로 이해하면 된다.

'숲'을 보여준 다음 '나무'를 보여주는 것도 좋다. 예를 들어 집의 전체 외관이나 구조를 먼저 알려준 다음 방이며 화장실이며 거실은 어떠한지 설명하는 것이다.

이 외에도 '비교' '구분'과 '분류' '단순화' 등의 방법이 있다. 비교는 둘 이상의 대상 사이에 존재하는 공통점과 차이점을 중심으로 설명한다. 구분과 분류는 내가 애용하는 방법으로, '세 가지 특징' '다섯 가지 방법'처럼 잘 묶고 나누기만 해도 설명이 쉬워진다. 단순화는 세부사항을 다 전달하지 않고, 한 발 물러서서 크게 보고 말하거나, 핵심만 간추리는 것이다.

가성비를 높여라

설명도 가성비가 좋아야 한다. 같은 내용이라면 짧을수록 좋고, 거기에 깊은 뜻까지 담으면 금상첨화다. 물론 이렇게 설명하기는 매우 어렵다. 간결함을 방해하는 요소들이 많아서 그렇다. 첫째, 안전이다. 사람은 누구나 위험을 피하려고 한다. 안전하려면 이해는 높이고 오해는 줄여야 한다. 문제가 생겼을 때 빠져나갈 틈도 만들어놔야 한다. 그래서 돌려 말한다. 결과적으로 설명이 길어진다.

둘째, 욕심이다. 이것도 보여주고 싶고, 저것도 뽐내고 싶다. 아는 것은 남김없이 써먹어야 직성이 풀린다. 알기 위해 들인 수고가 아까워서 그 어느 것도 버리지 못한다. 이런 사람일수록 자신 없는 경우가 많다. 멋있게 보이기 위해 미사여구와 현학적 표현을 쓴다. 말이 안 되는 소리라고 할까 봐 전제를 깐다. 묻지도 않았는데 변명하고 핑계를 댄다. 이렇게도 생각했고 저렇게도 생각했다는 것을 보여주고 싶어 한다. 자신이 그렇게 단순한 사람이 아니라는 걸 보여주려다 보니 설명이 길어진다.

셋째, 불분명한 목적이다. 왜 설명하고 있는지 분명하지 않으면 오락가락한다. 한마디로 무엇이 중요한지 모르게 되는 것이다. 비슷하게 목표가 명확하지 않아도 설명이 길어진다. 설명해서 무엇을 얻으려고 하는지, 무엇을 전하려고 하는지 불명확하다. 이런 경우 핵심 메시지가 확실하지 않다. '뭐라도 하나 얻어걸려라' 하는 심정으로 이것저것 찔러본다. 목표가 분명하면 과녁을 정조준해서 한 방에 맞춘다.

넷째, 대상의 모호함이다. 불특정 다수에게 말하면 아무도 듣지 않는다. 그중 누구라도 듣게 하려다 보니 설명이 길어진다. 짧게 말하려면 대상이 누구인지 정해야 한다. 또 한 사람에게 여러 역할과 위치가 있으므로 그것에 알맞은 말을 찾아야 한다. 나는 남자면서 남편이고, 아빠면서 작가다. 이처럼 다양한 역할과 위치 중 어디에 초점을 맞출지 분명히 해야 군더더기 없이 설명할 수 있다.

바쁜 세상이다. 내가 상사로 모셨던 어떤 분은 한 장이 넘는 보고서는 아예 받지를 않았다. 보고도 1분 이내에 하길 원했다. 짧게 보고하지 못하는 이유는 내용을 정확히 알지 못하거나, 그 내용에 자신 없거나 둘 중 하나라고 했다. 확실히 알고, 확신이 있으면 짧게 말할 수 있다는 것이다.

짧게 설명하려면 사전에 충분히 정리해봐야 한다. 설명은 간결함을 요구받는다.

간결하게 설명하는 3가지 방법

간결하게 설명하려면 다음의 원칙을 지켜야 한다.

❶ 단도직입적으로 말한다

"내 얘기의 결론은 이것입니다." 장황한 서론 없이 바로 이렇게 말하는 것이다. 두괄식으로 말머리에 핵심 내용을 배치하는 방식이다. 설명하려는 내용을 상대가 어느 정도 알고 있다면 이렇게 하는 것이 효과적이다. 회사에서 보고할 때는 이 방식이 좋다. 설명은 처음 제시한 내용이 강력한 영향을 미친다. 첫인상이 중요한 것과 같은 맥락이다. 다만 "다짜고짜 그게 무슨 소리야?" 같은 부정적인 반응이 나올 수 있다는 점을 염두에 둬야 한다.

❷ 반복하지 않는다

우리는 습관적으로 말을 반복한다. 상대가 못 알아들었을까 봐, 또는 강조하기 위해서 했던 얘기를 다시 하거나 사족을 붙인다. 중언부언하는 것이다. 섬세하고 꼼꼼한 사람이 이런 화법을 쓴다. 상대에 대한 배려가 세심하다고도 할 수 있지만, 믿음이 부족하다고도 할 수 있다. 이런 사람은 말하다가 "왜 그렇게 말귀를 못 알아들어?" 하고 신경질을 부리기도 한다.

❸ 군더더기를 빼다

노무현 대통령의 연설문을 쓰는 동안 가장 중점을 뒀던 것은 불필요한 요소를 빼는 일이었다. 대통령은 군더더기를 싫어했다. 그가 마지막 남긴 글에도 뺄 게 없다. 딱 한 문장 "너무 많은 사람들에게 신세를 졌다"에서 군더더기가 눈에 띈다. 왜 "많은 사람에게 신세를 졌다"라고 하지 않았을까. 연설문이었으면 그랬을 것이다. 하지만 이 글에서 '너무'와 '들'은 사족이 아니다. 그의 마음이다.

군더더기를 빼 '간결하게' 설명하는 것과 '쉽게' 설명하는 것은 충돌한다. 간결하게 설명하려면 어려워지고, 쉽게 설명하려면 길어진다. 이런 모순을 해결하면 좋은 설명이 된다. "너 자신을 알라" "산은 산이요, 물은 물이다" 같은 격언들처럼 진리는 군더더기가 없다. 수식어나 수사법이 과하지 않다. '떡두꺼비 같은 아들' '달덩이 같은 딸' 같은 상투적 표현이나 '가장 최초로' '새로운 신제품' 같은 동어반복이 없다. 힘이 있고 직관적이다. 응축과 여운의 미가 있다. 미주알고주알 간섭하지 않고 스스로 생각하게 한다.

간결함은 이런 자세에서 나온다. 내가 이것까지 말할 필요가 있나 따져본다. 가지 치는 것을 아까워하지 않는다. 추가할 것보다는 뺄 것을 먼저 찾는다. 써야 할 것을 안 쓰는 잘못보다, 안 써야 할 것을 쓴 잘못이 크다고 생각한다.

초등학교 2학년 수준으로

"중학교 2학년이 알아들을 수 있게 설명해라." 내가 대학교 다닐 적에는 이렇게 배웠다. 이제는 맞지 않는 말이다. 요즘 중학교 2학년의 수준을 잘 몰라서 하는 소리다. 대화해보니 중학생들 수준이 보통이 아니다. 이제는 초등학교 2학년 수준으로 낮춰야 할 것 같다. 초등학교 2학년도 알아들을 수 있게 설명해야 한다.

세 유형의 사람이 있다. 어려운 것을 쉽게 말하는 사람, 어려운 걸 더 어렵게 말하는 사람, 쉬운 것을 어렵게 말하는 사람이다. 희한하게도 세 번째 유형이 '유식하다'는 소리를 듣는다.

나는 고전을 읽거나 고매한 교수님의 강의를 듣다가 알아듣지 못해도 주눅 들지 않는다. 다만 쉽게 말하겠다고 다짐할 뿐이다. 확실히 알 때까지 말하는 걸 미루거나, 모르는 것은 말하지 않겠다고 되뇐다. 말이나 글이 어렵게 느껴진다면 그것은 청자나 독자의 책임이 아니다. 말하고 쓴 사람의 불찰이다.

확실하게 알아야 쉽게 설명할 수 있다. 강의하면서 절실히 느낀다. 잘 모르는 내용을 수강자가 물으면 어렵게 대답하게 된다. 연설문을 쓸 때도 잘 모르는 내용은 나조차도 이해 안 되게 썼다. 마찬가지로 기자가 잘 알고 쓴 기사가, 번역자가 완벽하게 이해하고 옮긴 번역서가 읽기 쉽다.

아는 것을 자랑하고 싶은 욕심도 말을 어렵게 한다. 라디오 시사 프로그램을 진행하며 배운 것인데, 패널이 어렵게 말하면 내가 아는 내용이더라도 청취자를 위해 쉽게 풀어야 한다. 아니면 마치 몰라서 묻는 것처럼 쉽게 설명해달라고 요구해야 한다. 그러나 이게 쉽지 않다. '진행자가 그것도 모르나? 수준이 낮구먼' 하고 생각할지 모른다는 군걱정이 생긴다. 또한 내가 알면 남도 알 것이라는 예단, 이 정도도 모를까 하는 교만도 설명을 어렵게 한다.

문제는 내가 아는지 모르는지, 남들에게 어려운지 쉬운지를 혼자서는 판단하기가 어렵다는 사실이다. 그래서 대화가 중요하다. 상대에게 말하면서 내가 아는지 모르는지 알 수 있고, 상대의 반응에서 내 설명이 어려운지 쉬운지 알 수 있다.

쉬운 설명의 9가지 원칙
쉽게 설명하려면 염두에 두어야 할 것들이 있다.

❶ 추상어보다 구체어를 사용
전문 용어 사용을 절제하고, 추상어보다는 구체어를 사용한다. 대충 말하거나, 추상적으로 말하지 않고, 상세하고 구체적으로 말해야 한다. '맛있는 저녁 식사를 했다'가 아니라 '감자탕을 먹었다' '옛 친구를 만났다'보다는 '고등학교 동창을 만났다'가 더 구체적이다. 있어 보이는 말도 알아듣기 어려우면 아무짝에도 쓸모가 없다.

❷ 어려운 용어는 알기 쉽게

부득이하게 어려운 말을 써야 하는 경우라면 알기 쉽게 풀어서 설명해준다. 최신 유행어나 신조어를 쓰는 경우에도 무슨 뜻인지 알려주면 좋다. 뜻을 모르면 왠지 대화에서 소외되고 시대에 뒤떨 어진 듯한 느낌을 받는다.

❸ 몇 가지로 정리하기

전체 모양을 그려주면서 시작한 후, '첫째' '둘째' '셋째'로 정리 해준다. 마지막에는 지금까지 몇 가지를 말했다고 다시 정리해준다. 정리는 이해를 돕는 효과가 있거니와 오래 기억하게 한다는 장점도 있다.

❹ 예시 들기

어려운 개념이나 복잡한 내용은 예시를 들어 이해를 돕는다. '예 를 들면' '예컨대' '가령' 등의 단어 뒤에 예로 들 만한 내용을 붙이 면 된다. 실제 일어난 일, 즉 사례를 제시하는 것도 알아듣기 쉽게 설명하는 방법이다.

❺ 모르는 말은 하지 않기

많이 아는 것처럼 보이기 위해 자신도 모르는 말을 하지 않는다.

현실과 동떨어진 말을 즐겨 하는 사람들이 있다. 이른바 거대담론이다. 이런 사람은 아리스토텔레스의 말을 되새길 필요가 있다. "현인처럼 생각하고 범인凡人처럼 말하라."

❻ 이정표 세우기

길게 말해야 하는 경우, '앞서 말씀드린 내용을 정리하면 ~였습니다' '끝으로 ~에 관해 설명하고 마치겠습니다'와 같이 중간중간 내 말이 어디쯤 가고 있는지 알려준다. 또한 쉬운 내용부터 말한 다음 어려운 내용으로 나아간다.

❼ 한 문장에는 하나의 메시지만

말할 때도 그렇지만, 글을 쓸 때도 한 문장이나 한 문단 안에는 하나의 메시지만 담아야 한다. 주어와 서술어의 거리가 너무 떨어지지 않도록 단문으로 쓰고, 수식어는 피수식어 바로 앞에 둔다. 문어체보다는 구어체로 쓴다. 무엇보다 물 흐르듯 술술 읽히게 쓴다. 읽다가 앞부분으로 돌아가지 않게 말이다. 안 읽히면 안 읽는다.

❽ 배경과 맥락 설명하기

설명을 할 때 내용만 말하지 않고 그렇게 말하는 이유나 취지, 의도, 목적까지 밝힌다.

❾ 적절한 비유 사용하기

동서고금을 막론하고 말 잘하는 사람들은 모두 비유에 능숙했다.

비유야말로 화술의 정수라 할 것이다. 비유를 잘하면 머릿속에 상이 선명하게 그려지기 때문에 이해가 쉽다. 그래서 비유를 '그림 언어'라고도 한다. "얼굴이 하얗게 질렸다"보다는 "얼굴이 백지장처럼 창백해졌다"가 더 실감 난다.

비유의 정석

비유는 어떤 내용을 더욱 효과적으로 전달하기 위해 그와 비슷한 것에 빗대어 말하는 것이다. 가장 쉬운 방법은 '~처럼' '~같이' '~하듯' '~인 양'을 사용하는 것이다. '사과 같은 내 얼굴' '꽃처럼 예쁜 당신'은 사과와 얼굴, 꽃과 당신을 직접 비교하므로 쉽고 간단하다. "나비처럼 날아서 벌처럼 쏘겠다"라는 전설적인 복서 알리의 유명한 말도 직유直喩에 해당한다. 직유는 일상 대화에서 가장 즐겨 쓰는 비유법이다.

직유보다 좀 더 수준 높은 표현이 은유다. 학교 다닐 적 배운 "내 마음은 호수요"가 대표적이다. '무엇은 무엇이다'의 형태로, "인생은 여행이다" "인간은 생각하는 갈대다" 등의 말이 있다.

그 외에 낯선 것을 익숙한 것에 빗대어 표현하는 것도 비유다. 예를 들어 "뉴욕 센트럴파크는 여의도 면적의 몇 배 크기입니다" 하고 설명하는 것이다. 센트럴파크에는 가본 적이 없지만, 여의도는 잘 안다. 학교 운동장 몇 개 크기라고 하면 더 잘 알아들을 수 있다.

비유는 어렵고 추상적인 개념을 생생하게 전달한다. 2017년 고위공직자범죄수사처 설치를 둘러싸고 논란이 생기자 어느 라디오 시사 프로그램에 출연한 노회찬 의원이 이렇게 말했다. "파출소가 새로 생긴다고 하니까 동네 폭력배들, 우범자들이 싫어하는 것과 똑같은 거죠. 모기들이 반대한다고 에프킬라 안 삽니까?" 2012년에는 19대 총선을 앞두고 출연한 텔레비전 토론 프로그램에서 야권의 선거연대를 비판하는 패널에게 이렇게 반박했다. "우리나라랑 일본이 사이가 안 좋아도 외계인이 침공하면 힘을 합해야 하지 않겠습니까?" 가히 비유의 달인이라고 할 만하다.

일본 작가 무라카미 하루키는 글쓰기를 눈 치우기에 비유했다. "하기 싫지만 누군가는 해야 하는 일이고, 눈을 치우는 요령이 있듯이 글쓰기도 방법이 있다." 이렇게 누구나 경험해본 일에 빗대어 표현하면 전달력도 살고 듣는 사람의 기억에도 오래 남는다.

비유에는 해학과 풍자도 담겨 있다. 예수께서 "부자가 천국에 가는 건 낙타가 바늘귀를 통과하기보다 어렵다"라고 말한 것도 그런 경우다.

그렇다고 비유가 마냥 효과적인 것만은 아니다. 내가 전하고자 하는 내용과 맥락이 닿지 않는 것을 갖다 붙이면 오히려 설득력이 떨어진다. 케케묵은 표현이나 상투적인 비유도 효과를 떨어뜨린다. 오웰이 "신문이나 잡지에서 본 비유법을 함부로 쓰지 마라"라고 한 이유다.

가장 조심해야 할 것은 논란이 될 수 있는 부적절한 비유다. 4대 강 정비사업을 중단하라는 주장에 대해 "시어머니가 며느리에게 낙태하라고 하는 것과 같다"라고 하거나, 세월호 참사를 '교통사고'에 비유해서 지탄받은 사람들이 있다. 비유도 과하면 아니함만 못하다.

제안:
"구하라. 그러면 주실 것이요"

일하다 보면 제안하거나 건의할 일이 종종 있다. 기획안은 대개 회사 안에서 하는 제안을 문서화한 것이다. 개인 간에 무엇인가를 제안하는 경우도 많다. 제안만 잘해도 삶이 편해진다.

제안은 명확하게

우리는 이런저런 이유로 의사를 명확하게 표명하는 대신, 암시적이고 우회적으로 표현한다. 상대와의 관계를 중시해서 하고 싶은 말을 끝까지 하지 않는 경우도 많다. 물론 그래야 할 때도 있다. 너무 단호하게 말하면 오해를 살 수 있으므로 모호하게 말하는 게 원만한 관계를 유지하는 데 종종 도움이 된다. 그러나 신뢰관계를 장기적으로 탄탄하게 쌓아가려면 해석의 여지를 남기기보다는 분명하게 말하는 게 바람직하다. 똑 부러지게 말하는 사람으로 인식되면 그다음부터는 문제 되지 않는다. 또 명료하게 말하는 것이 듣는 사람에게도 부담이 덜 되고 말하는 자신도 편하다.

할 말이 분명하지 않고, 책임지지 않으려고 할 때 말은 모호해진다. 명료하지 않을 때 애매모호하다고 한다. 그런데 '애매'와 '모호'는 적용되는 상황이 다르다. 애매는 뜻이 광범위하고 포괄적이어서 명확하지 않다는 뜻이다. '자유' '민주주의' 등이 애매한 단어다. 손에 쥐여주듯 설명하기가 쉽지 않다. 이에 반해 모호는 경계가 명확하지 않아 구분이 어렵다는 뜻이다. '애매와 모호의 차이' 바로 이런 게 모호한 것이다.

모호하지 않게 말하려면 어떻게 해야 할까. 되도록 단정적으로 자신 있게 말해야 한다. "식사는 간단하게 하시죠"라고 말하는 경우가 종종 있다. 참 모호한 말이다. 《나니아 연대기》를 쓴 C.S. 루이스는 '간단한 식사'의 의미가 간단한 재료로 만든 식사, 돈을 들이지 않은 식사, 준비하기 쉬운 식사 등 여럿이라고 했다. 밥을 사는 사람이 "간단하게 하시죠" 하면 결례가 될 수 있다. '돈을 들이지 않은 식사'가 아니라 '건강을 위한 소식'이라는 뜻으로 썼더라도 말이다.

명확하게 말하려면 우선 주어가 확실해야 한다. '누가' 그랬는지 분명히 밝히는 것이다. 연장선에서 정의, 주체, 상황도 분명히 한다. "글이 싫어졌다"라고 할 때, '글'을 어떻게 정의하느냐에 따라 뜻이 달라진다. 읽는 글을 의미하면 독서가 싫어진 것이고, 쓰는 글을 의미하면 작문이 싫어진 것이다. 싫어진 주체가 학생이라면 공부가 싫어진 것이고, 작가라면 문학이 싫어진 것이다. 상황에 따라서도 뜻이 달라진다. 일제 치하라면 글이 부역附逆의 수단으로 전락했기 때문일 것이고, 독재 치하라면 행동하지 않는 글의 무력함이 싫어졌기 때문일 것이다.

뭉뚱그리지 말고 구체적으로

또한 구체적이어야 한다. 김영하 작가의 조언대로, 엄마가 자기 생일을 기억 못 해 생일상을 차려주지 않은 경우와 용변을 보고 나서 화장실에 휴지가 없다는 걸 알게 된 경우를 모두 뭉뚱그려 "짜증난다"라고 하지 말고, 앞의 상황에서는 "서운하다"라고 하고, 뒤의 상황에서는 "황당하다"라고 말하는 게 좋다. 실상과 진실은 구체성으로만 모습을 드러낸다.

동시에 정확해야 한다. 판사인 후배에게 "요즘 법관들 왜 그러냐?"라고 하니, 법관, 법조인, 법률가를 구분해달라고 했다. 통상 법관은 판사를 지칭하고, 법조인은 판사, 검사, 변호사를 가리키며, 법률가는 이들 외에 법률을 연구하는 학자까지 포함한다는 것이다. 그러니 검사를 나무랄 거면 법관이라고 해서는 안 된단다. 잘 모르면 욕도 못 한다. 더불어 정확하지 않으면 갈피가 잡히지 않아 말이 빙빙 돈다. 정곡을 찔러 말하지 못하고 모호해진다. 잘 알면 압축해서 말할 수 있다. 본질을 꿰뚫어 복잡한 것을 단순하게 말한다. 잘 알지 못하는 사람일수록 모른다는 걸 남들이 알게 될까 봐 두려워한다. 짧게 말하면 '너무 없어 보이지 않을까?' '업신여김당하지 않을까?' 염려한다. 단순하게 생각하고 상식적으로 판단하면 될 것을 복잡하게 고민한다.

이 밖에도 피동형보다는 능동형을 쓸수록 말이 명확해진다. "생각합니다"라고 하면 되지, "생각됩니다"라고 하거나 이중피동을 써서 "생각되어집니다"라고 하면 안 된다. 부사나 형용사로 끝내지 않는 것도 중요하다. 숫자도 말을 명료하게 해준다. 예를 들어 "매우"

"대단히" "굉장히" "아주 많다"처럼 부사를 남발하기보다는 얼마나 많은지 숫자로 말하는 것이 좋다. 수식관계도 명확해야 한다. "사냥개가 피투성이가 된 채 도망가는 노루를 쫓고 있다"라는 문장은 피투성이가 된 게 사냥개인지, 노루인지 모호하다.

아내에게 제안하는 경우가 많다. 돈과 나의 거취를 놓고 아내의 재가를 받는다. 1997년 대우를 그만두고 사업하겠다고 제안했다. 아니, 품의稟議했다. 2008년 초에는 효성을 나와 전업 주식투자자로 살겠다고 선언했다. 두 번 다 아내가 수락했다. 나의 제안 실력이 뛰어났던 것이다. 결과는 어떠했는가. 1997년 경제위기가 발생했고, 2008년 금융위기가 닥쳐왔다. 나는 계획했던 사업을 접고 회사로 복귀했고, 주식은 거덜이 났다.

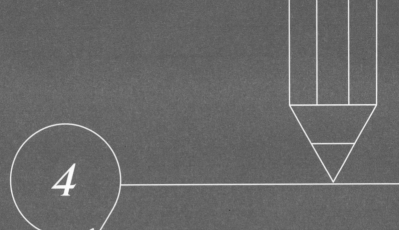

4

훈련:
말이 말을 낳고,
글이 글을
낳는다

글에도
숙성과 발효가 필요하다

말은 만리장성을 쌓을 수 있지만, 글은 일필휘지하기 쉽지 않다. 아무나 가능한 일이 아니다. 하지만 조금씩 쓰는 것은 누구나 가능하다. 일단 뭐라도 써놓고 계속 추가하는 것이다.

나는 한 번에 쓸 수 있는 만큼만 쓰고, 다른 일을 하다가 다시 와서 보태는 방식으로 야금야금 쓴다. 배고픈 쥐 부엌 들락날락하듯 하루에도 몇 번씩 들여다본다. 그러다 보면 조금 전에는 생각나지 않았던 것이 떠오르기도 하고, 앞에 써놓은 게 이상해서 고치기도 한다. 무엇보다 한꺼번에 다 써야 하는 부담에서 놓여날 수 있다. 분량의 중압감에서 벗어날 수 있는 것이다. 쓰고 싶은 만큼, 쓸 수 있는 만큼 쓰면 된다.

빵과 술과 글의 공통점

보태면서 쓰기 위해서는 당연하게도 일단 무언가 써놓아야 한다. 그런데 처음부터 잘 쓰려는 욕심을 부리게 된다. 그래서 나는 시간을 정해놓고 쓴다. 스톱워치를 10분 혹은 20분으로 맞춰놓거나, 비슷한 시간만큼 흐르는 모래시계를 뒤집어놓고 그동안만 쓰자고 마음먹는다. 그러지 않으면 잘 쓰려는 욕심에 자꾸 고치게 되고, 머릿속 이곳저곳을 헤집게 된다.

이렇게 일단 무언가 써놓으면 안도한다. 이것에 살을 좀 붙이면 되겠구나 싶어 마음이 편해진다. 마음이 놓이면 생각도 잘 난다. 그때부터는 내가 다른 일을 해도 뇌가 혼자서 글을 쓴다. 길을 걷다가, 누군가와 대화하다가 난데없이 써야 할 내용이 떠오른다. 그때마다 나는 써놓은 글에 조금씩 보탠다. 다른 일을 하는 시간이 헛되지 않다. 오히려 글에 필요한 생각을 '숙성'시키는 시간이 된다. 다윈은 "인간은 빵을 굽고 술을 빚고 글을 쓰는데, 이 세 가지는 모두 숙성과 발효가 필요하다"라고 말했다.

생각나지 않더라도 하루에 한두 번씩 써놓은 글을 찾는다. 찾을 때마다 보탤 게 생긴다. 무엇이라도 추가할 말이 있다. 나는 기고할 일이 생기면 그날 바로 노트북에 새 문서를 만들고 한 줄이라도 쓴다. 그리고 계속 들랑거리면서 추가한다. 그곳이 나의 놀이터가 된다. 다른 일을 하다가 쓸거리가 생각나면 들어와 추가하고, 더는 쓸게 없으면 다시 다른 일을 하러 간다. 놀랍게도 어제까지 생각나지 않았던 게, 오늘 생각난다. 그럴 때 기쁘고 감사한 마음으로 그 생각을 글에 보탠다.

꼭 새로운 내용을 추가하지 않아도 된다. 써놓은 글을 읽다가 잘 못된 것을 바로잡을 수도 있다. 예상치 못한 수확을 덤으로 얻는 것이다. 이전에 써놓은 것은 그 당시 떠오른 생각을 쓴 것이다. 써놓은 글의 바탕이 되는 그 당시의 생각도 확인이 필요하다. 뇌는 다른 일을 하면서도 그 내용을 나름대로 검증하고 있었다. 그러니까 쓸 때는 안 보이던 것이 시간이 지나면 보인다.

조금씩 보태면서 쓰는 방법은 《회장님의 글쓰기》를 쓰면서 알았다. 당시 《대통령의 글쓰기》가 이미 베스트셀러였지만, 박근혜 정부 때는 강의 요청이 없었다. 기업에서 김대중, 노무현 대통령을 모신 사람을 부르는 걸 주저했다. 어느 날 모 기업의 교육 담당자가 강의해줄 수 있는지 물어와 시간이 된다고 했다. 그런데 며칠 후 강의하기 어렵게 되었다는 연락이 왔다. 아마 윗사람에게 "그 사람이 누군 줄 알고 강사로 부르냐!"고 혼났을 것이다. 그래서 《회장님의 글쓰기》를 썼다. 내가 회사에서도 17년간 글 쓴 사람이라는 걸 알리고 싶었다.

원고 열 장이 책 한 권으로

《회장님의 글쓰기》는 회사 다닐 때 적어둔 10여 장의 글이 있었기에 쓸 수 있었다. 그것이 '비빌 언덕'이 되었다. 거기에 살만 붙이면 되겠다 싶어 쓰기 시작했다. 통상 책을 한 권 쓰려면 최소한 A4 용지 70~80장은 써야 한다. 그러다 보니 대개는 엄두를 못 낸다. 이제부터는 책을 쓰겠다고 생각하지 말자. A4 용지 다섯 장만 쓰겠다고 마음먹자. 그 정도는 어지간하면 쓸 수 있다. 그리고 열 배를 불리면 된다. 쓰기는 어렵지만 불리기는 쉽다.

써둔 다섯 장의 글을 잊고 다른 일을 해도 좋다. 그때부터 보는 것, 듣는 것, 읽는 것, 겪는 것 모두 그 글과 관련되고, 연결된다. 그 전까지 의미 없이 들리고 보이던 것들이 눈에 새겨지고 귀에 박힌다. 글이 생각을 끌어오는 자석이 된다. 그렇게 조금씩 보태는 것이다. 덩어리가 만들어지면 표면적이 생겨 추가할 내용이 와서 붙는다. 글도 이자가 붙고, 새끼를 친다. 그러다 보면 다섯 장이 열 장이 되고, 어느덧 50장이 된다. 스스로 굴러가며 덩어리를 키운다.

회사 다니며 써둔 10여 장의 글이 한 권의 책이 되는 과정을 되돌아보면 영화 〈기생충〉의 명대사가 절로 떠오른다. "나도 다 계획이 있구나."

'한 문장'을 향해 직진하라

나는 키워드, 핵심 문장, 주제문으로 글쓰기를 시작한다. 키워드를 찾고 그 단어를 인터넷 백과사전에서 검색해 개념을 명확히 파악한 후 쓴다. 또는 내 글에 반드시 들어가야 할 문장들을 띄엄띄엄 써본다. 그렇게 핵심 문장을 추리고, 거기에 살을 붙이는 방식으로 쓴다. 주제문을 정하고 쓰기 시작하기도 한다. 이 방법은 노무현 대통령에게 배웠다.

노무현 대통령은 연설문이나 기고문을 구술하기에 앞서 이렇게 물었다. "무슨 말을 하지?" 자신에게 질문을 던져 말하고 싶은 한 문장을 찾아냈다. "그래, 이것으로 하자. 이걸로 하면 되겠다." 그 문장을 찾았을 때 기뻐했다. 그 후는 그야말로 일사천리였다.

천 리 길은 '한 문장'부터

주제로 쓸 때 가장 먼저 할 일은 글에서 말하고 싶은 '한 문장'을 찾는 것이다. 이 한 문장은 새로운 사실이나 정보, 기존 사실이나 정보의 새로운 해석, 나만의 시각이나 관점, 주장, 또는 느낌이다. 이 한 문장을 잡아내는 과정을 '착안' '구상'이라고 하고, 그 결과물을 '생각'이라고 하며, 그것이 글로 구현되었을 때 '주제' '핵심 메시지'라고 한다.

주제나 핵심 메시지는 한 문장으로 표현된다. 명제 형식의 이 한 문장을 '주제문'이라고 한다. 주제문은 세 종류다. '무엇이 무엇이다'는 형태의 사실명제, '무엇이 어떠하다'는 형태의 가치명제 그리고 '무엇을 해야 한다'는 형태의 정책명제다. 예를 들어 '대기업의 성장은 고용 창출 효과가 없다'는 사실명제에 가깝다. '고용 창출이 최선의 복지다'는 가치명제, '고용 창출을 위해서는 중소기업을 육성해야 한다'는 정책명제다.

핵심 메시지를 담은 한 문장이 정해졌으면 이를 풀어내야 한다. 이 한 문장이 왜 맞는지 근거를 들어 설명하거나 증명하는 것이다. 이때부터가 실제로 글을 쓰는 과정이다. 여기에 필요한 것은 사례, 예시, 일화, 통계, 이론, 연구, 조사 등이다. 풀어내는 방식에는 비교, 대조, 분류, 구분, 비유, 은유 등이 쓰인다. 이로써 주제문이 사실임을 증명하여 옳다고 믿게 하거나, 그대로 행동하게끔 해야 한다.

주제로 글을 쓰는 방법은 두 가지다. 우선 소재, 제재, 주제로 쓰는 것이다. 소재는 이야깃거리다. 제재는 중심이 되는 소재다. 주제는 전하고 싶은 핵심 메시지다. 술에 관해 쓴다고 하자. 소재는 술의 기원과 역사, 술과 건강의 관계, 술의 좋은 점과 나쁜 점, 나의 주사 전력 등 여러 가지다. 제재는 주제에 따라 정해진다. 주제가 '내가 술을 끊어야 하는 이유'라면 '나의 주사 전력'이 제재가 될 것이다. 소설이나 시는 소재에서 출발해 주제로 나아간다. 보고서나 주장하는 글은 주제를 정한 후 소재와 제재를 찾는다.

주제는 주어지기도 하지만, 자신이 정해야 하는 경우가 더 많다. 누구나 하는 말이 아닌, 자기만의 관점이 들어간 주제를 찾아야 한다. 나는 주제어를 인터넷에 검색해본다. 그렇게 찾은 여러 글을 보고 비틀거나 뒤집는 방식으로 주제를 정한다. 간혹 평소 생각해둔 게 있는 경우에는 이 과정을 건너뛴다.

주제로 쓰는 다른 방법은 가주제, 참주제, 주제문 순으로 쓰는 것이다. 우정에 관해 쓴다고 해보자. 그러면 '우정'이 가주제다. 우정 중에서도 '이성 간의 우정'으로 좁히면 이것이 참주제다. 주제문은 정하기 나름이다. '이성 간의 우정은 불륜의 다른 이름이다'가 될 수도 있고, '황혼의 이성 친구는 인생의 축복이다'가 될 수도 있다. 주제문이 글의 중심이다. 다른 모든 내용은 주제문에 종속된다.

이 방법의 장점은 쓰는 사람이 헤매지 않는다는 점이다. 주제를 향해 일로매진一路邁進하면 된다. 자료를 찾을 때도 써야 할 내용이 명확하니 여기저기 한눈팔지 않고 필요한 것만 가져올 수 있다. 또한 첫 단추를 잘 끼웠으므로 논지를 전개할 때도 오락가락하지 않는다. 무엇보다 다른 방식보다 자기 색깔이 분명한 글이 나온다.

글도 초점이 중요하다

주제가 잘 드러난 글이 좋은 글이다. 주제를 분명하게 드러내는 방법은 여럿이다. 우선 제목에서 밝힐 수 있다. 제목만 보고도 무엇을 말하려고 하는지 알게 된다. 글의 서두에 주제를 알려주는 방법도 있다. 이런 글을 '연역적 구성'이라고 한다. 주제문을 반복하거나, 주제에서 벗어난 내용을 과감하게 삭제하는 것도 좋은 방법이다. 글의 마지막에서 주제를 다시 한번 강조해줄 수도 있다.

반대로 주제는 이럴 때 실종된다. 아는 게 너무 많아 이 얘기도 하고 싶고 저 얘기도 하고 싶거나, 독자를 사랑하는 마음이 지극하여 이것도 알려주고 싶고 저것도 알려주고 싶거나, 이런저런 생각에 배가 산으로 가거나, 찾은 자료에 멋진 표현과 내용이 많아 그것을 욱여넣거나, 우연히 기발한 생각이 떠올라 그 방향으로 달려가거나, 모호함을 심오함으로 착각하여 관념적·피상적으로 흐르거나, 잘 써보려는 욕심에 수사법을 과하게 쓰거나 할 때 주제가 묻힌다.

이를 피하는 방법은 두 가지다. 하나는 과감하게 버리는 것이다. 버리는 것을 아까워하지 않아야 한다. 버리는 결단이 필요하다. 다른 하나는 원점으로 돌아가 하나의 생각에서 다시 출발하는 것이다. 장인이 한 땀 한 땀 수를 놓듯, 관련 있는 내용만 선별하여 붙여나간다.

글은 한정식이 아니라 일품요리여야 한다. 백화점이 아니라 전문점이어야 한다. 초점을 잘 맞춘 사진 같은 글이 좋은 글이다.

줄이느냐 늘리느냐
그것이 문제로다

글의 분량을 내 마음대로 정할 수 있다면 글쓰기가 어려울까. 내가 쓰고 싶은 만큼만 쓸 수 있다면 힘들 이유가 없다. 한 줄만 써도 되고, 하고 싶은 말을 다 써도 된다면 무에 어렵겠는가. 분량을 정해주면서 그만큼 쓰라고 하니까 어렵다. 길게 쓰는 것도, 짧게 쓰는 것도 힘들다.

나는 내가 분량을 정한다. 얼마만큼 쓰라고 하면 마음속으로 '그걸 왜 당신이 정해? 분량은 내가 정해'라고 항변한다. 여러분도 이렇게 할 수 있다. 방법은 두 가지다. 한 문장에서 시작해서 불리거나, 몽땅 써놓고 줄이거나다.

첫 문장의 힘

먼저 한 문장에서 시작하는 방법이다. 우리는 이런 얘기를 자주 듣는다. "그래서 한마디로 뭡니까?" 핵심을 한마디로 짧게 말하라는 것이다. 시간이 5초 정도밖에 주어지지 않은 상황에서 딱 한마디로 말해야 할 때 나는 뭐라고 할지 생각해본다.

'결론'을 한마디로 제시하는 것도 방법이다. 거두절미하고 "결론은 이것입니다"라고 정리한다. 무엇인가를 주장하거나 제안하는 글은 결론부터 쓸 수 있다. 비슷하게 결말을 한마디로 밝힐 수도 있다. 어떤 사건이나 이야기의 결말 말이다. "그래서 어떻게 되었는데?"라는 물음에 대한 대답인 것이다.

'유인'하는 한마디도 있다. 속된 말로 '낚는다'고 한다. 주의나 흥미를 끌기 위해 한마디를 툭 던진다. 주로 "그것 아십니까?"처럼 질문 형태다. 이 한마디가 내 글의 첫 문장이 된다.

'비유'도 훌륭한 한마디가 될 수 있다. 명언, 속담에 비유가 많다. "우리의 몸이 정원이라면 우리의 의지는 정원사다." 이런 게 명언이다. 이런 문장으로 글을 시작할 수 있다.

'정의' 내릴 수도 있다. 즉 본질이나 원리를 설명하는 것이다. 본질은 어떤 것의 근본적인 성질이나 속성이다. 그것이 다른 것이 아니라 바로 그것이게 만든다. 최초의 철학자라고 일컬어지는 탈레스는 "세상은 물이다"라고 규정했다. 이렇게 한마디 하면 뜬구름 잡는 소리 한다고 핀잔을 듣기도 하지만, 왠지 철학적으로 보이기도 한다. 여기서 출발하는 것이다.

구호나 표어, 슬로건도 좋은 한마디다. 내가 학교 다닐 적에는 표어 만들기를 많이 했다. 그런 걸 잘 만드는 친구가 있었다. 한마디를 잘하는 친구였다. 나는 광고 문구를 눈여겨본다. 소설의 첫 문장이나 칼럼의 제목을 주의 깊게 보기도 한다.

분량 늘리는 법

한 문장이 만들어지면 그다음은 살을 붙여나가야 한다. 가장 많이 쓰는 방법이 한 문장의 의미, 이유, 원인, 배경, 맥락, 취지 등을 설명하는 것이다. 그렇게 함으로써 분량을 늘린다.

'인용'을 많이 하는 방법도 있다. 글을 읽는 사람은 그 내용이 글 쓴이에게서 나온 것인지 어디서 빌려온 것인지 따지지 않는다. 자신에게 도움이 되는 내용이면 무엇이든 상관없다. 그러니까 자기 것만을 고집할 필요도 없고, 인용을 주저할 이유도 없다. 인용은 권위와 설득력을 높여주기도 한다. 대학교수가 하나의 주제로 매주 두 시간씩 한 학기 동안 떠들 수 있는 비결이기도 하다.

'구체적'으로 써도 분량이 늘어난다. 아무것도 모르는 어린아이에게 말하듯, 친구를 만나 시시콜콜한 것까지 말하듯 결과만이 아니라 배경과 과정까지 설명한다. 묘사나 설명도 최대한 상세히 한다. 이때 사례, 예시 등을 충분히 든다. '예를 들어' '예컨대' '이를테면' '일례로' 등을 붙이면 더욱 부드럽게 이어진다.

'다각도'로 써도 좋다. 한 면만이 아니라 여러 면을 두루 언급한다. 예를 들어 정치에 관한 내용이면 경제적·사회적·문화적 측면까지 덧붙인다. 비슷한 방법으로 오감을 모두 설명하는 것이 있다. 이는 자연스럽게 의미를 충실히 부여하는 글쓰기로 이어진다. 내가 무슨 일을 겪었다고 하는 데서 그치지 않고, 그 일을 겪으면서 무엇을 배웠고, 어떤 시사점을 얻었으며, 어떤 의미를 찾았는지까지 쓴다.

또한 '열거'의 가짓수를 늘린다. 독서하면 좋은 점을 세 개만 쓸 게 아니라 다섯 개, 일곱 개를 찾아서 열거한다. 연장선에서 육하원칙을 모두 쓰는 것도 좋은 방법이다. 사람들의 관심은 누가, 무엇을, 언제, 어디서 정도에 머물지 않는다. 왜, 어떻게까지 알려고 한다.

'범위'를 확장하고 단계를 높여가도 자연스레 살이 붙는다. 가정에서 이웃으로, 이웃에서 국가로, 국가에서 세계로 범위를 넓히고, 초등학교에서 중학교로, 중학교에서 고등학교로, 고등학교에서 대학교로 단계와 수준을 높여가며 덧붙인다.

자신이나 현재에만 '국한'하지 않는다. 내 얘기만이 아니라 남의 얘기, 겪은 얘기만이 아니라 상상하는 얘기까지 쓴다. 자기소개서를 쓸 때 내 얘기만 쓸 필요는 없다. 부모나 친구 얘기를 쓸 수도 있다. 지나온 과거 얘기뿐 아니라 꿈이나 목표 등 미래 얘기도 쓸 수 있다. 연장선에서 반대 의견을 소개한다. 내가 찬성이면 반대하는 사람의 생각까지, 내가 보수면 진보 쪽 사람의 의견까지 알려주는 것이다.

끝으로 '대화체' 문장을 많이 쓴다. 대화체는 말한 내용을 그대로 쓰면 되니 쓰기도 쉽고, 분량을 채우기도 좋다.

분량 줄이는 법

쓰고 싶은 건 많은데, 할당된 분량이 적은 경우도 있다. 이때는 일단 쓰고 싶은 것을 모두 쓴다. 분량 줄이기는 어려운 일이 아니다. 양만 확보되면 질은 만들어진다. 곰탕을 졸이면 진국이 나오듯이 말이다.

짧게 쓰는 방법은 세 가지다. 첫째, 꼭 쓰고 싶은 한 문장에서 출발해 늘려가다가 정해진 분량이 되면 마친다. '보태기 방식'이다. 둘째, 반드시 들어가야 할 문장을 띄엄띄엄 배치한 후 여백을 메꿔간다. 예를 들어 한 장짜리 보고서를 써야 한다면, 그 안에 넣고 싶은 핵심 문장을 네다섯 개 쓴 후 살을 붙여나가는 것이다. 셋째, 쓰고 싶은 글을 모두 써놓고 정해진 분량이 될 때까지 줄인다. 두 장을 한 장으로, 한 장을 반 장으로 압축하거나, 주요 내용만 발췌한다. 학교 다닐 적 중요한 내용에 밑줄 그어본 적 있지 않은가. 그런 식으로 하면 된다. 아니면 연관되는 것끼리 묶어서 세 가지, 다섯 가지로 정리한다. 삭제하는 방법도 있다. 불필요한 것, 중복되는 것을 모두 버린다. 전체 내용을 추상화, 일반화하여 짧게 다시 쓸 수도 있다.

당신은 짧은 글과 긴 글 가운데 어느 쪽이 쓰기 편한가. 소설을 쓴다면 단편소설과 장편소설 중 무엇을 쓰고 싶은가. 어떤 사람은 트위터의 140자 글이 너무 짧아 익숙하지 않다고 하고, 또 어떤 사람은 분량 채우는 일이 그렇게 힘들다고 한다. 하기 싫고 어려워도 많이 해보는 수밖에 없다. 오른손잡이는 왼손을 많이 써보고, 왼손잡이는 오른손을 많이 써봐야 한다. 참고로 나는 양손잡이다.

책 한 권을
그림 한 장으로 그려내기

학교에서 끊임없이 훈련하는 게 있다. 가장 많은 시간을 이것에 쏟아붓는다. 우리나라 사람은 다른 건 몰라도 이 능력 하나만큼은 세계 최고다. 바로 '요약'이다.

수업 시간, 자습 시간 모두 요약하는 시간이다. 수업 시간에 선생님 말씀 듣고 필기하는 것, 인터넷 강의 듣는 것, 교과서나 참고서 읽는 것 모두 요약이다. 중요한 데 별표를 치고 우선순위를 정해 번호를 매기는 것, 중요한 것과 중요하지 않은 것을 구분해 전자만 머릿속에 저장하는 것 모두 요약이다. 특히 국어 시간에 단원마다 주제를 파악하고 요점을 정리하며 요약 훈련을 많이 했다.

요약은 읽고 듣기다. 책을 읽는 것, 선생님 말씀을 듣는 것 모두 요약이다. 그토록 자주 했으므로 우리는 요약에 익숙하다. 무에서

유를 창조하기보다 쉽다. 그러니 요약으로 쓰면 된다. 사실 글쓰기는 그 자체가 요약 행위다. 일기는 하루의 요약이고, 독후감과 기행문은 각각 책과 여행의 요약이며, 자서전은 인생의 요약이다.

머리가 아니라 손으로 쓴다

요약으로 쓰는 방법은 다음과 같다. 먼저 쓰고 싶은 내용이나 아는 것을 두서없이 쏟아낸다. 내 머릿속에 있는 것을 종이나 모니터 위에 옮겨놓는 것이다. 많은 사람이 머릿속에서 생각을 정리한 다음 쓰려고 한다. 그렇게 하지 말고 정리되지 않은 생각을 그대로 쓰자는 것이다.

국어사전에서 '자동기술법'을 검색하면 이렇게 나온다. "프랑스의 초현실주의 예술 운동에서 제창된 표현 기법. …… 무의식의 세계에서 생긴 이미지를 그대로 기록하는 것." 이는 미술에서 출발한 개념이지만 글쓰기에도 그대로 적용된다. 이성적으로 판단하지 않고 무념무상, 무아지경 상태에서 손이 움직이는 대로 쓰는 것이다. 제임스 조이스James Joyce 등이 시도한 '의식의 흐름 수법', 피터 엘보 Peter Elbow 등이 주창한 '자유로운 글쓰기' 또는 '자동글쓰기'도 자동기술법의 일종이라고 할 수 있다.

다음으로 종이나 모니터 위에 뱉어놓은 생각을 눈으로 보면서 정리한다. 머릿속에서 생각을 정리하는 일은 쉽지 않다. 생각은 원래 헝클어지기 일쑤고 이것저것 뒤섞여 있기 때문이다. 특히 생각이 많고 복잡할수록 어렵다. 뒤엉킨 실타래를 푸는 일이 어찌 쉽겠는가. 들어 있는 게 많으면 좁은 산도로 생각을 뽑아낼 때 산고를 겪을 수밖에 없다. 하지만 눈으로 보면서 정리하는 일은 상대적으로 쉽다. 그러므로 머리로 쓰지 말고 손으로 쓰자는 것이다. 머릿속에서 생각을 정리한 다음 쓰지 말고, 정리되지 않은 생각을 손으로 일단 쓴 후 눈으로 보면서 정리하자는 것이다. 이때 쏟아놓은 양이 적으면 늘려야 하고, 많으면 줄여야 한다. 줄이는 것보다 늘리는 것이 어려울 것 같지만, 꼭 그렇지만도 않다. 쏟아놓은 내용을 보면 빼야 할 것뿐 아니라 추가해야 할 것도 눈에 띈다.

식사를 준비할 때 보통 어떻게 하는가. 조리법을 먼저 보지 않는다. 일단 냉장고 문을 연다. 그 안에 무엇이 있는지 확인하고 메뉴를 결정한다. 요약도 마찬가지다. 개요를 짜고 그에 맞춰 쓰지 않는다. 물론 냉장고가 텅텅 비어 있으면 요리하기 어렵듯이, 내 머릿속에 생각이나 쓸거리가 많지 않으면 좋은 글을 쓰기 어렵다. 요약으로 잘 쓰려면 평소 머릿속을 채워놓아야 한다.

요약을 잘하려면

요약 잘하는 사람은 첫째, 정의를 잘 내린다. 단언하고 규정하고 명명한다. 일하다 보면 그런 사람이 선점하고 주도한다. 이런 사람은 글을 쓸 때도 개념을 정의하는 방식으로 첫머리를 시작한다.

둘째, 본질을 잘 파악한다. 어느 기업 대표가 대형 쇼핑몰의 본질은 유통업이 아닌 부동산업이라고 말했다. 대형 쇼핑몰을 운영하는 목적은 돈을 벌기 위해서인데, 큰돈은 물건을 팔아서가 아니라 땅값이 올라서 번다는 것이다.

정의를 내리고 본질을 파악하려면 일반화 능력이 필요하다. 구체적 사실과 사례에서 공통분모를 찾아내거나, 자신의 경험에 의미를 부여할 줄 알아야 한다. 개별 사건인 경험에서 보편적 지혜를 찾을 수 있는 사람이 글을 잘 쓴다. 그런 사람은 늘 삶을 반추한다.

셋째, 도식화, 시각화 능력이 있다. 써야 할 내용을 종이 한 장에 그리고, 말해야 할 내용을 머릿속에 그리는 능력, 이것이 요약의 힘이다. 회사에서 일할 때 그런 능력을 갖춘 상사가 있었다. 몇십 장짜리 보고서에 해당하는 내용을 그림 한 장으로 그려 내게 지시했다. 나는 그림의 의미를 알 수 없었다. 수도 없이 지적당하고 다시 쓰고 나서야 일이 끝났다. 그렇게 완성한 보고서에 상사가 애초 그려준 그림이 있는 걸 보고 탄복하지 않을 수 없었다.

넷째, 반복되는 유형을 잘 찾아낸다. 고등학교 때 학력고사를 보기 전 수십 회 분량의 모의고사 문제를 풀었다. 시험장에 갔는데 이미 본 시험을 또 보는 줄 알았다. 문제를 읽지 않고도 답이 보였다. 이런 유형의 문제는 답이 이렇다는 것을 알아챘기 때문이다. 이처럼 반복되는 유형을 깨닫는 것이 바로 유형화 능력이다. 도서관에는 책이, 대형 상점에는 상품이 종류별로 분류되어 있듯, 유형별로 생각을 나눌 줄 알아야 한다. 이게 되지 않으면 글에서 같은 내용이 이곳저곳 출몰한다. 비슷한 것은 비슷한 것끼리 모아 한 번만 나오게 하고 거기서 끝내야 한다. 질질 흘리면 안 된다.

글의 간결함 살리는 요약법

요약 방법은 다양하다. 일단 잘 버리면 된다. 《진주 귀고리 소녀》를 쓴 트레이시 슈발리에는 "없애는 것은 남아 있는 것을 응축한다"라고 했다. 분리배출을 잘하라는 말이다. 노무현 정부 초기 국제반부패회의IACC가 서울에서 열렸는데, 노무현 대통령이 기조연설을 했다. 초안에 "부패는 나쁘다. 척결해야 한다"라고 썼다가 대통령에게 호되게 혼났다. 뻔한 소리를 왜 하느냐는 이유였다. 불필요한 말, 버려야 할 말이다. 피카소의 황소 그림을 보라. 거추장스러운 걸 모두 버렸다. 스티브 잡스도 다르지 않다. 천재는 단순화를 잘한다.

고르기로도 요약할 수 있다. 학창 시절 누가 공부를 잘했는가. 그의 능력은 무엇이었는가. 기껏해야 중요한 것을 잘 고르는 능력이었다. 새로운 걸 만드는 능력이 아니었다. 출판사에서 편집자로 1년 반 일했다. 편집은 중요도가 높은 내용을 고르고, 그것을 배열하는 일이다. 중요한 것에 스포트라이트를 비추는 일이다. 기자도 그 많은 사건, 사고 가운데 기삿거리가 되는 것을 고르는 일을 한다. 기사를 쓸 때도 중요도가 높은 정보부터 순서대로 보여주는 역피라미드 방식을 사용한다.

다음으로 압축이 있다. 영화 〈흐르는 강물처럼〉에서 목사인 아버지가 아들에게 글쓰기를 가르치는 장면이 나온다. 특별한 내용은 아니고 계속 반으로 줄이라고만 한다. 줄이면 진국이 나온다. 문장도 짧을수록 좋다. 광고 문구, 표어, 슬로건, 명언, 제목이 압축의 묘미를 잘 보여주는 글이다.

정리도 좋은 방법이다. 김대중 대통령 글에는 '첫째' '둘째' '셋째'
가 나온다. 늘 세 가지, 다섯 가지로 정리했다. 2002년 월드컵 개최
효과는 다섯 가지로 정리했다. 그리고 1석 5조의 효과라고 명명했
다. 이렇게 하면 독자가 정리해야 하는 수고를 덜어준다. 쓰는 사람
의 의도를 명확하게 전달하는 효과도 있다. 나중에 기억도 잘 난다.

요약에는 순위를 정하는 것도 포함된다. 우리는 순위를 좋아한
다. 무엇이 '실검' 1위인지 궁금해한다. 등수에 관심이 많은 이유가
뭘까. 우선순위를 정하기 위해서다. 시간이 많지 않으니 중요한 순
서대로 알고 싶다. 덜 중요한 것까지 아는 데 할애할 시간은 없다.
일도 마찬가지다. 우선순위대로 처리해야 한다. 우선순위를 정하는
것도 요약이다. 그런 사람이 글도 잘 쓰고 일머리도 좋다.

취지를 파악하고 맥락을 짚어내는 것도 요약이다. 나는 대통령과
회장의 구술을 글로 옮기는 일을 했다. 이것이야말로 요약 능력이
필요하다. 겉으로 드러난 주제보다 그렇게 말하는 의도나 배경을
알아채는 일이 중요하다. 대통령이나 회장이 "그거 있잖아, 알지?"
하면 나는 바로 안다. 그 힘으로 남의 글을 썼다. 이는 월급 받는 사
람이라면 모두 필요한 역량이다.

지식과 정보의 홍수 시대다. 간결함이 미덕이다. 무엇을 뺄지, 무
엇을 쓰지 말지 아는 게 중요하다. 요약이 능력이다. 요약하는 사람
이 세상을 움직인다.

조립식 글쓰기의 간편함

나는 쓰다가 막히면 무조건 새로운 문단을 만들어 새로운 글을 시작한다. 긴 글은 잘 쓰지 못하지만, 짧은 글을 쓰는 것은 어렵지 않다. 나는 한 단락짜리 짧은 글을 여러 개 써서 '조립'한다. 단편을 써서 장편을 만든다. 이것이 내가 활용하는 문단 쓰기 방법이다. 덩어리를 여러 개 만들어 조립하는 것이다. 3단계로 쓰면 된다.

1단계는 쓰려는 내용을 단어나 문장으로 표현하는 것이다. 긴 글을 쓰려면 단어나 문장의 개수가 많아야 하고, 짧은 글은 그 개수가 적어도 된다. 예를 들어 A4 용지 한 장을 채우려면 대여섯 문장으로 시작해도 충분하다. 2단계는 이렇게 나온 단어나 문장을 문단으로 만드는 것이다. 즉 문단 분량의 짧은 글을 하나씩 완성한다. 3단계는 이 문단들을 순서에 맞춰 배열하는 것이다. 나는 이렇게 쓸 내용 찾기, 쓰기 그리고 구성을 한 번에 하나씩 해서 뇌의 부담을 덜어준다.

보통 글을 쓸 때는 전체적인 그림을 그리고 그것에 따라 부분을 써야 한다고 생각한다. 부분과 전체가 상호작용하며 유기적으로 연결되는 과정이 글쓰기라는 것이다. 맞는 말이다. 하지만 이런 생각 때문에 글쓰기를 어려워한다. 그러니 그렇게 하지 말자는 것이다. 한 문단을 쓰는 것과 문단들을 연결하는 일을 분리한다. 일단 글 전체를 염두에 두지 않고 단순하게 문단 하나 쓰는 데만 전심전력한다. 이후 써놓은 문단들을 조립하는 것으로 문맥을 완성한다.

문단 쓰고 조립하기

회사에서 한 장짜리 보고서를 써야 할 경우, 쓰고 싶은 대로 다 쓴 후 한 장으로 줄이는 것도 방법이고, 한 줄에서 시작해 살을 붙여나가다가 한 장이 다 차면 끝내는 것도 방법이다. 또한 목차를 먼저 정하고 각 중간 제목에 해당하는 내용을 채워가도 된다. 이 방법이 바로 문단 쓰기다.

문단 쓰기를 잘하려면 글의 중간 제목을 잘 떠올려야 한다. 보고서의 경우 중간 제목으로 배경, 취지, 목적, 개요, 현황, 문제점, 원인, 이유, 근거, 사례, 대책, 개선책, 해법, 세부계획, 인력, 예산, 기대효과, 부작용, 협조사항 같은 항목이 적절하다. 예를 들어 회의 결과를 보고해야 할 때 논의사항, 결정사항, 쟁점사항, 건의사항, 후속조치 필요사항 같은 단어를 잘 넣으면 좋은 보고서를 쓸 수 있다. 기획력,

사고력, 창의력, 상상력이 풍부하다는 소리도 듣는다.

글의 종류에 따라 필요한 어휘들이 있다. 그것을 최대한 많이 모아보기를 권한다. 나는 회사에서 일할 때 관련 어휘 75개를 모아 한 장으로 정리한 다음 책상에 붙여놓고 보고서를 쓸 때마다 보면서 영감을 얻었다. 그것들을 조합해 보고서를 작성했다. 앞서 얘기한 배경, 취지, 목적 같은 어휘들이다.

중간 제목을 떠올렸으면 본격적으로 문단을 써야 한다. 하나의 짧은 글을 완성하는 것이다. 문단 쓰기는 학교 다닐 적부터 배웠다. 우선 문단에는 그 문단만의 주제가 있어야 한다. 이를 한 문장으로 표현한 것이 소주제문이다. 소주제문을 보충해 설명하는 문장이 여럿 있을 수 있다. 이러한 문장을 뒷받침 문장이라고 한다. 소주제문이 전하고자 하는 내용의 범위가 넓으면 뒷받침 문장의 수가 많아지고, 자연스레 문단이 길어진다. 소주제문이 바뀌면 문단을 바꿔야 한다. 한 문단에는 하나의 소주제문, 즉 하나의 주제만 있어야 한다. 나는 문단의 맨 앞에 소주제문을 쓰고 그 뒤에 뒷받침 문장을 쓴다. 두괄식으로 문단을 쓰는 것이다. 물론 소주제문은 중간과 뒤에 올 수도 있고, 앞뒤 양쪽에 배치할 수도 있다.

흔히 문단은 네 가지를 갖춰야 한다고 한다. 통일성, 긴밀성, 강조성, 완결성이다. 한 문단에 하나의 주제만 담는 것이 통일성이고, 문장들이 잘 연결되는 것이 긴밀성이며, 독자가 소주제문을 잘 파악하도록 충분한 예시와 설명, 논거로 뒷받침하는 것이 강조성이고, 한 문단 안에서 하고자 하는 얘기를 모두 마치는 것이 완결성이다.

이렇게 문단이 완성되면 그것을 배열하자. 앞으로 보낼 것과 뒤로 뺄 것을 정하는 것이다. 가구 배치하듯 이렇게도 해보고 저렇게도 맞춰보다 보면 논리적이고 설득력 있는 구성이 나온다.

남의 책 목차를 훔쳐라

책을 쓸 때도 나는 목차를 활용한다. 《회장님의 글쓰기》를 쓸 때, 보고서나 기획서 쓰기를 다룬 책을 검색해보니 30여 권이 떴다. '이미 다 써놨구나. 내가 보탤 말이 없겠구나' 하는 생각이 확 몰려왔다. 하지만 이내 그런 책을 원하는 사람들이 많아서라고 생각을 바꿨다. '하늘 아래 새로운 게 있을까? 이미 있던 것이지만 각자의 경험이 다르고 생각이 다른데, 목차만 비슷할 뿐 내용이 완전 같을 순 없지. 그래, 그냥 쓰자. 내 책 한 권 비집고 들어갈 틈이 없을까?'

본격적으로 쓰기에 앞서 두 단계의 준비 과정을 거쳤다. 첫째 단계로 책들의 목차를 출력해 공통분모를 찾았다. 모든 책에서 공통으로 다루고 있는 내용이 뭔지 알아봤다. 일종의 총론, 개론에 해당하는 내용 말이다. 음식으로 치면 밑반찬 같은 것이다. 사람들은 밑반찬을 먹기 위해 식당에 가지 않지만, 밑반찬이 부실하면 화낸다. 이 작업은 수월했다. 이 책 저 책에 나온 내용을 참조했다.

그다음 단계가 중요했다. 각 책의 목차에서 두 가지 조건을 충족하는 중간 제목을 찾았다. 다른 책에는 없어야 한다는 것과 그것에 나도 할 말이 있어야 한다는 것이었다. 아무리 수준 낮은 책이라도 그러한 중간 제목이 없는 경우는 없었다. 이 두 단계를 거쳐 중간제목 30여 개를 마련했다. 다음 작업은 수월했다. 할 말이 있는 중간제목을 골랐으니까 쓰기만 하면 되었다.

잘만 배열해도 술술 읽힌다

2025년은 아내를 만난 지 39년째 되는 해다. 우리는 하마터면 결혼 못 할 뻔했다. 장모님이 매우 독실한 기독교인인데, 처음 인사드리러 간 날 밥을 차려주시며 대표 기도를 시키셨다. 태어나서 처음 하는 대표 기도였다. 다음 날 아내를 만났는데, 장모님이 내가 믿음이 부족한 것 같다며 마땅찮아 하셨더란다.

왜 그렇게 기도를 못했을까. 무슨 말을 해야 할지 생각나지 않았기 때문이다. 기도에 들어가야 하는 감사, 찬양, 간구 같은 기본적인 내용을 떠올리지 못한 것이다. 모든 말이나 글에는 기본적으로 들어가야 하는 구성요소가 있다. 그게 떠오르면 말을 잘하고 글을 잘 쓸 수 있다.

맛있는 글을 구워내는 쇠틀

축사해야 한다면 일단 축하로 시작하자. 그리고 축하할 대상에 의미를 부여한 후, 앞으로 더 잘되기를 바란다는 기대를 표명한다. 끝으로 다시 한번 축하한다고 한 뒤 건승을 빈다는 덕담을 건네면 된다. 축하, 의미 부여, 기대 표명, 거듭 축하, 덕담이라는 요소만 잘 넣으면 되는 것이다.

여행 다녀온 소감은 가기 전의 설렘, 가게 된 동기나 계기, 또는 목적, 일정, 가서 보고 들은 견문과 느낀 소회, 숙박이나 교통 정보 그리고 여행하고 나서의 소득 같은 걸 쓰면 된다. 제품을 홍보해야 할 때는 특징, 다른 제품과 장단점 비교, 기존 제품과 다른 점, 사용했을 때 얻을 수 있는 이익과 혜택 등을 말해주면 된다.

하버드대학교에서는 '주장, 이유, 사례, 다시 주장'이란 요소로 글을 쓰라고 가르친다고 한다. 기자들은 '누가, 언제, 어디서, 무엇을, 어떻게, 왜'라는 육하원칙의 틀로 쓴다. 마케터들은 누구와 어디서, 어떻게 경쟁하는지를 중심으로, 즉 '고객, 경쟁사, 제품, 가격, 유통, 판촉활동'이라는 요소로 쓴다. 자기 회사의 '강점과 약점, 기회와 위협'이라는 환경요인으로 쓰기도 한다.

아리스토텔레스는 '주어진 결론을 도출할 수 있게 해주는 논증 체계'를 그리스어로 '토우피topoi'라고 했다. 일종의 글 묶는 법 같은 것이다. 나는 이것을 쉽게 붕어빵, 잉어빵, 국화빵 쇠틀이라고 말하고 싶다. 재료만 넣으면 붕어 모양, 잉어 모양, 국화 모양의 빵이 나오는 쇠틀 말이다.

정리하면, 잘 쓰기 위해서는 두 가지가 필요하다. 구성요소를 다양하게 떠올릴 수 있어야 하고, 그것을 분류해서 덩어리로 묶을 수 있어야 한다. 결론적으로 이런 글 덩어리, 글 묶음이 많은 사람이 이런저런 모양의 맛있는 빵을 구워낼 수 있다.

글 묶음을 잘 배열하기만 해도

구성요소와 덩어리가 준비되면 그다음은 배열이다. 배열해나가는 방식은 크게 두 가지다. 병렬식과 직렬식이다. 2005년 스탠퍼드대학교 졸업식 연설을 맡은 스티브 잡스는 이렇게 시작했다. "단지 세 가지 이야기를 말씀드리겠습니다." 그러고 나서 '첫째 이야기' '둘째 이야기' '셋째 이야기' 순으로 연설을 이어갔다. 이것이 병렬식이다.

굳이 첫째, 둘째, 셋째를 붙일 필요는 없다. 머릿속으로만 세거나, 문단만 달리해주면 된다. '무엇보다' '우선' '먼저' 등으로 첫 문단을 시작한 후, '또한' '그리고' '그뿐 아니라' '아울러' '덧붙여' '나아가' '이 밖에도' 등을 붙이며 나머지 문단을 이어나갈 수도 있다. 마지막 문단에는 '끝으로' '마지막으로' 등을 붙인다. 이렇게 하나씩 순차적으로 나열하면 된다.

중요한 것부터 쓸 수도 있고, 중요한 것을 마지막에 쓰면서 글을 맺을 수도 있다. 열거하는 것은 다섯 가지를 넘지 않는 게 좋다. 그이상이 되면 지루하기 쉽다. 딱 한 가지만 얘기하겠다고 하고, 한두 가지를 덧붙이는 것도 방법이다. 다만 쓸 때는 물론이고 특히 말할 때는 몇 가지를 얘기할지 사전에 정해놓아야 한다. 그러지 않으면 순서를 헷갈리거나 중언부언할 수 있다.

일반적으로 세 가지 정도 열거한다. 사람은 한 번에 세 가지 정도에만 주의를 기울일 수 있다고 한다. 과거, 현재, 미래로 구분하는 것이 대표적이다. 과거에는 이랬는데, 현재는 이렇고, 앞으로는 이렇게 될 것이라는, 즉 어디에서 연유하여 지금이 어떤 상황이고, 어떻게 전개될지 알려주는 방식이다. 현재 상황을 설명한 후, 과거 사례를 바탕으로 전망과 과제를 분석할 수도 있고, 과거의 무엇 때문에 지금 어떻게 되었고, 이렇게 준비해서 미래에 어떤 것을 달성하자고 주장할 수도 있다. 이때 과거에는 후회, 회한, 추억, 일화 등이, 현재에는 실태, 현황, 문제점 등이, 미래에는 예상, 계획, 다짐, 꿈, 목표 등이 포함된다.

'현상' '진단' '해법'으로 쓸 수도 있다. 부동산 문제를 쓴다고 가정해보자. 우선 관련 현상을 얘기한다. 강남 집값이 얼마나 올랐고, 사람들이 아파트 모델하우스 앞에 장사진을 쳤으며, '떴다방'이 기승을 부린다는 식이다. 이어서 왜 이런 현상이 벌어지는지 진단해본다. 공급이 부족해서 그런지, 투기세력이 개입해서 그런지 분석하는 것이다. 끝으로 해법을 제시한다. 공급 부족이 문제라면 공급을 늘리자고 해야 하고, 투기세력이 문제라면 투기를 뿌리 뽑을 방법을 제시해야 한다. 이처럼 문제점을 거론한 후, 이를 조목조목 비판하고 대안을 내놓는 방법도 있고, 무엇을 쓸지 제시하고 사례를 들어 설명한 후, 다시 한번 강조하는 방법도 있다. 정치, 경제, 사회, 문화 등 모든 분야를 이렇게 쓸 수 있다.

학교 다닐 적 배운 '서론-본론-결론'으로 쓰는 것도 세 가지로 열거하는 방식이다. 서론에서 실상, 현황, 개요, 실태를 분석하고, 본론에서 이유, 사례, 원인, 문제점, 근거를 제시하며, 결론에서 전망하고 예측한다. 이때 꼭 서론부터 쓸 필요는 없다. 본론부터 써도 되고 결론부터 써도 된다.

병렬식과 직렬식, 다각도와 다단계

병렬식은 글의 내용을 일목요연하게 정리해주는 효과가 있다. 핵심을 더욱 분명하게 전달할 수도 있다. 그런데 쓰는 사람은 세 가지로 정리했는데, 읽는 사람은 두 가지나 네 가지로 받아들이는 경우가 다반사다. 그러므로 서두에 몇 가지를 쓰겠다고 한 후, '첫째' '둘째' '셋째' 등으로 적시해주면 좋다. 사람들은 그 몇 가지를 떠올려보면서 읽은 내용을 상기하거나 반추한다.

병렬식의 특징은 몇 가지를 나열하건 각각의 내용이 연관되지 않는다는 점이다. 따로따로 독립되어 있다. 병렬하는 각 글의 분량이 같을 필요는 없다. 중요한 내용은 좀 더 길게 쓰고, 그렇지 않은 건 간단하게 쓸 수 있다. 길게 써야 하는 글은 병렬하는 개수가 많아야 할 것이고, 짧게 써도 되는 건 세 개 이내가 좋다.

이에 반해 직렬식은 꼬리에 꼬리를 무는 방식이다. 앞에 쓴 글을 받아서 계속 이어간다. 학교 다닐 적 배운 '기승전결' '발단-전개-

위기-절정-결말' 등의 전개 방식이 모두 직렬식이다. 예를 들어 '내가 하고 싶은 말은 이것입니다. / 그렇게 말하는 이유는 이렇습니다. / 그 이유의 근거는 이것입니다. / 그래서 나는 이렇게 주장합니다' 하는 식이다.

직렬식은 주제가 하나다. 모든 말은 그 하나의 주제를 향해 모여야 한다. 전체 내용을 하나의 실로 꿰어야 한다. 곁가지는 쳐내야 하고, 곁길로 새지 말아야 한다. 또한 병렬식과 달리 각 부분이 따로 놀지 않고 긴밀하게 연결되어야 한다. 원인이 있으면 결과가 있고, 문제를 짚었으면 해법을 제시해야 한다. 물 흐르듯 자연스럽게 흘러가야 한다.

다각도 글쓰기와 다단계 글쓰기도 있다. 다각도 글쓰기는 하나의 현상을 이쪽에서도 보고 저쪽에서도 보는 등 여러 측면에서 보고 쓰는 것이다. 예를 들어 '한국 사회의 분열'이 주제라면, 역사적 이유, 양극화 같은 경제·사회적 이유, 이념 차이 같은 정치적 이유 등 여러 관점에서 분석하여 쓸 수 있다. 올림픽 개최 효과를 정치적·경제적·문화적 측면 등으로 따져보듯 말이다.

다각도 글쓰기가 접촉하는 면을 넓혀가는 방식이라면, 다단계 글쓰기는 한 면을 파고드는 방식이다. 원인의 원인, 이유의 이유를 파고들어, 파장과 영향으로 꼬리 물듯 심화한다. 그래서 굉장히 논리적이다.

다각도 글쓰기는 평면적이다. 지엽적이거나 협소하지 않고 넓어야 한다. 이런 글을 잘 쓰면 시야가 넓다고 한다. 사려나 식견이 미치는 범위가 넓다. 이에 반해 다단계 글쓰기는 입체적이다. 납작하

지 않고 두꺼워야 한다. 얄팍하지 않고 깊어야 한다. 이런 글을 잘
쓰면 시각이 예리하다고 한다.

이 밖에도 글을 구성하고 전개하는 방법은 많다.

1. 시간순 구성

2. 공간적 배열

3. 원인과 결과 분석

4. 문제점과 해법 제시

5. 이론과 실제 비교

6. 개념 설명

7. 목표와 수단 및 방법 제시

8. 분류와 분석

9. 찬성과 반대 이유 제시

10. 강점과 약점 비교

11. 정반합 구성

12. 공통점과 차이점 비교

기도를 못해 장모님에게 퇴짜 맞은 후, 아내가 읍소하고 투쟁한
결과 기회가 한 번 더 주어졌다. 손위 처남을 만나 다시 한번 면접
볼 기회를 얻은 것이다. 신림동 다방에서 만나 채 한 시간도 얘기를
안 나눴는데, 결과는 최악이었다. 다음 날 아내가 말하길 오빠가 엄
마에게 나를 '날라리' 같다고 했다는 것이다. 이후 몇 번의 우여곡절
을 더 겪고 그해 결혼했다. 장모님은 요즘 나를 보면 "그때 결혼 못

하게 했으면 어쩔 뻔했어"라는 말씀을 자주 하신다. 당시 나에게 상
대의 마음을 훔칠 만큼 글과 말을 설계할 능력은 없었어도, 결혼 하
나만큼은 잘 설계했음을 인정하신 것 아닐까.

강의:
청중을 사로잡는 첫마디

강의하는 사람과 강의 듣는 사람이 따로 없는 시대가 오고 있다. 교사나 교수, 강사만 강의하는 시대가 끝나고 있다. 텔레비전이나 라디오에서 보통 사람들이 강의하기 시작했다. 유튜브에는 70, 80대 어르신부터 초등학생까지 나이, 학력, 직업 불문하고 스타 강사들이 즐비하다.

강의 실력이 진화하는 4단계

내 경험에 비추어 볼 때, 강의 실력은 크게 4단계로 진화한다. 의식의 발전 단계와 비슷하다. 1단계는 내가 무엇을 모르는지 알지 못하는 단계다. 형편없이 강의하면서도 자신이 얼마나 못하는지 모른다. 2단계는 자신의 부족한 부분을 아는 단계다. 쭈뼛쭈뼛하고 위축되어 있다. 듣는 사람이 조마조마하다. 3단계는 자신이 무엇을 잘하는지 알고 그것을 극대화하기 위해 노력하는 단계다. 하지만 작위적인 느낌이 들어서 듣는 사람이 편안하지 않다. 의식적으로 노력하는 게 보여 부담스럽다. 4단계는 의식하지 않고도 무심결에 자신의 능력을 발휘하는 단계다. 능력이 몸에 배어 자연스럽다. 내가 이르고자 하는 최고의 경지다.

나는 3단계부터 시작했다. 아는 것을 말하기에 급급했다. 까먹고 말하지 못할까 봐 조마조마했다. 내가 우선이고 청중은 그다음인 기간이 꽤 길었다. 그러다가 어느 순간 청중이 눈에 들어오기 시작했다. 그들에게 도움을 줘야겠다고 생각하고 강의했다. 비로소 강의다운 강의를 시작한 셈이다.

오랫동안 남의 글만 읽고, 남의 글만 썼다. 이후 내 글을 쓰기 시작해서 지금은 남들이 내 글을 읽고, 나에게 듣고 싶어 한다. 그러다 보니 아주 자연스럽게 강의를 즐기게 되었다. 이제는 강의하는 삶이 감사하고 행복하다.

그래도 부담스러운 강의는 있다. 강의료를 많이 주거나 수강료가 비싼 강의, 수준이 높거나 성향상 내게 우호적이지 않은 사람들 앞에서 하는 강의다.

기본적으로 청중은 인내심이 없고 까다롭다. 요구하는 수준이 높고 기대하는 내용이 다양하다. 의심이 많고 만족스러운 점보다는 불만족스러운 점을 찾는다. 이런 청중에게 좋은 반응을 끌어내는 강의는 세 종류다. 우선 웃기고 재미있는 강의가 반응이 좋다. 색다른 지식과 신선한 정보를 주는 강의도 반응이 나쁘지 않다. 가슴을 울리는 감동적인 강의는 두말할 필요가 없다.

훌륭한 강사의 조건

나는 강사로서 비교적 빨리 자리 잡은 경우다. 그 비결은 이렇다. 우선 인상을 무시할 수 없다. 사람들은 호감이 가는 인상을 좋아하는데, 나는 그런 인상을 타고났으니 거저먹고 시작한 셈이다. 그러나 뭐니 뭐니 해도 내용이 가장 중요하다. 그래서 강의할 때마다 새로운 내용을 추가하려고 한다. 이전 강의에서 하지 않았던 말을 단 한마디라도 보태려고 한다. 그 한마디를 찾는 게 나의 강의 준비다. 그렇게 하지 않으면 강의를 오래 계속할 수 없다. 나 스스로 같은 말을 되풀이하는 것이 지겨워질 뿐 아니라 강의 듣는 사람도 눈치채고 외면하게 된다. 요즘에는 강의를 동영상으로 기록해 인터넷에 올리므로 같은 얘기를 되풀이하면 금세 알아차린다. 강사 본인도 자신이 성장하지 않고 답보 상태에 있으므로 강의하기가 재미없고 따분하다.

나는 강의하는 장소에 적어도 한 시간 이상 일찍 도착한다. 아무도 없는 강의실에 들어가 청중의 자리에 앉아본다. 그리고 가까운 카페에 가서 오늘은 무슨 얘기를 추가할까 생각해본다. 그 시간이 가장 설레고 즐겁다. 추가할 한마디를 찾았을 때 기쁘다. 첫 책《대통령의 글쓰기》이후 6년 동안 강의를 2000번 이상 했으니 2000개가 넘는 새로운 내용이 추가된 셈이다.

또 하나 열심히 하는 것은 '커닝페이퍼'를 만드는 일이다. A4 용지를 반으로 잘라 그날 강의의 흐름을 요약하는 10여 개의 단어를 써둔다. 실제 강의하면서 커닝페이퍼를 본 적은 없다. 하지만 이게 있어야 안심이 되고, 자신감이 충만해진다. 무엇보다 이것을 만드는 과정 자체가 모의 훈련이다.

일단 연단에 서면 시작에 신경 쓴다. 강의야말로 시작이 절반이다. 강의를 시작할 때 '관심'과 '흥미'와 '연결'이란 세 단어를 떠올린다. 먼저 강의 듣는 사람의 관심을 끌어야 한다. 가장 좋은 방법은 이 강의에서 얻어갈 것을 알려주는 것이다. 목적의식을 불어넣으면 청중은 관심을 보인다. 여기에 기대감을 높이면 흥미가 유발된다. 오늘 할 이야기가 이러저러하다면서, 영화 예고편같이 내용을 대강 얘기해주면 기대감을 품는다.

관심, 흥미와 함께 강의 듣는 사람과 연결되는 게 중요한데, 사적인 얘기를 하는 것으로 일종의 공감을 형성한다. 그날 강의 오기 전에 일어난 일이나 최근 나의 고민거리 등을 얘기한다. 이렇게 관심을 끌고 흥미를 유발하며 공감을 형성하는 데 2~3분을 할애한다. 바로 이 초반 3분이 그날 강의의 승부처다. 여기에 성공하면 강의하는 나부터 신명이 나서 강의하게 된다. 이렇게 시작부터 재미와 웃음으로 청중을 끌어당기고, 알찬 내용으로 시간 가는 줄 모르게 하며, 마지막에 감동과 통찰의 여운을 남기면 좋은 강의다.

강사가 강의를 대하는 태도도 중요하다. 나는 그야말로 한 강 한 강 최선을 다한다. 그래서 미리 강의료를 묻지 않는다. 그것에 영향을 받을까 봐 그렇다. 또한 단 한 번도 강의에 지각한 적이 없다. 앞서 말했지만, 한두 시간 전에 도착해 강의실을 둘러본 후 가까운 카페에서 강의하고 싶은 마음이 들 때까지 리허설을 한다. 실제 강의처럼 한다.

청중을 위하는 마음도 필요하다. 처음 1년 가까이는 청중이 거의 없었다. 도서관에서 무료로 강의하는데도 두세 분밖에 오지 않았다. 강의 들으러 오는 사람이 많으면 부러울 게 없겠다고 생각했다. 지금은 청중이 많이 모이지만, 그래도 한 분 한 분이 너무 소중하고 고맙다.

강의의 본질을 생각한다

강의에서 개인적인 경험을 최대한 많이 얘기하는 편이다. 나는 강의의 본질을 '동기부여'라고 생각한다. 그리고 동기부여는 누군가의 경험을 들을 때, 그런 경험을 자신도 하고 싶을 때, 나아가 그런 경험을 한 사람을 닮고 싶을 때 가장 활발하게 일어난다. 이론이나 지식을 듣는 것으로 동기부여가 잘되는 사람도 있지만, 보편적으로는 남의 경험을 들어야 의욕이 생기고 행동이 변화한다.

강의하면서 매번 느끼는 게 있다. 가장 많이 배우는 사람은 바로 강의하는 나 자신이라는 사실이다. 매번 새로운 사람을 만나는 것도 배움의 연장이다. 새로운 세상과 만나는 것이기 때문이다. 얼마나 감사한지 모른다. 아마 이런 생각을 하는 것이 좋은 강의의 결정적인 비결이 아닌가 싶다.

내가 아는 나보다 더 많은 내가 내 안에 있다는 사실을 강의하며 알게 되었다. 이런 재주가 숨어 있었다니 새삼 놀랍다. 나도 모르게 숨어 있다가 남 앞에서 말할 때 나타나는 그와 마주하지 못하고 끝나는 삶은 얼마나 아쉬운가. 내가 하마터면 그럴 뻔했다.

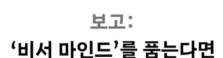

보고:
'비서 마인드'를 품는다면

직장인은 말과 글로 일한다. 말하기와 글쓰기가 직장생활이다. 말 잘하고 글 잘 쓰는 사람이 유능한 직장인이다. 말과 글 중 무엇이 더 중요하다고 말할 수는 없지만, 확실히 글은 멀고 말은 가깝다. 보고서를 쓰기 전에는 먼저 상사와 얘기를 나눈다. 보고서를 제출할 때도 아무 말 없이 툭 던지지 않는다. 말로 보고해야 한다. 이를 잘하려면 어떻게 해야 할까.

생각과 관계가 보고의 핵심

핵심은 생각이다. 생각을 잘해야 말을 잘한다. 보고 내용은 크게 사실과 의견 두 가지다. 사실을 말할 때는 보고 느낀 것을 가감 없이 전하면 된다. 보태거나 덜지 말고 있는 그대로 전하는 게 중요하다. 알고도 모른 척 보고하면 아무것도 안 한 것이 아니라 거짓말한 것이다. 방관과 누락도 허위다.

의견을 말할 때는 생각이 필요하다. 상사가 물어봤을 때 생각하면 늦다. 평소 생각해놓아야 한다. 그래야 즉시 좋은 답을 할 수 있다. 미리 생각하는 방법은 무엇일까. 하루 한 가지씩 구체적인 사안을 놓고 자기 의견과 주장이 무엇인지 정리해본다. 짧아도 상관없다. 단순하게는 찬성과 반대만으로도 좋다. 그저 자기 생각이 있는 것이 중요하다.

보고를 잘하기 위해 또 하나 필요한 게 관계다. 예를 들어 회사 임원인 내게 어떤 직원이 보고하러 온다고 하면, 내 마음은 이미 정해져 있다. 그 직원에 관해 평소 평가해둔 게 있기 때문이다. 상사와의 관계는 그만큼 중요하다. 보고하는 사람과 보고받는 사람 사이에 신뢰가 있어야 한다. 이것이 보고 내용 자체보다 더 큰 영향을 미친다.

신뢰로 연결되기 위해서는 어떻게 해야 하나. 자주 물어보는 게 좋다. 지시받았을 때 어떤 내용을 원하는지 구체적으로 물어본다. 도중에 궁금한 게 있으면 다시 찾아가 물어본다. 보고 내용이 어느 정도 정리되면 방향이 맞는지 물어본다. 물어보는 것 자체가 소통이다. 소통이 잦으면 관계도 좋아진다.

보고도 잦을수록 좋다. 문제나 변화가 생기면 중간에 경과를 보고한다. "왜 자네는 그리 사사건건 보고하나? 자네가 좀 알아서 할 수는 없나?"라는 핀잔을 듣더라도 보고하는 게 좋다.

특히 안 좋은 내용일수록 보고해야 한다. 보고받는 상사는 심기가 안 좋겠지만, 나중에는 보고한 사람을 고마워한다. 보고하면서 미운 정 고운 정 드는 게 좋다. 물론 횟수만이 능사는 아니다. 기본적인 사실은 반드시 암기한 후 보고해야 한다. 특히 숫자를 숙지해야 한다. 그것이 신뢰를 좌우한다. 관련 사항도 충분히 파악해야 하는 건 물론이다.

또 하나, 간절함과 확신을 품고 말해야 한다. 해도 그만, 안 해도 그만인 것처럼 보고하는 것은 상사를 화나게 하는 일이다. 말에도 표정이 있다. 어투와 손짓에도 열정이 담긴다. 서툴러도 상관없다. 왜 이 일을 해야 하는지, 왜 이런 선택을 해야 하는지 확신에 차 말해야 한다.

보고의 청자는 누구인가

가장 중요한 것은 보고받는 사람 중심으로 말하는 것이다. 보고는 내가 아는 것, 내가 하고 싶은 것을 말하는 게 아니다. 보고받는 사람이 궁금해하는 것을 말하는 것이다. 상사가 무엇을 궁금해할지 생각해보는 게 가장 먼저 해야 할 일이다. 내가 파악한 보고받는 사람의 관심 사항은 이렇다.

1. 보고자에게 사심이나 저의는 없는가.
2. 내용이 편파적이거나 한 면만 보지는 않는가.
3. 성공 확률은 얼마나 되는가.
4. 이익과 혜택은 무엇인가.
5. 내용을 한마디로 줄이면 무엇인가.
6. 더 좋은 의견을 낼 수 있는 다른 부하는 없는가.

보고는 보고받는 사람에게 영향을 미치고자 하는 행위다. 보고받고도 아무런 행동을 취하지 않거나, 생각이나 태도에 변화가 없다면 쓸모없는 보고를 한 것이다. 작은 변화라도 만들어내야 의미가 있다. 그런 점에서 열 가지 지적보다 한 가지 대안이 낫다. 그래야 발전이 있다. 문제점만 잔뜩 얘기하고 대안을 제시하지 않으면 분위기만 침체시킨다. 결과를 만들어내는 보고를 하기 위해서는 상사의 지시 내용이나 주문 사항을 확인할 필요가 있다. 현황을 알아보라는 것인지, 내용을 조사하라는 것인지, 문제의 해법을 제시하라는 것인지, 변화를 기획하라는 것인지 확인해야 한다.

내게 중요하다고 상사에게도 중요할 것이라고 오해해서도 안 된다. 보고하는 사람과 보고받는 사람 사이에는 관점의 차이가 있다. 보고자는 문제점을 말하지만, 상사는 해법이 알고 싶다. 보고자는 필요성을 강조하지만, 상사는 기대효과가 궁금하다. 보고자는 성공과 이익을 전제하지만, 상사는 실패와 손해를 가정한다.

내가 잘 안다고 상사도 잘 알 거로 가정하는 일도 피해야 한다. 사소한 사항도 빠뜨리지 말고 보고하는 습관을 들이는 게 좋다. 내 경험상 상사도 의외로 모르는 게 많다. 그렇다고 상사를 가르치려 들어서는 안 된다. 내 의견을 성실하게 말하되, 결론 내리는 것은 상사의 몫이라는 걸 명심해야 한다.

연장선으로 상사가 내 앞에 앉아 있다고 해서 잘 듣고 있다고 착각하면 안 된다. 사람은 말하는 속도보다 서너 배 빠르게 생각한다. 보고하는 동안 상사는 다른 생각을 할 수도 있다. 상사가 듣고 있는지 표정을 잘 살펴보면서 말해야 한다. 상사라고 다 알아듣는 것은 아니다. 상사가 제대로 이해했는지 확인해야 한다. 내가 말한 내용이 중요한 게 아니라 상사가 들은 내용이 중요하다.

보고는 상사가 찾기 전에 선수를 쳐서 해야 한다. 어느 시점마다 상사가 반드시 궁금해하는 게 있다. 예를 들어 2분기 초에는 1분기 실적을 궁금해한다. 상사의 눈으로 보면 상사가 무엇을 궁금해하는지가 보인다. 아무 생각 없이 있다가 상사의 말이 떨어지면 허겁지겁 일을 시작하는 부하와 상사가 언제 어떤 자료를 찾는다는 걸 기억해뒀다가, 시키기도 전에 만들어 보고하는 부하 중 누가 상사의 마음에 들겠는가. 일하는 사람도 알아서 먼저 하면 신바람이 나지만, 하라고 해서 하면 짜증이 나는 법이다.

상사를 건너뛰고 싶은 생각도 버려야 한다. 일일이 보고하는 건 상사를 번거롭게 하고, 일을 지체시키는 것이라고 말하는 사람이 있다. '바쁘신데 이런 것까지 부담 주면 안 되지' 하는 생각에서다. 사실은 혼나는 게 두려워서, 상사와 한 번이라도 덜 대면하고 싶어서 그러는 것이다. 자기가 해결할 수 있다고, 아무 문제 아니라고 스스로 판단하면 안 된다. 가장 위험한 것이 추측과 예단이다. 사고는 꼭 그런 데서 난다.

일을 망치는 보고법

아는 것과 하는 것은 다르다. 나도 보고를 잘하지 못했다. 혼나기 일쑤였다. 특히 이런 경우에 야단맞았다.

목적이 불분명한 보고를 했을 때 꾸지람을 들었다. 뭔가를 해보자고 하는 것인지, 이것과 저것 중에 선택하라고 하는 것인지, 아니면 이런 문제가 예상되니 미리 대책을 세우자는 것인지 알 수 없는 보고를 했을 때 상사가 역정을 냈다.

보고하는 사람의 생각이 빠진 보고도 문제가 된다. 사돈 남 말 하듯 이런저런 이론과 현상을 소개하는 데 그치면 안 된다. 틀렸건 맞건 간에 보고하는 사람의 생각과 의견, 시각과 관점이 명확해야 한다.

너절하게 길어지는 보고도 언짢아한다. 일단 결론부터 말하라. 그것을 상사가 받아들이면 보고는 끝이다. 더 궁금한 게 있으면 상사가 묻는다. 더 듣고 안 듣고의 선택권은 상사에게 있다. 강조할 것은 한 가지면 충분하고, 비교나 대조를 할 때는 두 가지를, 열거할 때는 세 가지를 제시한다. 열거할 때는 보고받는 사람이 관심 두는 것부터, 간단한 것부터, 쉬운 것부터, 가까이 있는 것부터 머릿속에 번호를 매겨놓고 또박또박 천천히 말한다.

한번은 식사하면서 중요한 보고를 했다가 호되게 혼났다. 보고도 종류가 많은데, 서면 보고, 구두 보고, 전자문서 보고, 프레젠테이션 보고, 엘리베이터 보고, 식사 보고, 퇴근길 보고, 회의 보고 등이 있어 내용의 경중이나 시급한 정도에 따라 알맞은 시간과 자리, 형식을 택해야 한다. 예를 들어 급한 상황이 아닌데도 중요한 내용을 엘리베이터나 퇴근길에 보고하면 곤란하다. 엘리베이터에서는 사소하지만 상사가 알아두면 좋을 내용을, 퇴근길에서는 평소 말하기 껄끄러웠던 내용을 보고하는 게 좋다.

혼나는 경우가 하나 더 있다. 보고받은 사람이 뭔가를 물었는데, 대답하지 못하는 경우다. 그때 상사는 "제발 보고하러 들어올 때 자기 할 말만 준비하지 말고, 내가 무엇을 궁금해하고 물어볼지 연구해서 들어와"라고 말한다.

좋은 보고는 상사의 관점에서 보고 말하는 것이다. '내가 보고받는다면 무슨 내용이 들어가기를 바라겠는가?' 생각해봐야 한다. 그러나 보통은 자기가 할 말만 머릿속에 열심히 정리하고 보고하러 간다. 그런데 상사는 가끔 허를 찔러보고 시험한다. 자신이 아는 것을 과시하고 싶어 하기도 한다. 그러므로 보고하러 가기 전에 스스로 상사가 되어서 5분만 생각해보기 바란다. 상사의 질문에 답하지 못하면 보고한 내용 전체가 의미 없어진다.

당신은 어떤 상사인가

물론 보고받는 사람의 역할도 중요하다. 무엇보다 실력이 있어야 한다. 부하의 말을 이해하고 정리하는 능력, 부하가 물었을 때 답할 수 있는 능력, 부하의 말에서 허점과 오류를 찾아내 교정해줄 수 있는 능력이 있어야 한다.

그렇다고 보고하는 부하를 숨 막히게 해서는 안 된다. 부하와 자주 그리고 다양하게 접촉함으로써 자연스럽고 자유롭게 보고할 수 있게 해줘야 한다. 무엇보다 상사와 만나는 것이 즐거울 수 있도록 해야 한다. 나아가 상사를 돕고 싶게 해야 한다. 상사를 피하고 쩔쩔매는 부하가 있다면 그것은 상사 책임이고, 그 결과로 피해 보는 것도 상사 자신이다.

내가 만난 상사는 크게 네 유형인데, 이를 수레 끌기에 비유하면 이렇다. 첫째, 혼자 수레를 끌고 가는 유형이다. 이론에 정통하고 실무에도 밝다. 유능하고 실력 있다는 소리를 듣는다. 다만 일 중독인 경우가 많다. 애사심인지 공명심인지 모르겠지만, 아무튼 책임감이 강하다. 그래서인지 부하를 믿지 못해 의견을 피력할 기회나 스스로 생각할 여지를 주지 않는다. 이런 상사의 말은 듣는 사람의 자존심을 건드리기 십상이다. "당신 능력이 그것밖에 안 돼?" "결국 내 손을 거치지 않으면 되는 일이 없다니까. 나 없으면 어쩌려고 그래" "도대체 당신들 뭐 하는 사람이야?" 등을 말버릇처럼 내뱉는다.

둘째, 앞서 걸으면서 부하가 수레를 끌고 뒤따르게 하는 유형이다. 가장 흔히 볼 수 있는 상사다. 방향을 제시하고 일을 지시하면서 안정적으로 조직을 관리한다. 효과적이기보다는 정상적인 일 처리에 무게를 둔다. 현상 유지에는 적합하나 새로운 도전이나 혁신에는 제한적이다. 이런 상사는 "전례가 있나요?" "제대로 절차를 밟았나요?" "그렇게 판단하는 근거나 기준은 무엇입니까?" "선진기업 사례는 없습니까?" "경쟁사는 어떻게 하고 있나요?" 등을 주로 묻는다.

셋째, 수레 위에 올라타서 호령하는 유형이다. 실력은 없지만, 카리스마는 있다. 인맥과 파벌을 중시하고, 자기 판단을 우선한다. 자신과 뜻이 맞는 몇몇 소수에게는 뚜렷한 목표를 제시해줌으로써 열정적으로 일하게 한다. 이런 소수를 중심으로 어떻게든 조직이 기대하는 성과를 만들어낸다. 결단력과 돌파력이 있어 위기 상황에서 빛을 발한다. 아래에서는 권위적이라고 비판하지만, 위에서는 추진력이 있다고 좋아한다. 윗사람과 관계가 좋고, 과거 얘기하는 걸 즐기며, 조직에 충성한다.

넷째, 부하와 함께 수레를 끄는 유형이다. 평균 수준의 역량을 갖추고 있고, 스스로에 대한 믿음이 부족하며, 의사 결정도 우유부단하다. 하지만 구성원 간의 관계는 어느 유형보다 좋다. 구성원 사이에 정보가 활발하게 교환되고 공유된다. 협업이 원활하고, 업무 만족도도 높다. 젊은 세대에게 가장 인기 있는 유형이다. 그러나 결정적인 문제가 있다. 자리 잡기 전까지 효율이 떨어지고 성과가 시원찮다. 그럴 수밖에 없다. 성과와 관계는 두 마리 토끼다. 관계가 좋으면서 성과도 잘 내는 게 이상적이지만, 현실적으로 쉽지 않다. 성과는 경쟁의 산물이고, 경쟁은 좋은 관계와 상충하기 때문이다. 이런 상사는 "당신 아니었으면 어쩔 뻔했어요" "어떻게 하면 좋죠? 좋은 생각 없어요?" "모두 여러분 덕분입니다"라며 격려하고 경청한다.

내게 첫째와 셋째는 역부족이다. 첫째는 실력이 없어 엄두가 나지 않고, 셋째는 욕먹기 싫어서다. 결국 둘째 아니면 넷째인데, 둘째는 모범을 보일 자신이 없어 안 되고, 남은 건 넷째밖에 없다. 연설비서관 시절에도 행정관들과 함께한 덕분에 버텨낼 수 있었다.

우리는 모두 비서다

청와대에 들어가기 전에도 3년 정도를 기업 비서실에서 일했다. 비서의 주요 업무는 보좌고, 보좌의 핵심은 보고다. 따라서 '비서 마인드'는 비서에게만 해당하지 않는다. 조직 구성원 누구나 비서 마인드로 무장해야 한다.

첫째, 조직을 대변하는 역할을 자임해야 한다. 평상시든 무슨 일이 벌어지든, 조직의 생각, 처지, 사정을 조리 있게 설명할 수 있어야 한다. 조직 내부에서 치열하게 비판하고 반론하는 것은 권장할 일이다. 하지만 대외적으로는 조직의 관점에서 상황과 형편을 설득력 있게 설명하고, 이해와 협조를 구할 수 있어야 한다. 종종 외부인 앞에서 몸담은 조직을 업신여기는 게 마치 자신을 높이는 일인 양 행세하는 사람을 본다. 조직 현안을 잘 모르거나, 알더라도 잘 설명하지 못하는 것을 부끄러워하기는커녕 그런 자질구레한 일은 신경안 쓰듯이 '쿨'한 체하는 사람도 있다. 모두 비서 마인드가 없는 사람들이다.

둘째, 조직 내부에서 정보의 중심축 역할을 해야 한다. 비서 업무를 잘하려면 조직이 돌아가는 사정에 밝아야 한다. 누가 무엇을 묻든 답할 수 있어야 한다. 이처럼 정보의 저수지 역할을 하는 사람이 비서다. 이런 사람은 조직의 역사와 대표의 말과 글을 줄줄 꿰고 있다. 과거 사례와 법적 근거를 잘 알고 있고, 통계와 수치에도 정통하다.

셋째, 조직 외부에서 떠도는 정보를 감지해야 한다. 밖에서 나도는 얘기, 이해관계자나 여론을 주도하는 사람의 발언, 나아가 여론 동향에 민감하게 반응하고 면밀하게 파악해서 대표에게 전하는 역할을 해야 한다. 예를 들어 조직에 관한 나쁜 소문이 돌고 있다고 해보자. '그러다 말겠지, 뭐' '이건 우리 부서 일이 아니니 해당 부서에서 대처하겠지' 하며 어물쩍 넘어가는 사람은 비서가 아니다. 내용을 구체적으로 파악해 그런 소문이 나도는 이유와 원인을 찾아내고, 이를 잠재울 수 있는 대책과 계획을 세워 해당 부서와 논의하는 사람, 그야말로 오지랖 넓은 바로 그 사람이 진정한 비서다.

넷째, '대표의 이미지President Identity, PI'를 관리해야 한다. 단순히 대표의 연설문, 기고문을 쓰고 언론과의 인터뷰를 주선하는 일이 전부는 아니다. 이미지와 평판을 만드는 일이 무엇보다 중요하다. 우리 대표가 외부에 어떤 사람으로 비치고 있는지가 조직 평가에 큰 영향을 미치기 때문이다. 개인에게 충성하기 위해서가 아니라 조직을 위해 대표의 인지도를 어떻게 높일 것인지, 대표의 정체성을 어떻게 구축하고 브랜드화할 것인지 고민할 필요가 있다.

다섯째, 악마의 변호인 역할이다. 조직에는 반대 의견을 말할 사람이 필요하다. 조선 시대 임금에게 가감 없이 충고나 비판을 했던 사간원 같은 사람이 있어야 한다. 그래야 위기를 방지할 수 있다.

5

실전:
개요부터
퇴고까지,
책 한 권 써보기

개요
: 하루키도 나처럼 쓴다고?

개요를 짜는 것은 가장 전통적인 글쓰기 방법이다. 주제를 정하고, 자료를 수집하고, 이를 바탕으로 개요를 짜고, 쓰고, 고치라는 게 학교에서 배운 글쓰기 방법이다. 개요 짜기는 준비의 마무리이자 쓰기의 시작으로서 반드시 거쳐야 할 필수 과정이므로 이것을 건너뛴 채 무작정 쓰지 말라고 배웠다. 집을 지을 때 설계도가 필요하듯, 글을 쓸 때도 설계도가 있어야 한다는 것이다.

개요 꼭 써야 할까?

나는 개요를 짜지 않는다. 이유는 이렇다. 우선 개요를 짜고 쓸 역량이 부족하다. 개요를 짠다는 것은 글의 처음과 끝을 이미 안다는 뜻이다. 솔직히 나는 글의 최종 모습을 그릴 능력이 없다. 반대로 만약 내가 개요를 짤 능력이 있다면 머릿속에 완벽한 설계도가 있다는 얘기인데, 그렇다면 굳이 작성할 필요가 있는지도 의문이다.

또 하나 의아한 것은 글쓰기가 과연 단계별로 이루어지는지다. '구상하기-개요 짜기-쓰기-고치기' 순서로 쓰라고 하지만, 쓰면서 구상이 보완되고, 고치면서 개요가 바뀌는 게 글쓰기 아닌가 싶다. 반드시 순서에 따라 진행되지 않는다는 것이다. 글쓰기는 단절적·직선적으로 이루어지는 게 아니라 종합적·동시다발적으로 이루어지는 측면이 강하다.

개요를 짜는 것은 시간 낭비기도 하다. 쓰다 보면 개요대로 써지지 않기 때문이다. 계획한 대로 흘러가지 않고, 더 좋은 생각이 나기도 하며, 자료가 없어 개요대로 쓰지 못하는 상황도 발생한다. 개요는 무용지물이 되고 시간만 허비한 꼴이 된다. 그런 점에서 미국 소설가 E.L. 닥터로E.L. Doctorow의 말은 일리가 있다. "소설 쓰는 일은 밤에 자동차를 운전하는 것과 같다. 차의 헤드라이트가 비추는 데까지만 보면서 목적지까지 가는 게 소설 쓰기다."

설사 개요를 짤 수 있고 그대로 쓸 수 있어도 과연 그게 바람직한지 모르겠다. 개요가 오히려 글을 쓰면서 얻을 수 있는 좋은 생각을 억제할 수 있기 때문이다. 발상의 굴레가 될 수 있다는 것이다.

물론 개요의 효용도 많다. 작업계획서 역할을 하는 것은 기본이고, 뼈대 역할을 하기에 글이 오락가락하지 않을 수 있다. 개요가 내비게이션 역할을 하므로 길을 잃지 않는 것이다. 전체를 한눈에 볼 수 있어 무엇이 **빠졌고** 무엇이 중복되었는지 알 수 있는 장점도 있다. 숲을 볼 수 있다는 얘기다.

분량을 적절하게 안배할 수도 있다. 어느 한쪽에 치우치지 않도록 글의 양적 균형을 맞추는 것이다. 개요 없이 쓰다 보면 가분수처럼 서론이 비대해질 수도 있고, 근거는 빈약한데 결론이 너무 장황해질 수도 있다.

무엇보다 개요를 짜는 것 자체가 글쓰기의 일부다. 개요를 짜는 일은 힘들지만, 그 과정이 글의 방향과 흐름을 고민하고 궁리하는 기회가 된다.

이 밖에도 개요를 짜보면 내게 글쓰기에 쓸 자원이 얼마나 있는지 확인할 수 있다. 또한 정교하고 치밀한 개요일수록 글의 지도 역할을 충실히 수행한다. 아무래도 개요를 짜고 쓰면 그러지 않은 경우보다 글이 논리적이고 짜임새 있을 가능성이 크다.

개요를 작성하는 5가지 방법

개요 작성법으로는 다섯 가지 정도가 있다.

❶ 시작과 끝만 정하기

어떻게 시작해서 어떻게 끝낼 것인지만 결정한 후, 중간의 가는 길은 글 쓰는 자신에게 믿고 맡기는 것이다.

❷ 문장 뽑아 배치하기

글에 들어갈 단어나 문장을 여러 개 뽑아 포스트잇에 쓴 후 그것들을 위, 아래, 옆으로 배치해보며 개요를 짜는 방법이다. 노무현 대통령은 번호로 개요를 작성했다. 큰 줄기가 되는 단어나 문구에는 1번, 2번, 3번 등으로 번호를 매기고, 그 아래로 들어갈 하위 항목은 1-1번, 1-2번, 1-3번 등으로 표기했다. 생각이 더 새끼를 치면 1-1-1번, 1-1-2번, 1-1-3번 등까지 쓰기도 했다.

❸ 그림으로 개요 짜기

마인드맵, 로직트리, 도표 등 그림으로 개요를 짜는 방법이다. 개요는 글의 전체 그림을 그리는 것이므로, 이 방식은 본래 목적에 가장 부합한다.

❹ 일단 쏟아내고 개요 짜기

생각나는 대로 주저리주저리 쓴 후, 그것들로 개요를 짜보는 방법이다.

❺ 정석대로 개요 짜기

학교에서 배운 대로 서론-본론-결론, 또는 기승전결로 개요를 짠 다음, 각각에 들어갈 문단 수를 정하고, 문단별 중심 내용을 정하는 방법이다. 이때 중심 내용을 단어로 짜는 것을 '화제 개요'라고 하고, 완전한 문장으로 짜는 것을 '문장 개요'라고 한다.

결국 개요는 어느 수준에서 짜는지의 문제다. 영화 시나리오를 예로 들어보면 이렇다. 시나리오는 몇 단계를 거쳐 완성되는데, 처음에는 매우 단편적인 생각밖에 없다. 어떤 주제나 인상적인 장면 하나에서 출발한다. 이것을 한두 문장으로 구체화한다. '로그라인' '테마'라고 한다. 풀이하면 '무엇에 관한 이야기' 정도다. 이를 좀 더 구체화한 게 '시퀀스'다. 이야기 전개 과정을 서술해보는 것이다. '만난다 – 사랑한다 – 헤어진다 – 다시 만난다 – 함께 죽는다' 하는 식이다. 여기서 더 나아가 A4 용지 한 장 이내로 이야기의 개괄을 작성한 게 '시놉시스'다. 시놉시스를 A4 용지 15~20장 분량으로 늘리면 '트리트먼트'가 된다. 이를 기반으로 마침내 시나리오를 쓴다.

내가 작성하는 개요는 시퀀스 수준이다. 어떤 이는 시놉시스나 트리트먼트 수준의 개요를 짠 후 글을 쓸 것이다. 자신의 글쓰기 방법에 따라, 개요의 효용을 느끼는 정도에 따라 적절하게 활용하면 된다.

그렇다면 개요를 잘 짜려면 어떻게 해야 할까. 나는 책의 목차를 보라고 권한다. 책의 목차야말로 개요의 정수가 아닐까 싶다. 개요를 파악해가면서 글을 읽어보는 것도 좋다. 글쓴이가 어떤 개요를 짰는지 '역추적'해보는 것이다.

무라카미 하루키도 개요를 짜지 않고 글을 쓴다고 한다. 글이 어디로 흘러갈지, 어떻게 끝날지 모르는 데에 글쓰기의 묘미가 있다는 게 이유다. 결말을 알고 쓰면 소설 쓰는 작업이 재미있을 수 없다는 것이다. 이런 점에서 나는 하루키와 닮았다.

첫머리와 끝맺음
: 첫인상이 좋은 글, 여운을 남기는 글

대학교 1학년 때 일이다. 광복절에 첫 소개팅을 했다. 아내를 만난 날이다. 보자마자 '이 여자와 결혼하겠다'라고 마음먹었다. 무슨 콩깍지가 씌어서 그랬을까.

범인은 아내의 '말'이었다. 물론 모든 게 마음에 쏙 들었다. 하지만 결정적 요인은 '서울깍쟁이'다운 말투였다. 아내는 내가 처음 만난 서울 사람이었다. 서울에 사는 친척은 있었지만, 모두 내 고향 전라북도의 억양과 사투리를 쓰고 있었다. 서울말을 쓰는 아내가 어찌나 세련되어 보이던지, 텔레비전에서 보던 여자 연예인이 내 앞에 앉아 있는 듯했다. 이후 얼마든지 서울 여자를 만날 기회가 있다는 걸 당시에는 몰랐다. 첫인상에 평생 코가 꿰었다.

글에도 첫인상이 중요하다

첫 문장은 글의 출발점이다. 전체 글의 함축이고 복선이며 독자를 유인하는 첫인상이다. 글쓰기는 첫 문장과 끝 문장을 단단하게 잇는 작업이다. 어느 심리학자가 이런 실험을 했다. 한 인물을 두 가지 방법으로 묘사한 후 각각에서 어떤 인상을 받았는지 물어봤다. 첫째 묘사는 똑똑하고 근면한데, 고집이 세고 질투심이 강하다는 내용이었고, 둘째 묘사는 질투심이 강하고 고집이 세지만, 똑똑하고 근면하다는 내용이었다. 사실 내용은 같은데, 무엇을 먼저 제시할지 그 순서만 바꾼 것이다. 사람들은 긍정적인 것을 먼저 얘기한 첫째 묘사에 훨씬 더 호의적인 인상을 받았다. 먼저 제시된 정보가 나중에 나오는 정보보다 더 큰 영향력을 발휘한다. 우리 뇌는 오래 생각하지 않고 빨리 판단하기 때문이다.

또한 시작이 절반이라고, 첫 문장을 잘 떼면 실마리가 풀리듯 글이 술술 나아간다. 첫 문장이 다음 문장을 낳고, 다음 문장이 그다음 문장을 불러오기 때문이다. 반대로 첫 단추를 잘못 끼우면 글이 엉키기 시작한다. 이처럼 첫 문장은 글의 물꼬를 트고 성패를 가른다.

문제는 첫 문장이 잘 떠오르지 않는다는 점이다. 첫 문장은 글의 전체 흐름이 잡혔을 때 그 일부로서 떠오르는 것이다. 전체 그림이 그려지지 않았는데, 첫 문장이 나올 리 만무하다. 글을 관통하는 게 첫 문장이므로, 전체 내용을 장악하지 못하면 떠오르지 않는다. 설사 떠올랐다 해도 전체 맥락에 맞지 않으면 쓰다가 바꿀 수밖에 없다.

나는 첫 문장을 처음부터 쓰지 않는다. 낱말 퍼즐 맞출 때 굳이 첫 칸부터 채울 필요는 없다. 우선 아는 단어부터 채워가다 보면 어느 순간 첫 칸을 채우게 된다. 글도 마찬가지다. 쓰다 보면 좋은 첫 문장이 떠오른다. 굳이 백지나 모니터만 뚫어져라 보고 있을 일이 아니다. 아예 마음을 비우는 것도 좋다. 그러면 길을 걷거나 머리를 감다가 첫 문장을 '영접'할 수 있다.

첫 문장의 다양한 유형을 공부하는 것도 방법이다. 소설과 칼럼의 첫 문장을 연구해보라. 반복되는 형태를 발견할 수 있다. 그중 내 글에 알맞은 형태를 가져다 쓰면 된다. 예를 들어 질문으로 시작할 수 있다. '역사는 과연 진보할까?' 하는 식으로 말이다. 이를 응용해 '역사는 진보한다'라고 정의를 내리며 시작할 수도 있다. '내게 이런 일이 있었다' '누군가 이런 얘기를 하더라' 하는 식으로 재미있는 일화를 소개하며 시작해도 좋다. 어떤 글은 요점이나 결론을 제시하며 시작한다. 비슷하게 글을 끝까지 읽으면 어떤 유익을 얻을지 알려줘서 기대감을 높이기도 한다. 첫 문장을 모순되는 표현들로 구성하면 시작부터 호기심을 자극한다. '봄이로되 봄이 아니었다' '찬란한 슬픔의 봄이 왔다' 등이 좋은 예다. 의표를 찌르는 시작도 가능하다. 느닷없이 한마디를 툭 던져서 독자를 어리둥절하게 하는 것이다. 물론 그 문장이 뒤에 나올 내용과 상관없으면 곤란하다. 유머나 속담, 명언 같은 것을 인용하거나, 최근 일어난 사건, 뉴스를 언급해도 된다. 다만 어떤 식으로 글을 시작하든, 꼭 기억할 것이 있다. 첫 문장은 짧아야 한다는 것이다. 그리고 약간 뜬금없어야 한다. 그럴 때 궁금해진다.

여운과 울림을 주는 끝맺음

첫 문장에서 노리는 게 '초두효과'라면 '최신효과'라는 것도 있다. 나중에 제시된 정보일수록 기억에 가장 잘 남는 현상을 일컫는다. 어느 심리학자가 스타킹 고르는 실험을 했다. 같은 소재와 색상의 스타킹들을 놓았는데, 사람들은 가장 오른쪽에 있는 걸 선택하더란다. 그 이유가 재미있다. 우리 뇌는 습관적으로 왼쪽에서 오른쪽으로 시선을 옮기는데, 이때 가장 마지막에 있는 것, 즉 가장 최근에 본 것을 선호한다. 그래서 미팅에 나가서는 상대편이 봤을 때 가장 오른쪽에 앉는 게 좋다는 얘기가 있다.

마지막은 잘 기억될 뿐 아니라 여운과 울림을 주기도 한다. 용두사미가 되지 않고 유종의 미를 거두려면 끝이 좋아야 한다. 끝이 좋으면 다 좋다. 그런데 멋있게 끝내기가 만만치 않다. 강의하다 보면 내내 잘하고도 마무리할 말이 마땅치 않아 얼버무리면서 끝내는 경우가 있다. 두고두고 찜찜하다. 들은 사람도 뒤끝이 개운치 않을 것이다.

《대통령의 글쓰기》는 "그것이 노무현 대통령과의 마지막 만남이었다"라는 문장으로 끝난다. 원래는 이 문장이 들어간 글이 책의 마지막이 아니었다. 이 문장이 여운을 남긴다는 아내 말을 듣고 5쇄부터 순서를 바꿨다. 덕분에 지금도 이 문장이 잔잔한 울림을 준다는 독자들의 얘기를 듣고 있다.

글을 끝내는 방법은 많다. 가장 많이 쓰는 방법은 결론을 내면서 마치는 것이다. 해법을 제시하거나 판단과 결정을 내리면서 끝낸다. 전형적인 미괄식이다. 앞서 한 말을 요약하면서 끝낼 수도 있다. 지금까지 무엇무엇을 말했다고 정리하면서 가장 중요한 것을 언급하는 것이다. 주제를 다시 한번 강조하기도 한다. '거듭 강조하지만, 오늘 나는 무엇을 얘기했다. 이것 하나만 기억해주면 좋겠다' 하는 식이다. 수미쌍관으로 끝내는 것도 좋은 방법이다. 제일 앞에 얘기했던 것을 상기시키면서, 그것을 다시 받아 끝내는 식이다. 끝에서 질문할 수도 있다. '오늘 얘기한 내용을 여러분은 어떻게 생각하는가?'라고 물으면서 마치는 것이다. 인용으로 끝내도 된다. '누군가 이런 말을 했다' '어느 나라 속담에 이런 말이 있다'라면서 말이다. 미진한 과제, 앞으로 풀어야 할 숙제를 제시하거나, 무엇인가를 당부하면서 끝낼 수도 있다. 반대로 반성하거나 다짐해도 좋다. 전망하고 예측하면서 끝내거나, 독자가 결말을 상상하거나 추리할 수 있도록 명확하지 않게 끝내는 글도 있다.

단 이것만은 피하는 게 좋다. 마무리하는 듯하다가 다시 시작하고, 한마디만 덧붙이겠다고 하면서 너덧 마디를 더하고, 깜빡 잊어버린 게 생각났다면서 새로운 내용을 추가하고, 계속해서 사족을 달며 끝낼 듯 끝내지 않고 질질 끄는 것 말이다. 이러면 독자는 읽기를 그만둔다.

좋은 첫 문장은 책을 집어 들게 하고, 좋은 끝 문장은 책을 손에서 놓지 못하게 한다.

디테일
: 내 머릿속 현미경

글의 최소 단위는 무엇일까. 단어인가, 문장인가, 문단인가. 최소 단위를 따지는 이유는 그것이 기본이기 때문이다. 기본에 충실하면 글을 잘 쓸 수 있다. 글은 '단어'와 '문장'으로 쓴다. 단어와 문장을 잘 다루면 글을 잘 쓸 수 있다.

초등학교 다닐 적 '왕자 크레파스'라고 있었다. 나는 24색을 썼다. 가정 형편이 어려운 친구는 12색을, 잘사는 친구는 54색을 들고 다녔다. 54색은 상자에 손잡이도 달려 있어 가방처럼 들 수 있었다. 나도 그게 갖고 싶었다. 크레파스의 개수에 따라 그림의 표현 수준이 달라졌다.

생각을 담는 그릇, 어휘력

글 쓰는 일을 해보니 어휘도 똑같다. 글을 잘 쓰고 못 쓰고를 결정짓는 가장 중요한 요인이 바로 어휘의 개수, 즉 '어휘력'이다. 어휘는 글의 최소 단위고 디테일이다. 디테일에 강하려면 어휘력이 좋아야 한다.

글이 좋지 않다면 생각이 없거나 어휘력이 부족하거나 둘 중 하나다. 물론 생각이 먼저다. 생각이 없는데 글이 좋을 리 없다. 하지만 생각이 많은 사람도 글을 못 쓰는 경우가 많은데, 이는 어휘력에 문제가 있는 것이다. 반대로 생각을 만들기 위해서도 어휘력은 필요하다. 어휘는 생각을 담는 그릇이기 때문이다. 어휘력이 빈약하면 생각이 빈곤할 수밖에 없다.

어휘력이 좋다는 의미는 무엇일까. 우선 어떤 상황을 묘사할 어휘를 많이 알고 있다는 뜻이다. 유의어를 많이 알고 있다는 것이다. '죽다'만 해도 '사망하다'에서부터 '운명하다, 하직하다, 별세하다, 돌아가다, 서거하다, 타계하다, 영면하다, 작고하다, 입적하다, 절명하다, 생을 마감하다, 불귀의 객이 되다' 등 다양한 유의어가 있다.

이 중 어느 게 적절한지 골라낼 수 있어야 한다. 그러기 위해 어감 차이를 아는 게 중요하다. '아' 다르고 '어' 다른 법이니 말이다. 부분과 부문, 공통과 공동, 파장과 파문, 양성과 육성, 통지와 통보, 폐기와 파기, 곤혹과 곤욕, 비판과 비난, 운영과 운용, 참가와 참여, 주최와 주관, 보전과 보존, 기획과 계획, 참고와 참조, 기피와 회피 모두 앞말과 뒷말의 어감이 다르다. '한다'의 유의어는 '실행, 시행, 이행, 수행, 진행, 집행, 단행, 거행, 실시, 실천, 실현, 구현, 추진, 조치' 등 다양한데, 그 쓰임이 조금씩 다르다. 글을 잘 쓰는 사람은 이런 차이에 민감하다. 이 차이가 '글맛'을 낸다. 그림으로 치면 명도나 채도를 미세하게 조정하는 것이다.

어휘력을 키우는 것은 어렵지 않다. 국어사전과 가깝게 지내면 된다. 나는 글을 쓸 때 가장 먼저 하는 일이 인터넷 국어사전에 접속하는 것이다. 생각난 단어를 일단 국어사전에서 찾아본다. 내 어휘력을 믿지도 못하거니와, 더 알맞은 단어를 찾거나, 평소에 잘 쓰지 않는 단어를 발견하는 일이 즐겁기 때문이다. 단어를 찾았으면, 그것이 쓰인 예문을 검색해본다. 문장 안에서 실제로 어떻게 쓰였는지, 어떤 단어로 수식되고 서술어는 무엇인지 살펴본다. 이런 과정에서 어휘력이 향상되고, 그만큼 문해력과 사고력도 발전한다.

사회심리학자 제임스 페니베이커는 "쓰는 단어를 보면 그 사람이 살아온 배경과 성격, 심리 상태까지 알 수 있다"라고 했다. 나를 흑백텔레비전으로 보여주느냐, 아니면 컬러텔레비전으로 보여주느냐, 컬러텔레비전이라면 어느 정도의 해상도로 보여주느냐는 어휘력에 달려 있다.

악마는 디테일에 있다

어휘의 어감 차이만큼이나 민감하게 반응해야 할 것이 문장의 디테

일이다. 악마는 디테일에 있다고 하지 않던가. 문제점은 세부사항 속에 숨어 있다. 대충 보면 쉬워 보이지만 제대로 해내려면 예상보다 더 큰 노력을 쏟아부어야 한다. 글쓰기가 그렇다. 사소한 차이가 글을 잘 쓰는 사람과 그렇지 않은 사람을 가른다. 잘 쓰는 사람은 신경질적으로 디테일에 예민하다. 다음의 항목에 유의하면 기본은 할 수 있다.

❶ 주술호응을 점검하라

주어와 서술어가 따로 놀면 안 된다. '잘못한 사람은 벌을 줍니다'가 아니라 '잘못한 사람은 벌을 받습니다'라고 써야 한다. 잘못한 사람은 벌을 받아야지, 그가 벌을 주어서는 안 된다. 주술호응에 신경 쓰며 서술어를 변화무쌍하게 활용하면 글이 지루해지지 않는다. '공부한다'라고만 하지 않고, '공부해요' '공부하죠' '공부합니다' 등으로 변화를 준다.

❷ 앞뒤 대등관계를 지켜라

앞뒤 대등관계를 지키는 것도 중요하다. '아들은 우등생이고, 딸은 노래를 잘한다'라고 쓰면 이상하다. 우등생과 노래는 비교 대상이 아니기 때문이다. '아들은 축구를 잘하고, 딸은 노래를 잘한다'라고 쓰면 말이 된다. 아니면 '아들은 우등생이지만, 딸은 공부에 취미가 별로 없다'라고 써야 한다.

❸ 한자어보다는 우리말

한자어보다는 우리말을 쓰는 게 좋다. '수중'보다는 '물속', '전신'보다는 '온몸', '목전'보다는 '눈앞', '가가호호'보다는 '집마다', '강하게'보다는 '세게', '하여간'보다는 '어쨌든', '제작하다'보다는 '만들다', '위기에 처했다'보다는 '위기에 놓였다', '~에 의해'보다는 '~로'가 더 좋다. 우리말이 한자어보다 더 생생하다.

❹ 숙어를 사용하라

글 잘 쓰는 사람은 숙어를 잘 사용한다. 고등학교 때 영어 숙어를 열심히 외웠다. 그러나 정작 우리말 숙어에는 관심조차 없었다. 숙어는 우리말이 더 발달해 있다. 특히 몸과 관련한 숙어가 많다. '코'만 하더라도, '코가 빠지다' '코가 꿰다' '코가 납작해지다' '코가 땅에 닿다' '코가 비뚤어지게 마시다' '코 빠뜨리다' 등 얼마나 다양한가.

❺ 양태부사를 적재적소에

양태부사를 잘 써도 글솜씨가 는다. 우리말에는 문장 전체를 꾸미는 양태부사가 많다. '과연, 어찌, 설마, 하물며, 결코, 조금도, 제발, 모름지기, 응당, 설령, 실로, 아마, 부디, 만일, 가령' 같은 것이다.

❻ 말의 짝을 맞춰라

짝을 맞춰 쓰는 것도 좋은 방법이다. 우리말에는 짝이 있는 말이 있다. '비록' 뒤에는 '~일지라도'가 와야 한다. '결코 ~하지 않겠다' '하물며 ~이랴' '왜냐하면 ~때문이다' '만일 ~라면'도 마찬가지다.

❼ 상투적 표현은 쓰지 말자

상투적 표현은 가능하면 삼간다. 판에 박은 듯이 진부한 표현으로는 '경종을 울린다' '썰물처럼 빠져나간다' '입추의 여지가 없다' '간담이 서늘하다' '잔뼈가 굵다' '공사다망하신 가운데' 등이 있다. "친절히 모실 수 있도록 노력하겠습니다"라는 말도 많이 하는데, 노력할 일은 아닌 듯하다. "친절히 모시겠습니다"라고 하는 게 맞다. '노력한다'는 표현이 의례적으로 들린다.

❽ 일본어 잔재인지 확인하라

일본어 잔재도 쓰지 않아야 한다. '기라성 같은 사람이 함께했다'에서 '기라성'은 일본어에서 왔다. '빛나는 별'이라고 하는 게 훨씬 더 좋다. 이 밖에도 '땡깡'은 '생떼', '단도리'는 '준비'나 '채비', '무대뽀'는 '무턱대고'로 써야 한다.

글쓰기에서 통 큰 것은 자랑이 아니고, 쩨쩨함은 부끄러운 일이 아니다. 기본에 충실해야 한다. 가수는 음정과 박자를 잘 맞추고, 연기자는 표정과 발성이 좋아야 한다. 글 쓰는 사람은 어휘와 문장의 디테일에 강해야 한다. 대담함보다는 사소함이 미덕이다. 나같이 마음이 옹졸하여 사소한 일에 집착하고, 중요하지도 않은 일에 신경 쓰는 사람이 글쓰기에 적합하다.

논리 점검
: 작은 오류가 글을 해친다

청소년들이 연설 실력을 겨루는 행사에서 몇 차례 심사를 본 적이
있다. 눈여겨본 것은 연설에 담긴 생각과 그것을 표현하는 논리, 두
가지였다.

사람은 모두 다르다. 의향, 성향, 취향, 지향이 다르다. 이해관계
도 다르다. 하지만 공통점도 있다. 자신의 이익을 우선한다는 점이
다. 이렇게 나와 다른 사람, 또는 자기중심적인 사람을 설득할 때 필
요한 게 논리다. 아무리 좋은 생각도 논리적으로 타당하지 않으면
받아들여지지 않는다. 남들에게 자신의 생각을 받아들이도록 하는
게 논리다.

논리적인 글의 조건

글이 논리적이려면 갖춰야 할 조건이 몇 가지 있다. 우선 '사리'와 '이치'에 맞아야 한다. 사람이라면 마땅히 따라야 하는 옳고 그름의 기준이 있어야 한다. 경위가 바르고 말이 되는 글이어야 한다. 이것이 기본이다.

다음으로 '핵심'이 분명해야 한다. 전하고자 하는 메시지가 뚜렷해야 한다. 일반적으로 핵심을 먼저 쓰고 그 이유를 댄다. 반대로 핵심을 마지막까지 감춰둬서 궁금증을 유발할 수도 있다. 예를 들어 영화 이야기를 할 때 결말을 먼저 밝히면 김이 샌다.

또한 '이유'가 합당해야 '글발'이 선다. 읽는 사람이 "왜 그러는 건데?"라고 물었을 때 쉬운 비유나 구체적인 사례를 들어 설명할 수 있어야 한다. 이유가 빈약하면 설득력을 잃고 "뜬금없다" "막무가내다"라는 소리를 듣게 된다.

비슷한 이유로 '객관적'이어야 한다. 자신의 이해나 경험에 치우치거나, 주관적 편견에 사로잡히지 않아야 한다. 그래야 사람에 따라 다르게 해석되지 않고 동일하게 받아들여진다. 객관적으로 쓰기 위해 주로 사용하는 방법이 비교와 대조다.

앞뒤의 '연결'도 중요하다. 논리적인 글은 원인과 결과, 즉 인과관계가 맞아떨어지고 어긋나지 않는다. 흐름이나 연결이 자연스럽고 개연성이 있다. 이렇게 결론을 향해 연결해가는 과정을 추리, 또는 추론이라고 한다.

'논점'을 벗어나지 않는 글도 논리적이다. 무엇을 전달할지, 누구에게 전달할지, 전달해서 무엇을 얻을지가 흔들려서는 안 된다. 불필요한 내용이 끼어들거나 샛길로 빠지지 않고, 일관성 있게 한길을 가야 한다.

무엇보다 '근거'가 풍부하고 확실해야 한다. 근거는 정확하고 구체적이며 다수가 동의할 만한 것이어야 한다. 어느 날 게임에 빠져 있던 고등학생 아들이 물었다. "왜 게임을 못 하게 해? 게임이 정신건강에 해롭다는 과학적 근거가 있어? 게임이 공부에 도움 될 수도 있는 거 아냐? 나는 게임 때문에 상상력이 향상된다고 생각하는데."

말문이 막혔다. 단지 공부할 시간을 뺏긴다는, 그러면 좋은 대학교에 갈 수 없다는 생각밖에 없던 나는, 쉬는 시간에 게임을 못 하게 하는 근거가 뭐냐고 따지는 아들에게 할 말이 없었다. 급기야 하지 말아야 할 말을 하고야 말았다. "왜 그렇게 말이 많아. 그냥 시키는 대로 해. 아빠가 네게 나쁜 일 시키겠어?"

말하고 나서도 이건 아닌데 싶었다. '아무 생각 없이 말했구나.' 화난 것처럼 얼굴이 붉어졌지만, 사실은 부끄러워 그랬다. 무언가를 쓰고 말할 때는 근거를 갖춰야 한다. 물론 근거 없이도 느낌과 감상은 전할 수 있다. "요즘 우리 경제 최악이야." 몸으로 느끼는 경기가 그렇다고 평하는 것이다. 그러나 논리적이란 소리를 들으려면 근거를 대야 한다.

'추측'도 비슷하다. 내 짐작이라고 밝히면 된다. 하지만 추측이 추론이나 유추 수준이 되기 위해서는 근거가 필요하다. 그게 없으면 억측에 불과하다. 근거는 내가 그렇게 판단하고 주장하는 배경이나 증거 같은 것이다. 근거가 있어야 납득하고 공감한다. 근거가 빈약하면 논리가 박약하다는 소리를 듣는다. 유언비어나 가짜뉴스의 제물이 될 수도 있다.

근거에는 세 종류가 있다. 첫째, '사실 근거'다. 사례, 지표, 통계, 연구나 조사 결과, 역사적 사실 같은 것이다. 둘째, '소견 근거'다. 전문가의 의견이나 일반인의 증언, 여론, 또는 유명인의 명언도 여기에 해당한다. 셋째, 누구나 인정하고 동의하는 상식, 진리 같은 것으로, '선험 근거'라고 한다. 근거는 최근의 것일수록, 누구나 아는 내용이 아닐수록, 권위가 있을수록 좋다.

오류를 점검해보자

논리적으로 쓰는 또 다른 방법은 비약이나 모순, 왜곡 같은 '오류'를 최소화하는 것이다. "말 같지도 않은 소리 하지 마라"라는 소리가 안 나오게 쓰면 그것이 논리적인 글이다.

오류에는 여러 종류가 있다. "술을 좋아하는 사람은 호탕하다"라는 말은 제한된 증거나 몇 가지 사례만 가지고 결론을 도출한 경우다. 술을 좋아하는 것과 호방함은 논리적 연관성이 없다. 이런 경우를 '성급한 일반화의 오류'라고 한다. 우리가 자주 쓰는 "하나를 보면 열을 안다"라는 말도 그렇다.

'피장파장의 오류'도 있다. 아내가 내게 "건강 생각해서 술 좀 줄여"라고 해서 이렇게 답한 적이 있다. "당신도 어제 술 마셨잖아."

피장파장이란 소리인데, 사실 아내가 술 마시는 것과 내가 술 줄이는 것과는 아무런 인과관계가 없다. 괜한 시빗거리만 만들 뿐이다.

아내가 "당신 술 좀 그만 마셔"라고 했을 때, "그럼 사회생활을 하지 말란 말이야?"라고 대꾸한다면 이것은 '주의전환의 오류'다. 술 마시지 않는다고 사회생활 못 하는 것도 아닌데, 주의를 다른 데로 돌리는 것이다. 교통사고가 났을 때 불리해지면 "너 몇 살이야?"라고 묻는 것과 같다. 그러면 상대는 "왜 반말이야?"로 맞받게 되고, 결국 싸움의 발단이 된 교통사고는 안중에도 없게 된다.

다음은 '인과전도의 오류'다. 예를 들어 "부자보다는 가난한 사람이 술을 더 많이 마신다. 그러므로 부자가 되려면 술을 덜 마셔야 한다"라고 하는 경우다. 술을 덜 마셔서 부자가 된 게 아니라, 부자이므로 술을 덜 마실 수 있다. 부자는 술 마시는 것 말고도 다양한 취미활동을 할 수 있고, 건강에도 더 신경을 쓸 수 있으니까 말이다. 그러니까 이는 원인과 결과를 뒤바꿔 생각해서 생긴 오류다.

'순환논법의 오류'는 꽤 그럴듯해 특히 주의해야 한다. 예를 들면 이런 것이다. "술이 나쁘다고 뉴스에 나왔다. 뉴스는 거짓말하지 않는다. 그러므로 술은 나쁘다." 전제와 결론이 서로 의존하면서 되풀이되기에 오류다. 술이 나쁘다고 뉴스에 나왔지만, 뉴스에 나오는 모든 말이 맞는 건 아니다.

'유도질문의 오류'도 피해야 한다. 아내가 내게 이렇게 묻는다고 가정해보자. "우리 결혼생활이 당신의 음주라는 중대한 문제 때문에 깨질 수 있어. 그렇지?" 음주가 중대한 문제라고 가정하고, 그 가정을 인정하도록 유도하고 있다. 이는 명백한 오류다.

"술을 한 잔 마시나 한 병 마시나 취하긴 마찬가지다"라는 말도 하는데, 이는 '연속의 오류'다. 한 잔과 한 병은 취하는 정도가 엄연히 다른데, 연속된다는 이유로 정도의 차이를 무시하는 잘못을 저질렀다.

개인적으로 가장 무서운 건 '힘에 호소하는 오류'다. 아내가 자주 쓰는 "좋은 말로 할 때 들어라" 같은 말이다. 밑도 끝도 없이 이렇게 겁주는 소리는 하지 말아야 한다. 말로 하지 않으면 도대체 어떻게 하겠다는 건가.

논증하는 2가지 방법

논리적으로 쓰는 마지막 방법은 논증이다. 논증하는 글은 두 가지로 쓸 수 있다. 하나는 '주장 – 이유 – 근거'로 쓰는 것이다. 우선 핵심 주제를 밝히고 이유를 말한 다음 근거를 댄다. 끝으로 핵심을 한 번 더 강조한다. 핵심 주제를 밝힐 때는 솔깃하게 해야 한다. 이유와 근거를 댈 때는 체계적이라는 느낌을 줘야 한다. 그리고 마지막에 핵심을 한 번 더 강조함으로써 쐐기를 박아야 한다. 접속사만 따라가도 글의 흐름을 파악할 수 있으면 논리적인 글이다.

다른 하나는 '전제 – 주장'으로 쓰는 것이다. 이 방식도 내용상으로는 전자와 같다. 전제가 곧 이유와 근거이기 때문이다. 이유와 근거가 전제라는 이름으로 위치만 바꿔서 주장 앞으로 왔을 뿐이다. 다만 주장에 앞서 전제라는 자락을 깔아서, 읽는 사람이 자신도 모르는 사이 설득당하게 한다. 예를 들어 '명문대학교 졸업자라고 해서 역량이 뛰어난 것은 아니다'라는 주장을 하고 싶으면 이런 전제를 제시하면 된다. '대입 평가는 암기력 위주다' '사회에서 요구하는 역량은 암기력이 아니라 창의력과 도전정신이다' '창의력과 도전정신을 평가한 결과, 명문대학교와 비명문대학교 간에 의미 있는 차이를 발견하지 못했으며, 도전정신은 명문대학교가 오히려 더 취약했다'.

언젠가 논리학과 수사학을 공부하고 싶다. 글을 잘 쓰기 위해서는 논리와 수사에 능해야 한다. 설득은 논리에서, 감동은 수사에서 온다. 논리에 강하면 똑똑하고, 수사에 밝으면 아름답다. 그런 사람이 되고 싶다.

감정 불어넣기
: 글에도 표정이 있다

새벽이었다. 잠결에 통곡 소리와 찬송가 소리가 뒤섞여 들렸다. 건넛방에서 "애들을 깨울까?" "그냥 자게 놔둬" 하는 소리가 분분했다. 3년여 암 투병 끝에 엄마가 죽은 것이다. 나는 어찌할 바를 몰라 그냥 자는 척했다. 두 살 터울 형도 깨어 있는 게 분명했다. 이 상황을 모르는 것은 다섯 살짜리 여동생뿐이었다. 눈물이 났지만 속으로 삼켰다. 한참 지나 아버지가 우리를 깨웠다. 형의 베갯잇이 흥건히 젖어 있었다. 형과 나는 눈을 마주치지 않았다. 3개월 후, 그러니까 초등학교 3학년이 된 해의 5월 8일 어머니날(1973년에 어버이날로 확대 제정되었다)에 글짓기 숙제를 하며 이 얘기를 썼다. 내 글을 교장 선생님이 전교생 앞에서 읽다가 울었다.

요즘 학부모를 대상으로 하는 강의에 종종 가는데, 30~40대 여성이 대부분이다. 그네끼리 깔깔 웃으며 즐거운 대화를 나눌 때, 나는 안온함과 평화로움을 느낀다. 엄마는 죽기 전까지 꽤 오래 투병했다. 그동안 집 안에 웃음기라고는 한 올도 없었다. 엄마 친구들이 병문안 오면 웃음소리가 방에서 새어 나왔는데, 가끔은 엄마가 박장대소하기도 했다. 나는 그 시간이 좋았다. 엄마가 즐거워하는 모습을 보며 나도 기뻤다. 손님들이 사 온 파인애플 통조림, 종합 과자 세트가 수북했던 것도 행복한 기억이다. 카페에서 글을 쓰는 지금도 그때를 생각하니 눈물이 난다. 술도 마시지 않았는데, 노트북 자판이 보이지 않을 만큼 눈물이 흐른다. 누가 남자는 일생 세 번만 울어야 한다고 했는가. 옆자리 아가씨가 힐긋힐긋 쳐다봐 눈치는 보이지만, 이렇게 후련한데 말이다.

뇌의 하소연

감정으로 쓰려면 소환해야 할 것들이 있다. 첫째, 과거의 기억이다. 누구나 기억이 있다. 좋은 기억보다는 나쁜 기억이 많다. 몸서리쳐지는 기억도 있다. 기억에는 감정이 묻어 있다. 감정이 스며 있지 않은 기억은 회상되지 않는다. 내 기억에는 분노, 수치심, 죄책감, 그리움이 배어 있다. 비굴함과 비겁함도 숨어 있다.

중학교 시절 전주고속버스터미널 화장실에서 용변을 보고 있는데, 청소하는 아저씨가 문을 벌컥 열어젖히며 청소해야 하니까 당장 나오라고 했다. 대야에 떠온 물을 끼얹겠다고 으름장을 놨다. 이러지도 저러지도 못하는 상황에서 한 마리 벌레가 된 것 같았다. 이 야기를 글짓기 시간에 썼다. 그랬더니 그때 느꼈던 분노와 적개심이 잦아들었다.

나는 일부러 기억을 떠올린다. 기억하기 위해서가 아니라 잊기 위해서다. 기억은 뇌가 내게 하는 '하소연'이다. 이런 기억으로 힘드니 제발 좀 들어달라고 애처롭게 사정하는 것이다. 그런 간청을 글로 쓰면, '이제는 알았으니 됐다. 들어줘서 고맙다'라며 가슴속에 틀고 있던 감정의 응어리를 푼다. 나 역시 이렇게 되뇐다. '그럴 수 있지' '지난 일이니 어쩔 수 없지' '다 그런 사정이 있었어'.

기억은 합리화되고 미화되기도 한다. 《대통령의 글쓰기》를 쓰고 나서 청와대에서 함께 일했던 분들에게 감수를 부탁했다. 놀랍게도 사실과 다른 내용이 많았다. 뇌가 이야기를 만드는 과정에서 내게 유리하게 각색한 것이다. 좋은 기억을 남겨주고 싶은 뇌의 충정을 그때 알았다. 그런 충정으로 뇌는 자신의 경험을 재미있고 생생한 이야기로 만든다. 훌륭한 이야기꾼이다. 이런 뇌를 믿고 기억을 써보자. 기억의 고통에서 자신을 구원하고 해방하자.

둘째, 미래의 모습이다. 미래에 대한 걱정, 근심, 불안, 두려움이다. 나는 겁이 많아서 혼나는 게 무섭다. 그래서 뭐든 열심히 해 성실하다는 소리를 듣는 편이다. 청와대에서도 글을 강박적으로 썼다. '못 쓰면 어쩌지?' 하는 두려움으로 한 글자 한 글자 적어 내려갔다. 마감 때까지 못 쓸까 봐 늘 불안했다. 걱정되니 꿈에서도 썼다. 하루도 마음 편한 날이 없었다. 이때 시작된 과민성대장증후군은 나의 지병이 되었다. 한두 번은 공황장애도 경험했다. 하염없이 추락하는 느낌, 죽을 것 같은 공포를 맛보기도 했다.

나는 앞날에 근심과 걱정이 있을 때마다 글을 쓴다. 그렇다고 각오와 다짐을 쓰지는 않는다. 목표를 세우지도 않는다. 계획대로 되지 않으면 우울해지기 때문이다. 오히려 기대를 낮춘다. 최선이 아닌 차선을 선택한다. 할 수 있는 만큼만 하자고 작정한다. 해야 할 일을 못 했을 때는 이제부터 하면 된다고 생각한다. 죽을 때까지 기회는 있다. 살아 있는 한 언젠가 할 수 있으니 걱정할 필요 없다고 스스로 다독인다.

나아가 미래를 객관적으로 진단해보고 긍정적으로 해석한다. 그러면 막연한 비관이 근거 있는 낙관으로 바뀐다. 자신감이 꿈틀꿈틀 올라온다. '잘될 거야. 잘할 수 있어' '까짓것 해보는 거야. 아니면 말고'. 어떤 일이든 보기 나름이고 마음먹기에 달렸다.

한술 더 떠 꿈같은 미래를 그리기도 한다. 소망, 목표를 생각한다. '죽기 전까지 글쓰기 책 열 권 쓰고 100만 부 팔 거야. 내용과 상관없이 존재만으로 환영받는, 강의를 듣는 것만으로 만족감을 주는 강사가 될 거야.' 이런 꿈을 꾸는 내게 작은 걱정은 더는 걱정이 아니다.

글쓰기라는 이름의 상담소

셋째, 현재 느끼는 감정이다. 기업 비서실에서 일할 때 우울증으로 사표를 낸 적이 있다. 일하기도 싫고, 왜 하는지도 모르겠고, 할 수도 없었다. 이런 상태를 요즘에도 간간이 경험한다. 일상이 허무하고 삶이 공허하며 무기력이 극에 달한다. 이런 때도 글을 쓴다. 한 일을 기록하는 것에 그치지 않고, 그 일이 내게 일깨워준 의미를 적어본다. 쓰다 보면 의미 없는 일이 없다.

일은 성공할 수도 있고, 실패할 수도 있으며, 뜻하지 않은 고난과 역경에 부닥칠 수도 있다. 이것은 내가 통제할 수 없다. 하지만 그런 도전과 시련의 원인, 응전하고 반응한 결과를 해석하는 것은 온전히 내 몫이다. 감정은 내가 정한다. 내 마음이다. 또한 나는 내게 묻는다. 내가 내린 결론은 무엇인지, 그것이 내가 진심으로 원하는 것인지, 또는 옳은 일인지 자문한다. 이렇게 물으면 뇌가 응답함으로써 해결의 실마리가 찾아진다. 그런 점에서 글쓰기는 나의 상담소다. 고민을 술로 풀지 않고 글로 푸는 내가 얼마나 대견한지 모른다.

넷째, 관계에서 생기는 감정이다. 관계와 관련해서 나를 괴롭히는 감정은 네 가지다. 우선 시기와 질투다. 중학교 때 반장에 뽑힌 적이 있다. 한번은 청소 시간이 되어 감독하는데, 한 친구가 혼자 계속 공부했다. 남들 다 청소하는데 너만 공부하느냐고 따졌지만, 내 말을 듣지 않았다. 선생님에게 일렀더니 그냥 놔두라고 했다. 하굣길에 가장 친한 친구를 붙잡고 청소 안 한 녀석 욕을 했더니 "너는 더 그래"라고 하는 것 아닌가. 내가 어떤 사람인지 새삼 알게 되었다. 그 후 청소 안 하는 친구가 밉지 않았다. 글쓰기도 상황을 객관적으로 알게 해준다. 그러니 시기하고 질투하는 감정을 써보라. 그런 감정에서 벗어나게 된다. 내가 누구인지 아는 건 덤이다.

다음으로는 열등감과 자기비하다. 이것은 남과 비교하고 경쟁하는 데서 비롯된 감정이다. 예전엔 남들은 하나같이 왜 그렇게 잘났는지, 나는 또 왜 이리 못났는지 늘 자책했다. 하지만 글을 쓰면서부터 다른 사람과 비교하지 않는다. 이전의 나와 지금의 나를 비교할 뿐이다. 남보다 잘하려고 하기보다는 이전의 나보다 나아지려고 노력한다. 다른 사람에게 인정받으려고 하기보다는 스스로 칭찬하며 추켜세운다. 누군가 굳이 내 블로그에 찾아와 '잘났어, 정말!' 같은 댓글을 달아도 개의치 않는다. 그냥 잘난 체하며 제멋에 산다.

외로움, 고립감도 관계가 주는 아픔이다. 어릴 적에 동네에서 친구들과 놀다가 초저녁이 되면 엄마들이 "○○야, 밥 먹어라"라고 불렀다. 그럼 친구들이 하나둘 집으로 돌아가고 나만 신작로에 혼자 남았다. 그때 참 쓸쓸하고 아렸다. 초등학교 때 전학을 세 번이나 하면서 이전 학교 친구들이 사무치게 그리웠다. 중학교 때는 집에 오면 빈방에 화면 조정 중인 텔레비전만 덩그러니 있었다. 요즘에도 이유 없이 누군가가 그립고 외로울 때가 있다. 그런 때 내게 말을 건다. 나를 가장 잘 아는 사람은 나 자신이다. 나는 나와 말이 가장 잘 통한다. 나는 내게 가장 솔직할 수 있다. 나를 누구보다 잘 이해해주는 사람도, 나를 가장 아끼는 사람도 나다. 나는 그런 나와 대화한다. 그러니 외롭지 않다.

관계를 위기에 빠뜨리는 갈등도 좋은 글쓰기 소재다. 서먹함과 불편함을 넘어 증오와 혐오의 감정이 일면, 상대에게 감정을 표출하는 것만으로는 앙금이 풀리지 않는다. 그럴 때 글을 쓰면서 분석하고 시시비비를 가리려고 애쓴다. 내가 느끼는 분노의 감정이 온당한지도 따져본다. 남에게 너그러워서가 아니라 나를 위해서다. 무어라 한들 변할 가망이 없는 남에게 내 감정을 맡겨둘 수는 없는 노릇이어서다.

감정을 다루는 기술

이렇게 불러낸 감정을 잘 다뤄야 잘 쓸 수 있다. 감정을 다루는 기술이 필요한 이유다.

첫째, '마음' 다스리기다. 자신의 감정을 잘 다스리는 사람, 다시 말해 마음 근육이 단단한 사람이 계속해서 쓸 수 있다. 근육이 없으면 오랫동안 쓸 수도, 기술을 구사할 수도 없다. 특히 필요한 마음 근육은 '회복탄력성'과 '만족지연 능력'이다. 글을 쓰다 보면 막힐 때가 있는데, 이때 의기소침하지 말아야 한다. 그런 상태로는 계속 쓸 수 없다. '그럴 수 있지. 내 실력이 그런 걸 어떻게 하겠어. 쓰다 보면 써지겠지' 하며 훌훌 털고 다시 자판을 두드릴 수 있어야 한다. 독자와의 관계에서도 이런 회복탄력성이 필요하다. 글은 독자의 평가를 받는다. 지적받고 혹평에 시달릴 때, '그건 당신 생각이지' 또는 '그래, 별거 아니니 들어줄게' 하며 마음을 다잡을 수 있어야 한다. 그러지 않으면 독자에게 휘둘려 일희일비하거나, 독자가 무서워서 쓸 수 없게 된다.

만족지연 능력도 필요하다. 글은 누구나 쓰기 싫다. 참고 견디며 써질 것이라는 믿음을 품고 궁둥이를 붙여야 쓸 수 있다. 하기 싫고 재미도 없지만, 글로써 이룰 수 있는 미래를 상상하며 앉아 있어야 한다. 어떻게든 의미를 부여하며 버텨야 가능한 게 글쓰기다.

둘째, '기분' 다스리기다. 기분은 글쓰기의 마음 환경이다. 사람에 따라 글이 잘 써지는 상태가 있다. 나는 들떠 있을 때보다는 우울할 때, 사람들과 어울릴 때보다는 외로울 때 잘 써진다. 화날 때, 사랑에 빠질 때도 잘 써진다. 바쁠 때는 써지지 않는다. 심심해야 한다. 마음이 적적하고 듬성듬성할 때 그 여백에 글이 들어선다.

학창 시절 대자보를 보면 불끈했다. 아마도 그 글을 쓴 친구가 불끈한 상태에서 썼을 것이다. 하물며 회사 보고서에도 '표정'이 있다. 보고서를 쓴 사람이 그 일을 얼마나 하고 싶은지, 얼마나 자신 있는지 보인다. 마지못해서가 아니라 안 하고는 못 배길 것 같은 상태에서 썼다는 게 느껴질 때 상사의 마음은 움직인다.

글은 권태, 불안, 긴장, 슬픔, 우울, 외로움 같은 부정적인 감정 상태에서 더 잘 나온다고 한다. 글 쓰는 사람에게는 얼마나 다행인가. 좋은 감정일 때는 그것을 즐기고, 나쁜 감정일 때는 글을 쓰면 되니 말이다. 다만 하나 필요한 게 있다. '맷집'이다. 밀려오는 슬픔, 분노, 실패, 배신감, 상실, 우울, 두려움을 외면하지 않고, 도망가지 말아야 한다. 마주하고 맞부딪혀야 한다. 이길 수는 없지만 참고 견뎌내야 한다. 그리하여 지지 않아야 한다. 그래야 쓸 수 있다.

핵심 감정을 찾아라

셋째, 그야말로 감정이라고 일컬어지는 '정서'와 '감성' 다스리기다.

정서와 감성은 글쓰기의 재료다. 글이 사실과 느낌의 조합이라고 할 때, 그 한 축인 느낌에 해당한다. 글쓰기는 이성과 감정이 힘을 합쳐야 한다. 그래야 자신의 생각과 마음을 온전히 전할 수 있다. 이성으로 동의를 구하고 감정으로 공감을 얻는 게 글쓰기다. 감정적인 체험을 위해 글을 읽는 독자가 많다. 대화할 때도 이성적인 말만 하면 정이 가지 않는다. 머리만이 아니라 가슴이 필요하다. 이성에 감정이 뒤섞여야 한다.

그런데 문자는 이성적이다. 감정이 묻어 있지 않다. 감정은 표정, 어투, 억양 같은 것에서 나타난다. 얼굴을 볼 수도, 소리를 들을 수도 없는 문자로는 감정이 잘 전달되지 않는다. 그럴수록 글에서 자신의 감정을 솔직히 드러내야 한다. 기쁘면 기쁜 대로, 기분이 좋지 않으면 좋지 않은 대로, 슬프면 슬픈 대로 말이다. 자신의 감정에 충실할 필요가 있다. 그렇다고 감정 과잉도 바람직하지 않다. 남을 웃기려면 자신은 웃지 않아야 하듯, 글로 남을 슬프게 하려면 문장은 눈물을 흘리지 말아야 한다. 충만한 감정을 느끼며 쓰되 문장에서는 절제해야 하는 것이다.

이때 감정을 표현하는 어휘를 다양하게 쓰는 게 좋다. 예를 들어 '화난다'는 표현은 '불쾌하다' '씁쓸하다' '마음에 들지 않는다'부터 '노엽다, 분하다, 성질나다, 울화통이 치밀다, 격분하다, 분노하다, 진노하다, 격노하다, 분개하다, 욱하다, 노발대발하다, 성내다, 울분을 토하다, 참을 수 없다'까지 다양하다.

글에는 희로애락애오욕喜怒哀樂愛惡欲이 담긴다. 글에 담을 만한 감정 목록을 적어두고 글을 쓸 때마다 한 번씩 훑어보기를 권한다.

미움, 걱정, 불안감, 두려움, 후회, 열등감, 분노, 놀람, 슬픔, 비참함, 고마움, 불쌍함, 그리움, 부끄러움, 당혹감, 만족감, 기쁨, 흥분, 의심, 시기심, 거부감, 초조함, 허무함, 실망감, 안도감, 짜증, 우쭐함, 외로움, 욕심, 울분, 절실함, 죄책감, 좌절감, 억울함, 역겨움 등등. 나는 이런 감정 목록을 만들어놓고 이 중에 어떤 감정을 녹여 넣을 것인지 글을 쓸 때마다 들여다본다.《위대한 개츠비》를 쓴 피츠제럴드는 이렇게 말했다. "핵심 감정을 찾아라. 이것이 단편소설을 쓰기 위해 알아야 할 전부다."

이성은 많이 배운 사람과 그러지 않은 사람 간에 차등이 있지만, 감정은 누구도 차별하지 않는다. 감정은 평등하다. 오히려 힘들고 어렵게 산, 배우지 못한 사람일수록 진짜배기 감성을 갖고 있다. 삶의 진한 애환이 묻어난다. 그런 감정을 쓰자. 나도 이성적·논리적인 글은 자신 없다. 하지만 감정적인 글은 좀 쓰는 것 같다.

기업에서 회장 연설문을 쓸 때다. 회장 부인이 큰 상을 받았는데, 그 상은 남편이 축사하는 게 관례였다. 그런데 두 분 사이가 좋지 않았다. 나에게 축사를 잘 써서 화해시키라는 특명이 떨어졌다. 회장 부인 눈가를 촉촉하게 만들어야 했다. 결과는 대성공이었다. 축사를 읽다가 회장이 울었다.

퇴고
: '빵점'에서 시작하는 글쓰기

투자의 귀재 워런 버핏은 "돈 버는 주식 좇지 말고 돈 잃지 않을 주식을 사라"라고 했다. 글도 너무 잘 쓰려고 하지 말고, 아주 못 쓰지만 않으려고 하면 된다.

쓰기는 어렵다. 고치기는 쓰는 것만큼 어렵지 않다. 쓰는 건 무에서 유를 창조하는 일이고, 맨땅에 머리 박는 일이다. 그러나 고치는 건 재미있다. '이걸 왜 이렇게 써놨지?' 하며 틀린 걸 발견하는 즐거움이 있다. 또 자기 글이 점점 나아지는 걸 보면 기쁘다. 헤밍웨이는 "내 초고는 다 걸레다. 쓰레기다"라고 하며 수십, 수백 번 고쳤다. 처음부터 잘 쓴 글은 없다. 잘 고쳐 쓴 글만 있다. 좋은 글은 얼마나 잘 고치는지의 싸움이다.

고치기 위해 쓴다

학력고사를 볼 때다. 수학 시험이었는데, 1번부터 5번까지 한 문제도 답을 표시하지 못했다. 풀긴 풀었는데 구한 답이 보기에 없었다. 그렇게 5번까지 내려가니 '멘붕'이 되었다. 공식도 생각이 안 나고 가슴만 콩닥콩닥 뛰었다. 이번엔 틀렸다 싶어 포기하고 모두 찍었다. 그렇게라도 하니 이런 생각이 들었다. '확률적으로 4분의 1은 맞을 수 있겠네. 운이 좋으면 절반이 맞을 수도 있어. 기적이 일어나면 다 맞는 거 아냐?' 그러자 마음이 편안해졌다. 생각을 고쳐먹고 풀만한 문제를 찾아 열심히 풀었다. 구한 답은 보기 중 3번이었다. 그런데 2번으로 찍어놓은 상태였다. 고치면서 얼마나 기분이 좋던지. 그냥 냈으면 큰일 날 뻔했다는 생각에 손이 떨릴 지경이었다. 그렇게 한 문제 한 문제 고쳐나갔다.

수학 시험에서 100점 맞을 욕심으로 1번부터 완벽하게 풀려고 하는 것은 첫 문장부터 완벽하게 쓰려는 것과 같다. 1번부터 쭉 풀어 내려가면 답을 못 구할 때마다 100점에서 98점, 96점 하는 식으로 점수가 깎여나가는데, 대강 찍은 다음 고치면서 풀면 2점에서 4점, 6점 하는 식으로 점수가 점점 높아진다. 그럴 때마다 기분이 좋다. '고치기'로 쓰는 게 이렇다. 처음 찍었을 때 점수가 낮을수록 올라가기만 할 테니 고치는 기쁨도 그만큼 더 크다.

그런데 많은 사람이 잘 쓰려는 데 방점을 둔다. 어떻게 해야 잘 쓰냐고 묻는다. 잘 쓴 글의 기준은 모호하고, 사람마다 다르다. 잘 쓰기 위한 조건은 한도 끝도 없다. 글에 정답은 없다.《달과 6펜스》를 쓴 서머싯 몸은 글쓰기에 딱 세 가지 원칙이 있는데, 본인 포함 아무도 그것을 모른다고 했다. 하지만 글에 오답은 있다. 못 쓴 글은 누가 봐도 못 쓴 글이다. 그러니 잘 쓰려고 하지 말고 못 쓰지만 않으려고 하면 된다. 다시 말해 잘 고치면 된다. 그런데 많은 사람이 쓰는 데 공들이면서 진을 다 뺀다. 쓰고 나면 꼴도 보기 싫다. 그래서 고치는 걸 소홀히 한다. 이에 반해 잘 쓰는 사람은 쓰는 행위를 '목적'이 아니라 '고치기 위한 수단'으로 삼는다. 고치기 위해 쓴다. 고치는 데 무게를 둔다.

나는 쓰기와 고치기를 분리해서 한다. 그러니까 쓰면서 고치지 않는다. 일단 쓰고 나서 고친다. 쓰는 시간을 최소화하고 고치는 시간을 넉넉히 잡는다. 처음에 생각난 것만 쓴다. 그것이 쓰기의 전부다. 그다음부터는 고치기다. 혼자 고칠 수도 있고, 누군가에게 첨삭받을 수도 있고, 함께 모여 품평할 수도 있다. 대개는 혼자 고치게 된다.

신속하게 쓰고 신랄하게 고쳐라

나는 이렇게 고친다. 우선 다양한 방식으로 고친다. 모니터로 보면서 고치고, 출력한 종이에 끄적이면서 고치고, 소리 내어 읽으면서 고친다. 처음부터 보기도 하고 뒤에서부터 보기도 하고, 그래도 만족스럽지 못하면 누군가에게 보여주기도 한다.

또 다양한 환경에서 고친다. 집에서, 지하철에서, 카페에서 고친다. 고치는 시간도 다양하다. 아침에도 고치고 저녁에도 고친다.

한 번에 하나씩 고치는 것도 중요하다. 어휘는 단어 선택, 문장은 단어 배열, 문단은 문장 첨삭이 핵심이다. 단어 하나하나가 문맥에 맞는지 볼 때는 그것만, 문장 중에 비문이 있는지 찾을 때는 그것만, 문단의 완결성을 점검할 때는 그것만, 전체 문맥을 살펴볼 때는 그것만 한다. 또 뺄 게 없는지 보고, 빠진 게 없는지 보고, 바꿀 게 없는지 본다. 문장과 문단 순서를 바꾸거나 단어를 바꿨을 때 글이 확연하게 좋아지는 경우가 많다. 마지막으로 연도나 사람 이름, 수치 등 사실관계에 오류가 있는지 보고, 띄어쓰기가 틀리거나 오자와 탈자가 있는지 본다.

무엇보다 나아질 여지가 있다는 확신을 품고 본다. 실제로 아무리 완벽한 글도 다시 보면 반드시 고칠 대목이 있다. 시간보다는 횟수가 중요하다. 글과 멀어졌다가 다시 보는 것을 반복해야 한다. 주야장천 보고 있다고 고칠 게 눈에 띄지 않는다. 중간중간 다른 일을 하다 와서 독자의 눈으로 다시 봐야 한다. 나는 신중하게 생각하고, 신속히 쓴 후, 신랄하게 고친다. 그러지 않으면 누군가 내 글을 날카롭고 모질게 비판할 것이기 때문이다.

퇴고 목록과 오답 노트

글을 고치기 위해선 두 가지가 필요하다. '퇴고 목록'과 '오답 노트'다. 퇴고 목록은 말 그대로 무엇을 점검할지 정리한 것이다. 무턱대고 본다고 보이지 않는다. 무엇을 볼지 생각하고 하나씩 봐야 한다.
다음은 내가 직장생활을 할 때 책상에 붙여놓고 보던 퇴고 목록이다.

- ☑ 제목은 적절한가.
- ☑ 사실에 오류는 없는가.
- ☑ 빠뜨린 내용은 없는가.
- ☑ 핵심 메시지나 결론은 명확한가.
- ☑ 목적에 부합하는가.
- ☑ 조직의 운영방침에 맞는가.
- ☑ 시의적절한가.
- ☑ 현재 상태의 진단은 정확한가.
- ☑ 원인과 이유는 제대로 파악했는가.
- ☑ 근거는 충실한가.
- ☑ 사실, 정보의 출처는 어디인가.
- ☑ 환경 분석을 잘했는가.
- ☑ 문제를 정확히 정의했는가.
- ☑ 문제 해법에 실효성이 있는가.
- ☑ 실행계획은 현실적이고 실천 가능한가.
- ☑ 얻을 수 있는 이익이나 혜택, 위험요인은 무엇인가.
- ☑ 향후 과제나 미래 방향을 포함했는가.
- ☑ 자료 수집과 조사는 충분한가.
- ☑ 빼도 좋은 내용은 없는가.
- ☑ 좀 더 구체적으로 표현하면 더 좋은 대목은 없는가.

☑ 전개 순서에 손댈 필요는 없는가.

☑ 상호 모순되는 부분은 없는가.

☑ 한 번만 읽고도 이해되는가.

☑ 오자와 탈자, 맞춤법에 어긋난 부분은 없는가.

☑ 잘라주면 더 좋은 문장은 없는가.

☑ 다른 단어로 바꿔주면 더 좋은 대목은 없는가.

☑ 다르게 편집할 수는 없는가.

☑ 도표나 그래프, 그림으로 보여주면 더 좋은 부분은 없는가.

☑ 수치화할 수 있는 부분은 없는가.

☑ 다른 결론, 다른 대안은 없는가.

☑ 의사 결정을 위한 선택지는 적절한가.

☑ 쟁점은 챙겨봤는가.

☑ 표절 등 지식재산권 문제는 없는가.

☑ 균형감을 잃거나 편파적이지는 않은가.

☑ 지나친 자신감과 확증편향에 빠져 있지는 않은가.

☑ 고정관념, 통념에 사로잡혀 있지는 않은가.

☑ 불리한 사실이나 부정적 정보를 감추고 있지는 않은가.

☑ 좀 더 다각적으로 볼 수는 없는가.

☑ 더욱 큰 틀에서 종합적·구조적으로 볼 수는 없는가.

☑ 내가 해야 할 일은 무엇인가.

☑ 다른 부서 등에 공유해줄 내용은 없는가.

☑ 보고받은 상사는 무엇을 물어볼까.

☑ 지금까지 확인한 것 말고 놓친 것은 없는가.

오답 노트는 '이렇게 쓰지 않고, 저렇게 쓰겠다'라는 기준으로 정리한 항목들을 모은 것이다. 노래하려면 음을 알아야 하고 그림을 그리려면 색을 알아야 하듯, 글을 쓰려면 문법을 알아야 한다. 그것이 오답 노트의 주요 항목이다. 물론 문법에 어긋나거나 틀린 것뿐 아니라 어떻게 쓰겠다고 마음먹은 나름의 규칙들도 항목이 될 수 있다. 예를 들어 '하였다'라고 쓰지 않고 '했다'라고 쓰겠다든가, '했었다'라고 쓰지 않고 '했다'라고 쓰겠다든가 하는 것들이다.

인터넷에 '글쓰기'를 검색하면 이건 오답이고 이건 정답이라는 게시물들이 많다. 이 중에 내가 잘 몰랐던 항목들만 추려서 책상에 붙여놓고 글을 고칠 때마다 한 번씩 보면 된다. 오답 노트의 항목을 촘촘하게 구성하면 더 많은 오답을 거를 수 있다. 항목 수가 많아질수록 고칠 게 눈에 많이 띈다. 자기가 쓴 글에서 오답을 발견하면, 유리창을 손톱으로 긁는 소리가 들릴 때처럼 불편한 감정을 느낄 것이다. 계속해서 오답 노트를 갱신해나가면 글쓰기 실력이 좋아진다. 오답 노트를 바탕으로 일관성 있게 고칠 때 자신만의 개성적인 문체도 만들어진다.

직장에서도 상사와 부하 간에, 또는 부서 단위로, 나아가 구성원 전체가 오답 노트를 만들고 공유하면 좋다. 머릿속에 오답 노트가 없는 상사는 지시에 일관성이 없고, 결국 업무 진행이 종잡을 수 없게 된다.

위기:
"기회는 위기의 옷을 입고 온다"

"지금 당장 나가세요." 청천벽력 같은 소리였다. 나는 엄마가 암으로 죽은 초등학교 2학년 때부터 교회에 나가고 있다. 그렇다고 '열심당원'은 아니다. 겨우 주일 예배를 지키는 정도다. 목사님이나 교회 성도들과 교제도 없다. 성가대에 서고 싶었지만, 과민성대장증후군 때문에 단념했다. 예배 중 한 번 정도는 화장실에 가야 하는데, 성가대석의 좁은 공간을 헤치고 만인의 주목을 받으면서 갈 수는 없는 노릇이기 때문이다. 그날도 목사님 설교 중에 배가 아프기 시작했다. 화장실에 가려고 일어서려던 순간 교회를 울리는 목사님의 한마디. "이 자리에 신천지 추수꾼이 들어와 있는 것 다 압니다. 지금 당장 나가세요. 어서 일어서세요." 교회에 다닌 지 40여 년 만의 최대 위기였다.

위기는 언제든 닥칠 수 있다

내가 다닌 직장 가운데 절반은 문을 닫았다. 이를 보며 나는 모든 조직은 늘 '위기라는 폭탄'을 껴안고 산다는 걸 확인했다. 위기 앞에서 사람들은 대개 자리를 피하거나 침묵한다. 딴청을 부리고 모르쇠로 일관한다. 궁지에 몰린 타조가 모래에 머리를 처박고 있는 격이다. 해결되는 것은 없고 보는 사람들 속만 터지게 하는 악수다.

사실이 아니라고 무조건 부인하거나 은폐 또는 축소하기도 한다. 가장 나쁜 대응이다. 일종의 방어기제로 남에게 책임을 돌리는 사람도 있다. 부하를 희생양으로 삼기도 하고, "나만 그랬냐? 너도 그러지 않았냐?"라며 물귀신 작전을 쓰기도 한다. 이를 되받아치며 역으로 공세를 취하는 건 정치권에서 흔히 사용하는 수법이다. 재벌들은 갑작스러운 선행이나 사재 출연으로 국면 전환을 시도하는데, 뜻대로 되지는 않는다. 조금만 깊게 생각해보면 별로 효과가 없을 거라는 걸 알 텐데 당황하다 보니 그런 식으로 모면하려는 것이다.

위기가 닥쳤을 때는 회피하거나 무턱대고 벗어나려 하지 말고 적극적으로 대응해야 한다. 우선 허둥대지 말아야 한다. 위기 상황에서는 차분함이 필수 덕목이다. 마음속으로 '침착, 또 침착!'을 되뇌어야 한다. 냉정하게 공식적인 한마디를 준비해야 한다.

할 말을 정리했으면 빨리 표명하는 게 좋다. 위기 상황이 되면 언론은 뭔가를 쓰기 위해 안달한다. 위기일수록 언론은 특종에, 사람들은 정보에 목말라한다. 정보 공백 상황이 계속될수록 위기는 증폭된다. 어떤 기자는 추측이나 당사자에게 불리한 증언만으로 기사를 작성하고, SNS에서는 루머가 양산된다.

위기를 극복하는 메시지 관리법

위기는 메시지로 관리된다. 위기 시 메시지 대응법에 대해 전문가들은 이렇게 조언한다. 첫째, 사실과 현황을 있는 그대로 숨김없이 공개한다. 은폐와 축소, 왜곡은 불에 기름을 붓듯 위기를 걷잡을 수 없게 한다. 둘째, 사건이나 사태의 성격을 규정한다. 위기의 원인은 무엇이고, 본질과 쟁점은 무엇이며, 심각한 정도는 어떠한지 밝힌다. 셋째, 위기가 미칠 영향과 파장 등을 설명한다. 피해나 부정적인 영향의 수준과 범위는 어느 정도고, 예상되는 최악의 상황은 무엇인지 상세히 밝힌다. 넷째, 위기를 극복하기 위해 현재 취하고 있는 조치와 진행 상황을 알린다. 아울러 잘못 대처한 점이 있으면 인정하고 사과한다. 다섯째, 앞으로 사태를 해결해나갈 방안과 각오를 밝힌다. 여섯째, 구성원들이 해야 할 일을 소상히 알리고 협조를 당부한다.

가장 중요한 것은 '사실'이다. 그러나 사실만이 전부는 아니다. 잘못한 게 없더라도 밖에서 잘못했다고 보면 무시해서는 안 된다. 공중公衆의 시각, 즉 '인식'이 중요하다. 사실과 인식, 이 두 가지를 다 보는 것이 객관적인 관점이고, 사태를 직시하는 길이다.

이를 바탕으로 "이번 사태는 이것입니다"라고 한마디로 규정해야 한다. 이 한마디가 사태의 향방과 파장에 큰 영향을 미칠 수 있다. 이때 내게 유리하면서, 밖에서도 인정하는 한마디를 찾아야 한다. 내게 유리할수록 좋겠지만, 그러면 밖에서 믿어주지 않으니 유리함과 인정, 사실과 인식 사이에서 절묘한 지점을 찾아야 한다.

조직이라면 이 한마디로 목소리를 통일할 필요도 있다. 위기의 성격을 규정한 한마디로 구성원들이 한목소리를 내도록 해야 한다. 위기 상황이 닥치면 조직에 몸담은 구성원들에게 그들의 가족, 친구뿐 아니라 언론까지 문의하고, 이렇게 내부에서 나온 얘기는 다른 어떤 말보다 사실로 받아들여지는 법이다.

조직이 위기에 몰리면 그간 아끼고 대우해줬던, 그래서 누구보다 혜택을 많이 받던 사람 가운데 배신자가 속출한다. 속사정까지 훤히 알고 있는 사람이 비난하고 나서면 조직 처지에서는 더 아픈 법이다. 이때 조직이 버티기 위해 필요한 것도 하나 된 목소리다.

위기에 빛나는 리더의 자격

김대중 대통령은 위기에 봉착했을 때 세 가지를 생각했다. 첫째, 시련은 영원하지 않다. 모든 것은 지나간다. 희망을 놓아서는 안 된다. 어려움의 끝은 반드시 온다. 둘째, 그 끝이 왔을 때 스스로 부끄럽지 않도록 하자. 미진함은 있어도 후회는 없도록 하자. 최선을 다하자. 셋째, 위기에서 기회를 찾자. "역사는 반드시 기회를 준다. 그 기회는 위기의 옷을 입고 온다. 그 기회를 포착하고 선용하는 민족은 흥하고 그렇지 않은 민족은 쇠락한다." 김대중 대통령은 이런 생각으로 다섯 번의 죽을 고비를 넘기고 경제위기를 극복했다.

노무현 대통령은 "위기가 생기면 구성원들은 지도자를 쳐다본다"라면서 위기 시에 지도자는 세 가지를 지켜야 한다고 했다. 첫째, 책임을 전가하는 말을 해서는 안 된다. 또한 피하거나 비껴가려 말고 정면으로 부딪혀야 한다. 둘째, 발등에 떨어진 불을 끄는 데 급급하여 후일 더 큰 화를 자초하는 선택을 하지 말아야 한다. 실제로 그는 경기 진작을 위해 훗날 부담이 될 부동산 부양 정책을 쓰지 않았다. 셋째, 위기를 부풀리거나 조장하는 발언을 삼가야 한다. 북한이 자기 영해 쪽으로 미사일을 발사했을 때 호들갑스럽게 대응하지 않은 게 대표적이다.

위기는 언제든 올 수 있다. 진짜 위험에 빠지느냐, 아니면 전화위복의 기회로 삼느냐 하는 것은 전적으로 위험을 대하는 자세와 생각에 달렸다. 과민성대장증후군 때문에 나는 늘 위기지만, 또한 항상 대비하며 산다. 어디에 가든 무엇을 하든 사전에 연습하고 준비한다. 결과가 좋지 않아도 과민성대장증후군으로 낭패 보지 않고 해냈다는 데 감사하고 뿌듯하다.

갈등:
불화를 만드는 말, 해소하는 말

나처럼 쉰 살을 넘긴 세대들은 갈등을 싫어한다. 아니, 두려워한다. 가정의 자잘한 불화부터 지역감정, 노사 대립, 이념 충돌 등으로 점철된 첨예한 갈등의 시대를 살아왔다. 지금도 우리 사회는 보수와 진보 간 갈등은 물론, '갑을 논쟁' 같은 양극화 갈등까지 겪고 있다. 그래서 갈등은 나쁜 것, 반드시 치유해야 할 것으로 생각한다. 갈등이 없는 상태를 화목이나 통합이라고 하고, 일사불란하다고도 한다. 그런데 이런 상태가 과연 좋기만 한 것일까.

갈등은 필요하다

갈등은 피할 수도 없거니와, 피하기만 한다고 해서 능사가 아니다. 갈등을 피하면 여러 폐단이 생긴다. 무엇보다 실력으로 경쟁하는 분위기를 해친다. 경쟁에는 필연적으로 갈등이 따른다. 화합과 경쟁은 기본적으로 상치되는 개념이다. 화합을 내세워 각박하게 경쟁하지 말자는 분위기가 팽배해지면 무능하고 나태한 사람이 득세

한다. 심지어 그가 실력 있고 열심히 일하는 사람을 향해 "당신은 능력도 있고 다 좋은데, 사람들과 어울리지 못하는 게 문제야"라고 훈계한다.

또한 문제점이 드러나지 않는다. 화목과 단합을 핑계로 서로 싫은 소리 하지 않고 유야무야 넘어가면 갈등이 발생하지는 않지만, 문제점도 드러나지 않는다. 물속에 불순물이 있으면 휘저어서 눈에 띄게 하고, 그것을 정화하는 과정이 필요한데, 애당초 휘젓는 것 자체를 피하는 것이다. 덮어놓는다고 문제가 사라지는 것도 아닌데 말이다.

변화와 혁신의 발목을 잡기도 한다. 변화를 만들어내려면 그것을 수용하는 쪽과 그러지 않은 쪽 간의 갈등이 불가피하다. 그런데 갈등을 외면하면 변화와 발전을 위한 계기 자체가 만들어지지 않는다. 귀찮고 골치 아프지만, 갈등을 책상 위에 올려놓고 소통으로 풀어야 한다.

물론 합리적인 이유 없이 감정적으로 조성된 갈등, 상대방의 존재 자체를 인정하지 않아 생긴 갈등은 나쁜 갈등이다. 이 경우 조직이나 사회의 발전에 아무런 도움이 되지 않는다.

갈등의 세 종류

내가 보기에 갈등은 세 종류다. 첫째는 내적 갈등이고, 둘째는 관계 갈등이고, 셋째는 사회 갈등이다. 이를 해소하는 나만의 방법이 있다.

우선 '내적 갈등'은 기준과 원칙을 세우고, 목표를 명확히 함으로써 해소할 수 있다. 나는 늘 짜장면과 짬뽕 사이에서 갈등하지만, 아내는 무조건 짬뽕이다. 그러면서도 기분 내킬 때는 짜장면도 시킨다. 그렇다고 원칙이 무너졌다거나 줏대 없다고 생각하지 않는다. 원칙은 짬뽕이지만 짜장면도 시킬 수 있다고 생각한다. 한마디로 갈등하지 않는다. 또한 목표를 분명히 해도 갈등을 줄일 수 있다. 비만이나 음주로 갈등해본 사람은 공감할 것이다. 목표가 분명하면 먹을지 마실지 갈등하지 않는다.

타인과의 관계에서 발생하는 갈등은 자신을 투명하게 공개함으로써 대처할 수 있다. 아내가 자주 하는 말이 있다. "내가 그런 사람인 줄 몰랐어? 그럼 이제라도 똑똑히 알아줬으면 좋겠어. 나 이런 사람이야." 갈등은 저마다 다른 욕구, 관점, 의견, 취향, 성향, 이해가 충돌할 때 일어난다. '그 사람은 원래 그런 사람이야'라고 받아들이면 갈등할 이유가 별로 없다. 남과 다른 나를 인정받으면 갈등에서 벗어날 수 있는 것이다. 그러려면 자신을 꾸미거나 감추지 않고, 있는 그대로 보여줘야 한다. 나답게 살면 말과 행동이 일치하고 일관성을 띠게 된다. 그러면 내 행동에 대한 사람들의 예상이나 기대가 단순하고 분명해진다. 그만큼 갈등이 줄어든다. 또한 내 마음도 편하다.

조직에서 생기는 갈등도 정보의 투명한 공개가 해법이다. 정보가 막혀 있거나 정보를 가진 사람끼리만 쑥덕거리면 갈등이 눈덩이처럼 커진다. 헐뜯기가 성행하고, 흑백논리와 편 가르기가 활개 친다. 헛소문과 유언비어도 기승을 부린다. 그러면 갈등은 더욱 증폭된다. 이를 막으려면 정보를 투명하게 공개하고, 유연하고 개방적인 분위기를 조성해야 한다. 누구나 자기 의견을 개진하고 자유롭게 비판하는 분위기 말이다. 그래야 갈등의 원인을 찾아 근본적으로 해결할 수 있다. 좋은 게 좋은 거라는 식의 봉합은 병을 키우고 더 큰 문제를 일으킨다. 다만 서로 의견을 내놓는 과정이 감정과 자존심의 싸움이 되지 않도록, 모 아니면 도의 치킨게임이 되지 않도록 주의해야 한다.

갈등을 조정해낼 때

갈등을 해결하는 가장 바람직한 방법은 정서적으로 공감하고 상호 배려하는 문화를 구축하는 것이다. 이런 문화에서는 구성원들이 가치를 공유한다. 조직이 추구하는 목표가 무엇이고, 문제가 생겼을 때 어떻게 행동해야 하는지를 암묵적으로 합의한다. 구성원끼리 관심이 많을 뿐 아니라 서로를 잘 파악하고 있기 때문이다. 이를 바탕으로 서로의 생각 차이를 이해하고 다른 사람의 어려움에 깊이 공감한다. 당연히 갈등이 생겼을 때 양보와 합의로 더욱 효율적으로 대처할 수 있다.

이런 광경을 상상해보라. 회사 단합대회 마지막 날 밤에 술 한잔하고 어깨동무하면서 우리 한번 잘해보자고 "으쌰, 으쌰!"하는 광경 말이다. 서로에 대한 배려가 넘쳐난다. 회사의 일원이라는 것이 자랑스럽다. 무엇이든 해낼 것 같은 자신감과 해봐야겠다는 의욕이 샘솟는다. 이런 일들이 매일매일 일상적으로 일어나는 조직은 갈등이 두렵지 않다. 오히려 갈등을 해결하면서 발전한다.

이 시대에 가장 필요한 지도자의 역량은 갈등을 조정하고 해결하는 것이다. 지도자는 무엇보다 갈등을 외면하지 말아야 한다. 갈등 상황은 소통의 '전시 상태'다. 소통이 가장 필요한 순간이다. 대충 덮은 채 넘어가지 말고, 갈등의 근원을 찾아 근본적인 해결책을 내놓아야 한다. 협상 능력도 필요하다. 대화와 설득, 중재와 타협으로 마치 외과 의사가 수술하듯 갈등을 세심하고 면밀하게 풀어가야 한다. 당신은 갈등을 조장하는 사람인가, 조정하는 사람인가. 이 질문의 답이야말로 본인에게 지도자의 역량이 있는지 가늠해볼 기준이다.

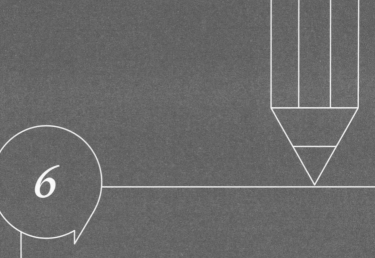

6

갈수록
말과 글이
중요해지는
이유

글쓰기가 인생을 바꾼다

몇 년 전 일이다. 눈을 뜨니 아버지 댁이었다. 당시 승강기 없는 아파트의 5층에 살았는데, 새벽녘 인사불성으로 택시에 실려 온 나를 집까지 끌고 올라갈 수 없던 아내가 차에 실어 아버지 댁에 던져놓다시피 하고서는 출근해버린 것이다. 애프터서비스라도 해달라는 항의였을까. 점심때쯤 정신이 들었는데 발밑에서 아버지가 울고 계셨다. "내가 너를 이렇게 키우지 않았는데……." 너무나 부끄러워 저녁에 아내가 데리러 올 때까지 일어나지 못하고 자는 척했다.

그런 실수를 반복하지 않기 위해 술을 끊기로 했다. 술을 끊으려면 매일 할 일이 있어야 한다. 그래서 날마다 글을 쓴다. 사람은 왜 사는가. 아리스토텔레스 말대로 행복하기 위해 산다. 글을 쓰면 행복할 수 있다. 적어도 다음 여덟 가지 즐거움을 누린다.

글쓰기가 주는 기쁨의 순간들

첫째, 성취의 환희다. 쓴다는 것은 또 하나의 도전이요, 새로운 시도다. 이뤄냈을 때 뿌듯하고 스스로 대견하다. 과정이 힘들수록 성취감은 더 크다. 글이 완성되는 순간은 생각보다 쉽게 오기도 하고, 각고의 노력 끝에 오기도 한다. 분명한 건 틀림없이 그 순간이 온다는 사실이다. 올 때까지 앉아 있기만 하면 반드시 온다. 포기하지만 않으면 된다. 그래서 나는 매번 성공한다. 그런 경험이 쌓이면 자신감이 생기고 자존감이 높아진다.

둘째, 몰입의 기쁨이다. 가끔 무아지경에 빠진다. 아무 걱정 없는 무념무상의 상태, 오로지 글에만 집중하는 상태에 이른다. 문장이 문장을 불러오고 생각에 생각이 꼬리를 문다. 기억이 떠오르고 상상이 나래를 펼친다. 완전히 몰입한 것이다. 나는 취한 듯 쓰다가 내려야 할 지하철역을 지나치기도 하고, 기다리던 고속철도를 그냥 보내기도 한다.

셋째, 존재감을 느끼는 기쁨이다. 쓴다는 건 누군가가 볼 것을 전제한다. 글에는 누군가에게 내 존재를 보여주고 싶은 욕구가 스며 있다. 나는 카페에서 쓴다. 그때 누군가 와서 사인해달라고 하거나 사진을 찍자고 하면 그때부터 더 잘 써진다. 글로써 얻고자 하는 존재감을 현실에서 확인했기 때문이다.

넷째, 축적의 희열이다. 2019년부터 트위터와 카카오스토리에 '글쓰기 단상'과 '글쓰기 강좌'란 제목으로 글을 쓰기 시작했다.

2000개가 넘는 글을 썼다. 쌓이면 쌓일수록 더 쌓고 싶다. 사람들은 돼지저금통이 묵직해질수록 더 열심히 동전을 넣는다. 내리자마자 녹는 눈에는 아무런 감흥을 느끼지 못하지만, 쌓인 눈을 보면 '눈싸움을 할까?' '눈사람을 만들까?' 하는 생각에 가슴이 부푼다. 글도 마찬가지다. 글은 쌓일수록 충만감을 준다. 먹지 않아도 배부르다. 믿는 구석이 있어 쭈뼛거리지 않고 당당해진다. 꿈꾸게 되고 내일에 대한 기대감도 생긴다.

다섯째, 궁금해지는 즐거움이다. 알면 알수록 쓰면 쓸수록 궁금해서 더 알고 싶어진다. 글쓰기를 주제로 써보니 뇌과학, 심리학, 문학, 철학 등 모든 게 궁금해진다. 소통, 지도력도 궁금하다. 관심사의 외연이 넓어지고 심도가 깊어진다. 문예사조도 궁금하다. 고전주의, 낭만주의, 초현실주의 등 한 시대를 풍미한 문예사조 안에 글쓰기 원리가 숨어 있을지도 모르는 일 아닌가. 그것이 알고 싶어 가슴이 뛴다. 글쓰기가 내게 준 선물이다.

나는 또 무엇이 되어 있을까

여섯째, 생각의 유희다. 생각하는 즐거움이 아니라, 생각나는 기쁨이다. 글을 쓰지 않을 때도 뇌가 글을 쓴다. 길을 가다가, 잠들다가, 책을 읽다가, 친구와 대화하다가, 심지어 샤워하다가 문득 생각난다. 왜 그럴까. 써둔 글이 있기 때문이다. 불현듯 떠오르는 생각들이 이미 써둔 글에 와서 붙는다. 보는 것, 읽는 것, 듣는 것이 써둔 글과 연결된다. 써둔 글이 없을 때는 스쳐 지나갈 뿐이다. 써둔 글이 많을수록 생각이 더 자주 나고, 그때마다 행복하다.

일곱째, 성장의 낙이다. 단순한 낙이 아니라 '열락悅樂'이다. 사는 게 재미없고 심드렁한 이유는 변화가 없고 발전하지 않기 때문이다. 같은 상태에 계속 머물면 지루하다. 똑같은 내일은 기대되지 않는다. 나의 어제와 오늘은 같지 않다. 매일 글을 쓰므로, 어제보다 오늘이 낫고, 내일은 더 낫다. 이전 글을 보면 허접하다. 내 블로그에 가보라. 5년 전 쓴 글을 보면 중학생 수준이다. 후하게 쳐줘도 고등학생 수준이다. 하지만 그새 나는 베스트셀러 작가가 되었고, 유명 강사가 되었다. 아주 다른 사람이 된 것이다. 그만큼 성장했다. 나의 지난 5년은 괄목상대, 상전벽해를 잘 설명할 수 있다. 언젠가 〈불후의 명곡〉을 보다가 문득 이런 생각이 들었다. '내가 안 해서 그렇지 혹시 노래도 잘하는 거 아냐? 한번 도전해봐? 나는 또 5년 후에 무엇이 되어 있을까?' 그런 상상을 하는 것만으로도 즐겁다.

여덟째, 기록을 남기는 즐거움이다. 사람은 누구나 영원을 지향한다. 자기의 자취를 남겨 다른 이들의 기억에서 사라지지 않기를 바란다. 글을 쓰면 몸은 사라져도 이야기는 남는 법이다. 우리는 또한 남겨야 할 의무가 있다. 지구에 살면서 자원을 소모하고 훼손했으면, 그간 배우고 깨닫고 느낀 것을 다음 세대에게 넘겨주고 갈 의무가 있다. 그들이 나보다 더 행복하게 살기를 바라는 마음으로 기록해야 한다.

모든 글에는 이유와 목적이 있다. 글을 읽는 사람에게 영향을 미치고자 하는 게 대표적이다. 그런 글은 상황을 알려주고, 이해시키고, 행동을 끌어내려고 한다. 써야 하는 필요와 계기, 욕구와 동기의 수준에 따라 글쓰기 실력이 달라진다.

나는 술 끊기와 아버지에게 추한 모습 안 보이기라는 목적을 이루려고 열심히 썼다. 그 결과 아버지에게 취미가 하나 생겼다. 집 가까이에 있는 대형 서점에 가는 일이다. 아들 책이 잘 진열되어 있는지, 얼마나 잘 팔리는지 알아보는 재미로 서점에 가신다. 내 책을 구매하는 '기특한' 젊은이가 있으면 저자가 내 아들이라고 말도 거신다. 술 끊고 글 쓰면서 효도하고 있다. 이게 글쓰기로 누리는 가장 큰 즐거움이다.

AI 시대,
가장 인간답게 사는 방법

나는 1962년생이다. 우리 세대는 읽기와 듣기에 능하다. 학교에서, 집에서 정말 많이 읽고 많이 들었다. 전 세계에서 수업 시간이 가장 길었다. 9교시 수업을 하며 선생님 말씀을 들었다. 그것도 모자라 야간자율학습을 하며 읽고 또 읽었다.

읽고 듣는 일은 독립적인 행위가 아니다. 말하고 쓰는 사람에 종속돼 있다. 말한 걸 듣고, 쓴 걸 읽는다. 즉 말하고 쓰는 게 먼저고, 읽고 듣는 건 다음이다. 말하고 쓴 게 있어야 읽고 들을 수 있다. 말하고 쓰는 게 '이끄는' 일이라면 읽고 듣는 건 '이끌리는' 일이다. 말하고 쓰는 사람이 끌고 가고, 읽고 듣는 사람은 끌려간다.

읽기와 듣기는 과정이고, 말하기와 쓰기는 결과다. 읽고 듣기만 하면 과정만 있고 결과는 없다. 아무리 많이 읽고 들어도 거기에는 자신의 이름이 붙지 않는다. 결과물을 만들어내지 못하기 때문이다. 말하고 쓴 것만 자기 작품이다.

읽고 듣기의 함정

읽고 듣는 사람은 어딘가에 다니면서 남이 시키는 일을 한다. 어디 나오고 어디 다니는 누구로 불리어지며, 몸담고 있는 소속이 자신을 대변한다. '어디'라는 간판만 획득하면 그것을 가진 사람끼리 끌어주고 밀어준다. 그러다 보니 특정 간판을 가진 사람에게 기회가 많이 주어지고, 기회를 살려 일하다 보니 실제로 일을 잘하게 되어서, 특정 간판을 가진 사람은 유능하다는 과대 해석의 오류를 낳는다. 잘 읽고 듣는 사람의 시대가 지속됐다.

읽기·듣기를 많이 한 사람은 실질적인 역량도 있다. 바로 '모방능력'이다. 읽고 듣는 것의 본질은 이미 있는 걸 닮고 흉내 내는 데 있다. 읽고 듣는 행위는 새로운 걸 만드는 일이 아니다. 있는 걸 이해하고 분석하는 일이고, 목표는 있는 것과 유사하거나 그보다 나은 걸 만드는 일이다. 예를 들어 선생님 말씀을 많이 듣고 교과서를 열심히 읽으면 선생님을 닮아가고, 아는 것은 교과서 수준에 근접할 수 있다.

내가 직장생활을 하던 시대에는 모방능력이 필요했다. 전쟁의 폐허 위에서 우리는 텔레비전이나 자동차는 물론, 라디오조차 만들 기술이 없었다. 베껴야 했다. 읽기·듣기를 많이 한 사람들이 잘 베

껐다. 처음엔 신발, 의류를 베끼다가 텔레비전, 자동차, 선박, 반도체, 휴대폰 등으로 대상을 넓혀왔다. 급기야 애초에 그걸 처음 개발한 나라의 제품을 능가하기에 이르렀다. 세계 최빈국에서 10위권의 경제 강국으로 발돋움한 것이다. 이 모두가 읽기·듣기를 많이 시킨 학교와 부모의 교육열, 읽기·듣기를 전 세계에서 가장 열심히 한 사람 덕분이다.

이제는 더 이상 베낄 데가 없다. 우리 기업은 이미 세계 최선두가 됐다. 뒤에서는 중국이 추격해오고 있다. 지금 우리가 잘하고 있는 건 중국이 금세 베낄 수 있다. 중국의 추격을 뿌리치고 살아남으려면 끊임없이 이 세상에 없는, 새로운 걸 만들어내야 한다. 새로운 걸 만들려면 각자가 자기만의 그 '무언가'를 가지고 있어야 하고, 그걸 글이나 말로 표현할 수 있어야 한다. 그래야 개개인의 서로 다른 것들이 밖으로 나와 연결되고 결합되어 새로운 게 만들어진다. 남의 것을 읽고 듣는 데 그치지 않고, 자기 것을 말하고 쓸 수 있는 사람이 필요해진 것이다.

AI 시대는 패자부활과 역전의 기회

여기에 더해, 이제 읽기·듣기는 인공지능의 힘을 빌리면 된다. 제아무리 읽기·듣기를 많이 해도 인공지능을 이길 수 없다. 인공지능은 지금 이 시간에도 밥도 안 먹고 잠도 안 자고 24시간 읽고 들으면서 이 세상의 콘텐츠란 콘텐츠는 다 끌어모으고 있다. 인공지능과 경쟁하려 할 것이 아니라 그와 공생하면서 그의 도움을 받아야 한다. 물론 읽기·듣기를 많이 한 사람은 어디까지 읽고 들어야 하는지, 읽고 듣는 자신의 수준은 어떠한지 잘 안다. 읽고 듣는 내용을 평가할 수 있는 '안목'도 있다. 당연히 인공지능도 더 잘 활용할 수 있다. 하지만 적어도 읽기·듣기를 게을리했다고 무지의 상태에 계속 머물러 있어야 하는 시대는 아니다.

이제 읽기·듣기 삶에서 뒤지고 낙오한 사람, 이미 늦었다고 생각하는 사람에게 패자부활과 역전의 기회가 왔다. 말하고 쓰면 된다. 읽고 듣는 건 인공지능의 도움을 받고, 말하고 쓰는 것으로 기여해야 한다. 그것이 인간이 할 일이다.

더욱이 고령사회가 도래했다. 다음 세대는 평균 수명 100세 시대를 살 수도 있다. 하지만 예순 살 넘어서까지 직장을 다닐 수 없다. 직장을 나와서도 50~60년을 더 살아야 한다. 무엇을 하며 살 것인가. 글을 쓰고 말을 해야 한다. 나만 해도 쉰 살까지는 읽기·듣기만 해도 잘 먹고 잘 살았는데 직장을 나오니 읽고 듣는 데에는 돈을 쳐주지 않았다.

다행히 그렇게 살 수 있는 세상이 됐다. 오프라인만 있을 때는 어딘가에 다녀야 했지만, 지금은 온라인 공간에서 얼마든지 말하고 쓸 수 있다. 오프라인에서는 특정인에게만 제공되고 대다수에게 제약됐던 공간이 온라인에선 누구에게나 활짝 열려 있다.

나다운 글이 가장 인간다운 글이다

인간다운 말과 글은 어떠해야 하는가. '나'다우면 된다. 나답게 말하고 쓰면 된다. 남보다 잘할 필요도 없다. 남과 다르게 하면 된다. 이런 말과 글을 쓰는 데는 승부욕과 경쟁심이 필요하지 않다. 승부욕이 강한 사람은 자신과 남을 비교하게 되고, 이런 비교는 자기다움을 방해한다. 학교 다닐 적에도, 직장에서도 평균 성적이 비교의 기준이 됐다. 평균이 높은 사람이 우수한 사람으로 평가받았다. 그러나 평균에는 한 사람의 색깔이 담겨 있지 않다. 평균은 '비인간적'이다.

평균은 인공지능이 가장 높다. 이제는 자기만의 특색이 있어야 한다. 특색 있는 한 가지를 잘하면 된다. 그 한 가지로 조직과 사회에 기여하면서 돈도 버는 시대다. 무작정 남을 이기고 앞서려는 욕심도 독이 될 수 있다. 지금은 개방과 공유, 융합의 시대다. 자신이 가진 것을 내어놓고, 그것을 서로 섞고 연결해야 한다. 경쟁을 잘해야 경쟁에서 이길 수 있는 게 아니라, 협력하고 연대해야 경쟁에서 이길 수 있는 시대다. 남을 이기려면 남과 경쟁을 잘해야 하는 게 아니라 협력을 잘해야 하는 것이다. 무엇으로 협력할까? 바로 말하기와 글쓰기다.

무엇에 관해 말하고 쓸지 고민하는 사람에게 나는 자신 있게 말한다. '자기에 관해 쓰세요.' 자신에 관해 쓸거리는 세 가지가 있다. 자기 경험, 자기 생각, 자기 느낌이다. 이 가운데 가장 쓰기 쉬운 게 자기 경험이다. 경험에서 출발하면 된다. 경험이야말로 인공지능이 넘볼 수 없는 인간 고유의 영역이다. 경험을 쓰고, 거기에서 비롯된 생각과 감정을 쓰자. 이 과정에서 필요한 지식과 정보는 인공지능을 빌려 쓰자.

독일 철학자 니체는 인간의 삶에 두 종류가 있다고 했다. 노예의 삶과 주인의 삶이다. 이 두 종류의 삶을 가르는 기준은 하나다. 내가 어딘가에 종속되어 있느냐, 독립적으로 사느냐다. 종속되어 있는지 여부는 어떻게 알 수 있을까? 그것 없이 살 수 없으면 그것에 종속되어 있는 것이고, 그것 없이도 살 수 있으면 독립적인 것이다. 지금 어디에 다니면서 그 덕분에 밥 먹고 살지만 거기를 나와서도 살 수 있으면 독립적이다. 독립적인 사람은 읽기·듣기만 하지 않는다. 말하고 쓸 줄 안다.

인공지능과의 관계도 마찬가지다. 인공지능의 읽기·듣기 기능을 활용해 내 말을 하고 내 글을 쓸 수 있는 사람은 독립적이다. 인공지능이 알려주는 대로 말하고 쓰면 종속적인 삶을 사는 것이다. 나도 글을 쓰면서 인공지능을 활용한다. 하지만 인공지능이 제공하는 내용은 내 말과 글이 될 수 없다. 그것은 자료에 불과하다. 내가 쓰고 말하는 데 필요한 재료에 지나지 않는다. 나는 그 원료를 갖고 가공해서 글을 쓰고 말을 한다. 나는 비로소 내 삶의 주인으로 산다.

한마디만 잘못해도
추락할 수 있다

"선을 행하는 사람은 봄이 왔을 때 동산의 풀 같아서 자라는 것이 보이지 않지만, 매일매일 덕이 자라고, 악을 행하는 사람은 칼을 가는 숫돌 같아서 닳아 없어지는 것이 보이지 않으나, 나날이 덕이 깎이고 있다."

《명심보감》에 나오는 말이다. 말도 그렇다. 보이지 않게 하루하루 자라고 깎인다.

말조심해야 한다. 자신에게서 나간 것은 다시 자신에게로 돌아오기 때문이다. 발 없는 말이 천 리를 간다. 이간질과 뒷말이 그렇다. 누군가를 험담하면서 많이 하는 말이 있다. "어지간하면 이런 말 안 하는데, 너니까 하는 거야. 너만 알고 있어." 과연 듣는 사람이 자기만 알고 있을까. 그런 말일수록 퍼뜨리고 싶어 안달이 나고, 그래서 전파속도가 매우 빠르다. 결국 당사자의 귀에 들어가고, 그 책임은 험담한 내가 져야 한다. 험담은 험담하는 본인과 험담의 대상 그리고 험담을 듣는 사람을 모두 피해자로 만든다.

모든 말은 부메랑이다

험담만이 아니다. 모든 말은 반드시 부메랑이 되어 돌아온다. 가는 말이 고와야 오는 말이 고운 법이다. 대화해보면 확실히 맞는 말임을 알 수 있다. 내가 욱하면 상대도 버럭 화낸다. 트집은 트집을 낳고 공격은 반격을 불러온다. 서로 말꼬리를 물고 늘어진다. 그렇다고 오른뺨을 때리면 왼뺨도 대주라는 얘기는 아니다. 성인군자도 아닌데 그럴 수는 없는 노릇이다. 되로 주고 말로 받는 일을 삼가야 한다는 말이다.

말조심해야 할 이유가 또 있다. 글만 남는 게 아니라 말도 남는다. 소크라테스는 "글은 누가 볼지 몰라 위험하다. 그러나 말은 그렇지 않다. 들을 사람을 정해서 말할 수 있기 때문이다"라고 했다. 당시에는 그랬을 것이다. 그러나 지금은 몇십 년 전에 발언한 내용까지 모두 소급해서 따지는 세상이다. 가히 '불멸'이다.

구설에 오르지 않으려면

말조심하지 않으면 구설에 오른다. '구설'의 뜻을 국어사전에서 찾으면 '시비하거나 헐뜯는 말'이다. 좋은 게 아니다. 그런데 살다 보면 구설에 오를 일이 종종 생긴다.

내 경험상 역량이나 노력보다 과한 대접을 받거나, 그 이상으로 성공했을 때 가장 흔하게 구설에 오른다. "그 친구 정말 운이 좋아. 우리가 모르는 뭔가가 있을 거야." 이런 식으로 말이다. 많은 보수를 받는 것이 누구에게는 능력의 상징이 되지만, 다른 누구에게는 공격의 빌미가 되기도 한다. 어느 목소리가 클지는 평소의 말과 행실이 겸손과 오만 사이 어디에 있었는지에 따라 달라진다.

남의 비밀을 말하고 다녀도 구설에 오른다. 기분 나쁘게 하거나 상처를 주려는 의도가 없었다고 변명해봤자 소용없다. 비밀을 털어놓을지 말지를 결정할 수 있는 사람은 오직 당사자뿐이다. 주제넘은 말도 사람을 불쾌하고 불편하게 한다. 남의 사생활을 함부로 물어도 주책없다고 핀잔 듣기에 십상이다. 푼수데기가 되고 만다. 상황과 분수에 맞게 말해야 주제넘은 사람이라는 구설에 휘말리지 않는다.

지켜야 할 선을 지키지 않았을 때도 사람들의 입에 오르내린다. 누구나 자기만의 공간을 가지려고 하므로, 다른 사람이 침범해 들어올 때 거부감을 드러낸다. 미국 인류학자 에드워드 홀Edward Hall 은 사회적 거리의 네 가지 유형을 제시했다. 부모와 자녀, 연인 사이는 숨결을 느낄 정도로 가까워야 좋고(0~46센티미터), 친구나 지인 사이는 악수를 나눌 정도의 거리가 좋으며(46~120센티미터), 직장 동료 사이는 두세 발자국 정도 떨어지는 게 바람직하고(120~360센티미터), 연설이나 공연 등에서는 그 이상으로 거리를 유지하는 게 좋다(360센티미터 이상)는 것이다. 이처럼 구설에 오르지 않으려면 관계에 맞는 적절한 거리를 유지해야 한다.

뭐니 뭐니 해도 구설에 휘말리게 하는 주범은 말실수다. 부처님이 "혀는 잘 쓰면 사람을 유익하게 하는 이로운 도구, 즉 이기利器가 되지만, 잘못 쓰면 사람을 해롭게 하는 무기가 된다"라고 했다. 그런 무기로 공격받은 사람이 가만히 있을 리 없다. 말실수는 구설이 되어 반드시 돌아온다.

가볍게 던져 무겁게 끝나는 말실수

나도 말하는 게 직업인지라, 혹여 말실수하지 않을까 늘 걱정한다. 강의하고 방송하러 갈 때면 아내가 항상 말조심하라고 당부한다. 그래서 신중하게 말하려고 노력한다. 특히 네 가지 경우에 말을 조심하려고 한다. 화났을 때와 술 마셨을 때 그리고 임기응변의 유혹에 빠졌을 때와 스스로 수다 떨고 있다고 생각할 때다.

아버지가 한여름에 암 수술을 하고 병원에 입원해 계실 때의 일이다. 병문안을 온 친구분이 이렇게 말씀하셨다. "아주 시원한 데서 피서 잘하고 있구면." 그 뒤로 두 분 사이는 멀어져버렸다. 친구분은 좋게 생각하라는 뜻으로 한 농담인데, 사실 죽을 고비를 방금 넘긴 사람에게 할 말은 아니었다.

이처럼 지나친 농담은 말실수가 된다. 나도 신나게 말이 잘 나오는 날이 있다. 그런 날은 지나치지 않도록 특히 조심한다. 나는 농담으로 생각해도 상대가 그렇게 받아들이지 않으면 무례일 뿐이다.

언젠가는 누가 아버지에게 이렇게 말했다고 한다. "80은 너끈히 사시겠습니다." 아버지 연세가 이미 여든을 훌쩍 넘었을 때였는데 말이다. 좋은 뜻으로 덕담을 건넸는데, 결국 실언이 되고 말았다.

가족 사이에도 이런 일은 일어난다. "얘가 누굴 닮아서 이래?" "커서 뭐가 되려고 그러니?" 걱정되어서, 잘되라는 뜻으로 건네는 말이다. 절대 나쁜 의도를 담아 한 말이 아니다. 하지만 듣는 사람에게는 상처가 될 수 있다. 가까운 사이일수록 이런 말은 더 큰 상흔을 남긴다.

무지에서 오는 말실수도 있다. 뭘 모르고 하는 소리다. 누구에게나 그만의 사정이 있고, 어떤 일이든 다 이유가 있는데, 자초지종을 따져보지도 않은 채 섣불리 판단해 말하면 실수를 저지르게 된다.

특히 지적하고 비교하는 말을 조심해야 한다. 누군가를 임의로 평가하는 것 자체를 조심해야 한다. 외모나 학력, 성격 등 모든 면에서 지적하고 비교하고 비하하고 차별하는 말을 조심해야 한다.

상대가 약점이라고 생각하는 부분을 건드려도 말실수가 된다. 조언이랍시고 공부 못하는 학생에게 성적이 어쩌고, 취업 못 한 젊은 이에게 직장이 저쩌고 얘기하면 기분 좋을 리 없다.

적을수록 좋은 잔소리

말조심해야 할 게 하나 더 있다. 바로 잔소리다. 잔소리도 듣기 싫은 말이다. 쓸데없는 소리, 부질없는 소리, 소용없는 소리다. 들어서 뉘우치거나 행동이 변화하는 경우가 거의 없다.

잔소리는 곧 참견이다. 내 일이니 어련히 알아서 할 텐데, 누군가 간섭할 때 잔소리로 간주한다. 이런 잔소리를 심하게 하면 요즘 유행하는 말로 '갈굼질' '버럭질' '갑질'이 되고, "너나 잘하세요"라는 소리를 듣게 된다. 한때 이런 우스갯소리가 유행했다. 낮에 외출하려는 부하에게 "어디 가?"라고 묻거나, 점심 먹고 늦게 들어오는 부하에게 "좀 늦었네"라고 주의를 주거나, 젊은 직원들을 싸잡아서 "요즘 애들은 이게 문제야"라고 지적하면 간 큰 상사라는 것이다. 이것들 또한 잔소리에 해당하는 말이다.

똑같은 말을 너무 반복해도 잔소리가 된다. 듣는 사람 입에서 "또 잔소리야? 아주 허구한 날 잔소리야" 하는 소리가 절로 나온다. 과거를 다시 들춰내고 기억을 소환해서 한 말 또 하고 또 하면 잔소리가 된다. 비슷하게 지난 시절의 후회나 회한을 푸념하듯 내뱉는 잔소리도 있다. 혼자서 중얼거리는 넋두리 같은 것이다.

군말이나 투덜거리는 말, 토 다는 것도 잔소리라고 한다. "하라면 하는 거지. 웬 잔소리가 그리 많아?" 할 때의 잔소리다. 다른 잔소리와 달리 잔소리하는 주체가 아랫사람인 경우다. '잔말'이라고도 한다. "잔말 말고 시키는 대로 해"라는 말이 좋은 예다.

무엇보다 잔소리는 상대가 자기 마음에 안 들어서, 가르쳐보려고 하는 말이다. 부모님이나 선생님이 하는 잔소리는 대개 여기에 해당한다. 행여 잘못될까 하는 노파심에서, 바른길을 갔으면 하는 바람에서 하는 말이다. 내가 아내에게 자주 듣는 잔소리로, "나 좋으려고 그러는 거야? 다 당신 잘되라고 하는 소리지. 그래? 안 그래?" 하는 식이다. 상대를 어린아이 취급하는 '설교 말씀'이다.

이처럼 잔소리의 의미는 상황에 따라 다르다. 하지만 모든 잔소리에는 공통점이 있다. '귀담아듣지 않는 말'이라는 점이다. 아무리 간절한 마음을 담아도 듣는 사람이 잔소리로 느끼면 효과가 없다.

공자는 세 가지 말을 조심하라고 했다. "해야 할 말이 아닌데 하는 '실언'을 조심하고, 겉과 속과 다른 '교언巧言'을 삼가며, 말해야 할 상황이 아닌데 입을 여는 '췌언贅言'을 경계하라." 이때 췌언이 바로 잔소리다. 가정이나 직장에서 잔소리만 안 해도 욕을 덜 먹을 수 있다. 말로 관계가 나빠지는 일도 줄어든다. 그런데 가끔은 궁금해진다. 내가 흘려들었던 잔소리들이 다 잔소리이기만 했을까.

혐오를 혐오한다

말실수가 문제 되지 않던 시절이 있었다. 오히려 그것을 문제 삼는 사람이 쪼잔하다는 소리를 들었다. 독설을 내지르고, 음담패설을 늘어놓고, 누군가를 말로 깎아내리는 사람이 인기 있었다. 그러나 지금은 어떤가. 이런 말 하나하나가 문제가 된다. 이전에는 문제 되지 않왔던 발언이 지금은 문제가 된다. 인권 감수성이 과거와 같지 않다.

"우리끼리 하는 소리인데"라는 변명도 더는 통하지 않는다. 사회가 투명해지면서 모든 말이 백일하에 공개된다. 감추고 싶은 말일수록 급속도로 퍼진다. 말이 기록되고, 통화한 기록까지 남는다. 남들이 잊어줬으면 하는 말일수록 더 또렷이 기억된다. 그 말은 하지 말았어야 했다고 '이불킥'해봐야 이미 늦었다.

그렇다면 어떤 말을 경계해야 할까. 첫째, 폭언이다. 아랫사람을 업신여겨 함부로 내뱉는 경멸과 멸시의 말, 갑질 발언, 욕설 말이다. 기업 대표나 그 가족만이 아니라 상사가 부하에게 자신의 감정을 주체 못 하고 내키는 대로 하는 말도 여기에 해당한다.

둘째, 저주와 야유다. 폭언의 주무대가 기업이라면 이 막말의 주서식지는 정치권이다. 이런 막말은 상대를 인정하지 않고 다름을 받아들이지 않는 문화, 대립과 적대의 정치 구조에 기생한다. 정책과 대안을 놓고 경쟁하는 것이 아니라 상대를 자극하고 공격하는 것으로 정치적 이득을 보는 상황에서 누가 이런 막말을 마다하겠는가. 더욱이 응징이 이뤄지지 않는다. 막말하지 말자고 잠깐 들끓다가도 어느새 잊힌다. 이를 악용해 막말 캐릭터와 노이즈마케팅으로 자신의 존재감을 드러내는 사람까지 등장한다. 적어도 손해는 안 본다는 생각이 팽배하다. 여기에 더해 자기편에게 "용기 있다" "후련하게 잘했다"라는 칭찬을 듣기도 한다. 그러다 보니 '선명성 경쟁'이 벌어져, 말은 더 양극단으로 치닫게 된다. 이제 어지간한 막말은 명함도 못 내민다.

셋째, 사회적 약자와 소외계층에 대한 비하와 조롱, 혐오 발언이다. 여성이나 노인, 장애인은 물론 성소수자나 이주노동자, 특정 지역이나 집단을 폄훼하고 차별하는 말을 하면 단순히 비판받는 정도로 끝나지 않는다. 엄연히 범죄 행위다. 그런데도 이런 막말은 발화 현장에서 문제 되지 않는 경우가 많다. 막말에 동조하고 환호작약하는 사람끼리 모인 자리기 때문이다. 이런 막말일수록 바이러스처럼 전염성이 강하다. 증오를 넘어 배제와 폭력으로까지 나아간다. '해서는 안 될 말'이라는 게 있다. 바로 이런 막말이다.

막말 중의 막말

망언은 막말과 같으면서도 다르다. 몰상식하고 비이성적이라는 측면에서는 같다. 여기에 망언은 역사 인식의 부재가 더해진다. 일본군 위안부 문제나 독도 영유권 문제를 둘러싼 일본의 주장처럼 억지고 궤변이다. 5·18광주민주화운동과 세월호 참사 관련 망언은 입에 담기조차 어려울 만큼 반인륜적이다. 망언은 표현의 자유라는 방패와 역사 인식의 차이라는 창으로 무장하고 시시때때로 준동한다. 하지만 사실을 왜곡하고 부정한다는 점에서 망언은 표현의 자유를 누릴 자격이 없다. 또한 망언은 역사 인식과 해석의 문제도 아니다. 역사의 심판 대상일 뿐이다.

말실수도 습관이다. 입에 배면 고치기 힘들다. 방심하는 순간 찾아온다. 입을 열기 전에 생각해보자. '내가 이 말을 꼭 해야 하나?' '해야 한다면 때와 장소는 적당한가?' '내 말로 상처받는 사람은 없을까?' 백 마디 잘해 얻는 이득보다 한마디 잘못해 잃는 손해가 더 크다. 패가망신할 수 있다. 할까 말까 망설여지는 말은 안 하는 게 맞다.

투명인간도
존재감을 가지는 일

글은 눈치로 쓸 수 있다. 쓰라고 한 사람의 눈치를 보면 된다. 독자 눈치를 보면 되는 것이다. 눈치를 본다는 것은 세 가지 의미가 있다. 첫째, 잘 듣고 잘 읽으려 한다는 것이다. 눈 밖에 나지 않으려고 그런다. 둘째, 비위를 맞춰주겠다는 것이다. 눈치 보는 것이 수동적인 행위라면 여기서부터는 적극적인 노력이다. 눈치채기 위해, 눈치 빠른 사람이 되기 위해 노력하는 단계다. 잘 읽고 잘 들어서 원하는 것을 찾아내고, 그것에 맞춰주겠다는 것이다. 셋째, 그렇게 맞춰주려는 것은 칭찬받고 귀염받기 위해서다. 그러니까 눈치 본다는 것은 좋은 평가를 받고 싶다는 뜻이기도 하다.

생각해보라. 이 세 가지 조건을 갖춘 사람, 즉 눈치가 빠른 사람은 글을 못 쓰려고 해도 도저히 못 쓸 수 없다.

나의 '관종' 일대기

눈치 빠른 것에서 더 나아가 '관종'이 되면 더 잘 쓴다. 눈치가 아무리 빨라도 주체는 아니다. 자신이 중심에 서 있지 않다. 하지만 관종은 다르다. 자신이 주인이 되어 무대의 중심에 선다. 물론 관종 너머의 세상도 있다. 관심에서 초연한 수준 말이다. 나는 그 경지를 모른다. 내가 아는 것은 글을 쓰는 사람, 잘 쓰려고 하는 사람은 모두 관종이라는 사실이다. 나도 처음부터 관종이었던 것은 아니다. 아니, 정반대였다. 남의 눈에 띄는 것을 전혀 반기지 않았다. 눈길 끄는 것을 싫어했다. 눈총받는 것을 무엇보다 두려워했다. 한마디로 눈치를 심하게 봤다. 눈치 본다는 뜻은 무엇인가. 내 성격을 보면 알 수 있다.

나는 잘 받아들이는 사람이다. 읽기·듣기에 능하다. 남의 생각을 잘 읽고 말귀를 잘 알아듣는다. 누군가 한마디 하면 그렇게 말하는 배경, 맥락, 취지, 의도, 목적을 잘 파악한다. 하지만 말하기·쓰기는 전혀 하지 않았다. 말은 실어증에 가까웠다. 회장이나 대통령의 연설문을 쓰는 것은 쓰기 영역이 아니다. 읽기·듣기 영역이다. 잘 읽고 잘 들으면 잘 쓸 수 있다. 읽기와 듣기는 받아들이는 것이고, 말하기와 쓰기는 내놓는 것이다. 나는 잘 받아들이기만 했다.

나는 남에게 잘 맞춰주는 사람이다. 나는 요구하거나 주장하지 않았다. 옷이든 음식이든 원하는 것, 필요한 것이 있느냐고 물으면 늘 사양했다. 그런 내게 사람들은 양보를 잘하고 배려심이 있다고 했다. 천만의 말씀이다. 남을 위해서가 아니라 나를 위해서, 남에게

밉보여 눈 밖에 나지 않기 위해서였다. 입안에 혀처럼 굴어야 남들이 좋아하기 때문이었다. 그래서 남의 평가에 기대어 살았다. 칭찬을 갈구하고 혼나는 것을 두려워했다. 지적받지 않기 위해, 남에게 잘 보이기 위해서 살았다. 좋은 평가를 받으려면 말 잘 듣고 시키는 일 잘해야 한다. 그러면 머리를 쓰다듬어준다. 여기에 길들고 맛 들이면 시키지 않은 일도 찾아서 한다. 말하지 않은 것도 의중을 헤아려 갖다 바친다. 그러면 윗사람이 '말이 통하는 친구'라고 칭찬해준다. 하지만 정작 나 자신은 양심을 잃어간다. 양심은 스스로 평가하는 사람에게나 있는 것이다. 내 평가를 남에게 위탁하고 살면 양심은 필요 없다. 지금까지 모신 분들이 나쁜 일을 시켰거나, 내가 그런 일을 해야 하는 위치에 있었다면 아마 했을지도 모른다. 그저 칭찬받기 위해서, 혼나지 않으려고 말이다.

이렇게 나는 남의 눈으로 세상을 보며 살았다. "누가 그렇게 말하더라" "어느 책에 이렇게 쓰여 있더라"라고 전하며 살았다. 나만의 관점, 시각, 해석이 없었다. 반박하는 것은 꿈도 꾸지 않았다. 늘 묻어가고 따라갔다. "내 생각은 그렇지 않은데요?" "그건 맞지 않습니다" 같은 말에서 느껴지는 정의감? 언감생심이다. 기회주의자에 가까웠다. 우리 편 눈치를 보느라 다른 편에 빌붙는 짓은 하지 않았지만, 남의 힘으로 좋은 세상이 오기를 기다렸다. 이제는 내 생각을 말하고 쓰면서 산다. 읽기·듣기는 목적이 아니고 내 말과 글을 위한 수단이다. 남의 눈치도 안 본다. 내가 하고 싶으면 하고, 싫으면 하지 않는다. 내가 할 수 있는 만큼만 한다. 역량에 부치는 일은 못 하겠다고 한다. 매일 성장하고 있다는 걸 느낀다. 어제의 글보다 오늘의 글이 낫다. 내일은 더 나으리라는 기대로 오늘도 쓴다.

글을 쓰면 나답게 살게 된다

관종과 눈치꾼은 한 끗 차이다. 내가 중심이고 주체면 관종이고, 누군가의 대상이고 객체면 눈치꾼이다. 말하고 쓰는 사람은 주체고, 읽고 듣는 이는 대상이다. 그래서 나는 말하고 쓴다. 내 말과 글이 나인데, 말하고 쓰지 않으면 누가 나를 알겠는가. 스스로 내가 누군지 알 수 있겠는가. 그런 사람이 세상에 '존재'한다고 할 수 있겠는가. 더는 투명인간처럼 살고 싶지 않다. 말 잘 듣고 남의 비위 맞추며 살기 싫다. 내 말과 글을 더 많은 사람이 듣고 읽기를 원한다. 그들 또한 그렇게 살기를 바란다. 누구나 말하고 쓸 때 가장 자기답다.

  언젠가 경남과학기술대학교에 강의하러 갔다. 점심을 먹으러 근처 국숫집에 들렀다. 식탁이 세 개뿐인 작은 식당이었다. 40대 초반 정도로 보이는 주인에게 곱빼기도 되느냐고 물었다. 그런데 나를 보는 표정이 심상치 않았다. 아니나 다를까 국수를 갖다주며 "《대통령의 글쓰기》 저자시죠?" 한다. 밑반찬을 계속 챙겨줘서 국수를 마시듯 흘려 넣었다. 식당을 나와 영수증을 봤는데, 4000원만 계산했다. 곱빼깃값이 아니라 보통값을 받은 것이다. 이분의 마음이 느껴져 울컥했다. 마음 같아서는 뭐라도 사다 드리고 싶었으나 강의 시간이 다 되어서 그렇게 하지 못했다. 처음 받아보는 '연예인 디스카운트'에 찐하게 감동했다. 아, 관종의 삶은 즐겁다.

경청:
침묵으로 말하는 법

소통은 직장생활 내내 화두였다. 나는 스트레스에 매우 취약하다. 소통이 안 되는 조직에서는 불안하고 답답하다. 소통은 내게 공기와 같다. 직장생활을 계속하기 위해서는 소통 잘되는 조직에 들어가야 했다. 나만 잘되자는 건 아니었다. 소통이 잘되는 조직일수록 창의적이고 효율적으로 돌아간다. 조직에서 25년간 일하면서 이런 사실을 확인할 수 있었다. 소통을 잘하기 위해서는 여섯 가지가 필요하다.

자기희생이 주는 선물

첫째, 자기희생이 필요하다. 정보 독점욕에서 벗어나 자신이 아는 것을 공유해야 한다. 조직의 위부터 아래까지 모두 그래야 한다. 비공개주의, 비밀주의가 횡횡하면 소통은 물 건너간다. 이런 조직일수록 헐뜯기, 유언비어가 기승을 부린다. 의심과 불만도 많아진다.

정보를 투명하게 공개하고 공유하는 것만으로는 부족하다. 상대를 배려하기까지 해야 한다. 상사와 부하, 회사와 고객을 인정하고 이해하고 공감하려고 해야 한다. 생각의 무게중심을 내가 아닌 상대방으로 옮겨놓아야 하는 것이다. 말이 쉽지 가족 간에도 하기 어렵다.

소통은 또한 헌신도 요구한다. 소통이 결실을 보려면 행동해야 하기 때문이다. 생각하는 것에 그쳐서는 안 되고, 누군가를 위해 일해야 한다. 부하는 상사를 위해, 상사는 부하를 위해, 사원은 회사를 위해, 회사는 직원을 위해, 직원은 고객을 위해 행동하고 실천해야 한다. 그러지 않으면 매일 소통만 외치고 바뀌는 건 없다.

이것이 모두 자기희생을 전제로 한다. 그래서 어렵다. 물론 소통이 주는 선물은 크다. 상사는 부하에게 존경받고 부하는 상사에게 존중받는다. 구성원 간에 신뢰가 생긴다. 회사는 고객에게 사랑받는다. 무엇보다 한 사람 한 사람이 행복하다.

청와대에서 일할 때 대통령이 나를 찾으면 같은 부서 직원들이 내 자리로 달려왔다. "대통령께서 이것 때문에 찾으셨으면 이렇게 말씀드리세요. 또 이걸 물으시면 이렇게 대답하시면 됩니다" 등 연신 도움말을 해줬다. 혹여 내가 실수해서 꾸중 들을까 봐 염려해서다. 이런 조직에서 일하는 사람은 위아래 할 것 없이 모두 행복하다.

손목시계에 새긴 '경청'

귀로 듣고
몸으로 듣고

마음으로 듣고
전인적인 들음만이
사랑입니다

모든 불행은
듣지 않음에서 시작됨을
모르지 않으면서
잘 듣지 않고
말만 많이 하는
비극의 주인공이
바로 나였네요

아침에 일어나면
나에게 외칩니다

들어라
들어라
들어라

하루의 문을 닫는
한밤중에
나에게 외칩니다
들었니?
들었니?
들었니?

이해인 수녀님의 〈듣기〉라는 시다. 잘 들을 것 같은 수녀님도 듣는 게 힘드셨던 모양이다. 시에서 알 수 있듯 소통에서 또 한 가지 중요한 것은 바로 '경청'이다. 김대중 대통령도 손목시계에 '경청'이라고 썼다. 누구에게나 경청은 쉽지 않은 일이다. 듣는 게 왜 그렇게 어려울까. 나를 내려놓아야 해서 그렇다. 나를 내려놓은 그 자리에 상대를 올려놓아야 한다. 나에 대한 절제와 상대를 향한 존중이 동시에 이뤄져야 한다. 여기에 더해 배려와 공감이라는 섬세함까지 요구한다.

그만큼 어렵고 중요해서일까. 경청과 관련된 책이 많다. 우리는 어릴 적부터 부모님이나 선생님 말씀을 참 많이 듣고 살았다. 그런데도 경청이 어려운 이유는 무엇일까.

듣기가 듣기로 그치고, 말하기로 확장되지 않았기 때문이다. 듣는 시간은 많았지만 말할 시간은 없었다. 선생님 한 명만 말하고 여럿이 들었다. 똑같은 내용을 같이 듣고 누가 더 잘 들었는지 평가받고 경쟁했다. 듣는 건 말하기 위해서인데 듣기만 했다.

듣기와 말하기는 한 쌍이다. 듣기만으로는 잘 들을 수 없고, 말하기만으로는 잘 말할 수 없다. 듣기와 말하기는 수레의 두 바퀴처럼 함께 굴러야 한다. 듣기를 잘해야 말을 잘할 수 있고, 들은 걸 말해봐야 어떻게 들어야 하는지 알 수 있다. 듣기가 분해라면 말하기는 조립이다. 듣기는 말을 부분들로 나누는 일이고, 말하기는 부분들을 짜 맞추는 일이어서 그렇다. 분해를 많이 해본 사람이 조립도 잘할 수 있다.

그래서 말하기보다 듣기가 먼저다. 말을 잘하기 위해서는 우선 잘 들어야 한다. 잘 들어야 상대가 듣고 싶어 하는 말을 찾을 수 있다. 그렇지 않으면 동문서답하기 일쑤다. 자다가 봉창 두드리지 않고 맥락에 맞게 말하기 위해서도 잘 들어야 한다. 손바닥도 부딪혀야 소리가 나듯이, 내가 들어줘야 상대도 잘 들어준다. 그리고 상대가 잘 들어줘야 내가 말을 잘할 수 있다. 그러지 않으면 벽에다 말하는 것같이 답답하다. 중학교 1, 2학년 학생들 앞에서 강의한 적이 있다. 내가 말하면 이 친구들도 함께 말한다. 자기네끼리 말이다. 도무지 말을 이어가기 힘들었다.

말을 잘하는 사람에게는 귀를 열지만, 잘 들어주는 사람에게는 마음을 연다고 했다. 어떻게 들어야 마음의 문을 열 수 있을까. 나는 이렇게 들으려고 노력한다.

우선 요약하며 듣는다. 상대가 하는 말의 줄거리를 몇 개의 단어로 요약, 정리하면서 듣는다. 여력이 있으면 주제까지 파악하려고 한다. 그리고 인상적인 대목을 기억하려고 애쓴다.

다음으로 의중을 파악하며 듣는다. 표면적인 말만 아니라 그 속에 들어 있는 '뜻'을 파악하며 듣는다. 흘려듣는 '히어링hearing'이 아니라 새겨듣는 '리스닝'을 해야 한다. 말만 듣지 말고 표정을 보면서 진짜 하고 싶은 얘기가 뭔지 의중을 헤아려야 한다. 그러다 보면 속내나 심경을 알 수 있다. 잘 모르겠으면 물어야 한다.

또한 장단을 맞춰주며 최선을 다해 듣는다. 귀로만 듣는 것이 아니라 눈을 마주치고 고개를 끄덕이며 입으로 추임새까지 넣는다. 물론 지루하고 답답한 경우도 있다. 그럴수록 "그래서 어떻게 됐죠?" "이랬다는 얘기죠?" 하며 더 강하게 호응한다.

들으면서 이어갈 말을 준비하는 것도 중요하다. 이때 두 가지를 조심해야 하는데, 하나가 딴생각하는 것이다. 나는 아내에게 이런 말을 자주 듣는다. "당신 내 말 듣고 있어?" 듣고 있다고 하면 다시 다그친다. "방금 내가 뭐라고 그랬어. 말해봐." 또 하나는 끼어들기다. 생각난 말을 잊을까 봐 상대의 말을 끊고 끼어든다. 끼어들기를 하지 않으려면 세 가지를 참아야 한다. "나도 말 좀 하자"라며 끼어들고 싶은 욕구, "내 생각은 그렇지 않은데?"라며 반론하고 싶은 충동, "그건 너의 오해야"라며 변호하고 싶은 마음이 그것이다.

독서도 남의 말을 듣는 방법이다. 다만 귀가 아니라 눈으로 저자의 목소리를 듣는 일이다. 강의를 들어본 적 있는 사람의 책은 읽을 때 마치 그의 목소리가 들리는 것 같은 느낌을 받는다. 학습도 남의 말을 듣는 일이다. 모든 배움은 듣는 것에서 출발한다. 자기 내면의 목소리를 듣는 건 성찰이다. 이로써 양심과 소신을 키워간다. 경청, 독서, 학습, 성찰로 잘 듣는 것이야말로 소통 잘하는 비결이다.

일관성의 3가지 조건

자기희생과 경청 다음으로 소통을 잘하기 위해 필요한 것은, 셋째, 일관성이다. 어제 한 말과 오늘 한 말이 같을 수 없고, 여기서 옳은 방식이 저기서도 옳다는 보장은 없다. 세상은 급변하기 때문이다. 또한 일마다 특성이 다르고, 각각에 알맞은 처방이 있으므로 융통성 있게 실용적으로 접근하라고도 한다. 모두 옳은 얘기 같지만, 왠지 마음에 들지 않는다. 자꾸자꾸 요구가 바뀌는 상사를 부하는 좋아하지 않는다. "지난번에는 저렇게 하라고 하고, 이번에는 이렇게 하라고 하니, 어느 장단에 맞춰야 하는 건지 모르겠어"라며 불만을 터뜨린다. 자기에게 유리한 쪽으로 이랬다저랬다 하면 신뢰할 수 없게 된다. 상사의 언행이 즉흥적으로 보이고, 회사 정책이 조변석개朝變夕改한다고 생각한다. 결국 구성원들의 불안감이 커져 회사는 안정성을 잃는다. 폭풍우 치는 바다에서 표류하는 배 같은 신세가 되고 만다.

상황이 바뀌어도 바꿔선 안 되는 게 있다. '원칙'과 '정체성'이다. 상황이 바뀌어도 사람의 정체성이 흔들려서는 안 된다. 사람이 바뀌어도 조직의 원칙이 바뀌어서는 안 된다. 원칙과 정체성이 상황에 따라 오락가락하면 변덕이 죽 끓듯 하는 것이다.

일관성을 유지하는 것은 쉬운 일이 아니다. 의도적으로 노력을 기울여야 한다. 과거에 말한 내용과 새롭게 얘기하는 내용이 서로 배치되지 않는지 따져봐야 한다. 또한 말과 행동이 일치하는지 살펴봐야 한다. 하나라도 어긋나는 게 있으면 그렇게 된 사정을 얘기하고 이해를 구해야 한다. 구렁이 담 넘어가듯 은근슬쩍 넘어가면 안 된다.

일관성을 유지하기 위해서는 세 가지가 필요하다. 멀리 보는 안목과 인내심 그리고 소신이다. 당장은 손해를 보더라도 장기적으로 무엇이 이익인지 볼 줄 아는 안목이 있어야 한다. 또한 타협하거나 포기하지 않고, 유혹과 저항을 이겨낼 수 있는 인내심이 있어야 한다. 끝으로 소신과 현실 사이에서 소신의 편에 서야 일관성을 지킬 수 있다. 일관성의 모범을 소름 끼치게 보여준 사례가 있다. 간디 묘비에 쓰인 글귀다. "내 삶이 곧 나의 메시지다My life is my message."

진정성과 용기

넷째, 진정성이 필요하다. '진정성'을 국어사전에서 찾아보면 '진실하고 참된 성질'이라고 나온다. 진정성의 영어 표현인 'authenticity'는 본래 그리스 철학에서 유래했는데, '너 자신을 있는 그대로'라는 의미라고 한다. 성찰로 내가 누구인지를 알고, 그것에 기초해서 다른 사람들과 가식 없는 관계를 형성하는 것이다. 무슨 말인지 알 것 같으면서도 왠지 아리송하다. 거짓과 꾸밈이 없다는 뜻인가. 솔직해서 겉과 속이 같다는 뜻인가. 아니면 인간적인 정과 따뜻한 마음을 지니면 된다는 뜻인가.

그런데 희한하게도 말하는 걸 들어보면 진정성이 있는지 없는지 귀신같이 알 수 있다. 어린아이도 직감적으로 안다. 아무리 연출해도 소용없다. 위선과 거짓, 속임수가 통하지 않는다. 말에는 그 사람의 인품과 성격이 배어 있다. 배려심이 있는지, 공감 능력과 감수성은 어느 정도 수준인지, 인간을 향한 관심과 애정은 얼마나 큰지 저절로 드러난다. 숨기려 한다고 숨겨지는 게 아니다. 포장하려고 할수록 가식이 더 선명하게 드러난다. 이 모든 것이 진정성에 달렸다.

다섯째, 용기가 필요하다. 무엇보다 첫마디를 꺼내는 용기가 필요하다. 여러 사람 앞에서 말해야 할 때 더욱 그렇다. 떨림과 두려움을 이겨내고 운을 떼는 것이 말하기의 시작이다. 소통에 필요한 용기는 이것 말고도 여러 가지가 있다.

자신을 드러내는 용기가 있어야 한다. 숨김이 없고 솔직하기란 쉬운 일이 아니다. 자신의 부끄러운 부분까지 드러내는 건 더 어렵다. 하지만 자신을 투명하게 드러낼수록 상대도 마음의 문을 연다.

호감을 나타내고 친해질 수 있다. 자신을 얼마나 드러내는지가 관계를 발전시키는 핵심이다. 나를 드러내려면 먼저 나와 대면해야 한다. 나의 허세, 비겁함, 표리부동함을 직시하는 용기가 있어야 한다. 이러한 용기는 사과하는 용기로 이어진다. 스스로 잘못을 인정하고 용서를 구하는 일은 절대 쉽지 않다.

불이익을 감내하며 진실을 말하는 용기도 필요하다. 모난 돌이 정 맞는다고 이견과 비판을 허용하지 않는 독선적 상사 아래서는 더욱 그러하다. 모두 그의 입만 쳐다보고 그의 말만 따를 때, 아닌 것은 아니라고 말하는 용기가 필요하다. 위험을 무릅쓴 채 비판하고 저항하고 바른말을 할 줄 알아야 한다. 한 발 더 나아가면 천 길 낭떠러지인 줄 알면서도 내딛고야 마는, 그런 사람 덕분에 사회는 발전하고 역사는 진보해왔다.

침묵이 필요한 순간

여섯째, 침묵이 필요하다. 내 친구는 아들에게 가급적 "하지 마라"고 하지 않는다고 한다. 그러느니 침묵하는 게 낫단다. 그 친구의 침묵 안에는 이런 뜻이 있다. '나는 너를 믿어. 네가 알아서 해. 지켜볼게.' 말없이 눈빛으로 마음으로 말하는 것이다. 이에 반해 사사건건 불쑥불쑥 개입하는 사람도 있다. "그거 아니거든? 이렇게 해" "그거 해봤어? 왜 안 해?" 그 대상이 자식이건 배우자건 이렇게 말해야 돕는다고 생각한다. 참견이고 간섭이다. 그런 사람이 하지 말라고 하면 듣는 사람은 그것만 안 한다. 하라고 하면 그것만 한다. 일이 재미있지 않고, 기분 좋을 리 없다. 차라리 침묵하는 게 낫다.

침묵이 쉬운 건 아니다. 믿음이 있어야 하고 인내심도 필요하다.

묵상도 침묵이다. 마음속으로 생각하는 묵상은, 말로 지친 내 영혼을 침묵으로 어루만지고 재충전하는 시간이다. "또 다른 세상을 만날 땐 잠시 꺼두셔도 좋습니다"라는 휴대전화 광고 문구가 화제가 된 적이 있다. 나도 침묵을 활용하는 편이다. 아내에게 간혹 묵비권을 행사한다. 피고인에게 주어진 권리다. 아내에게 거짓말하느니 차라리 침묵하는 게 더 낫다고 생각하기 때문이다. 아내도 나의 묵비권을 존중해준다. 변명하거나 거짓말해야 할 때 침묵해보라.

이 밖에도 침묵이 도움 되는 경우가 많다. 말하다가 잠깐 침묵하면 주의를 끌 수 있을 뿐 아니라 상대방이 들은 내용을 되새겨보는 효과를 거둘 수 있다. 말이 통하지 않는 상대에게는 침묵이 가장 좋은 무기가 되기도 한다.

침묵은 말의 바탕과도 같다. 뭐든지 그릴 수 있는 바탕이고 가능성이다. 말은 내뱉고 나면 되돌릴 여지가 없다. 돌이킬 수 없다. 도저히 침묵하기 어려운 말이 있으면 글로 쓰자. 글은 소리가 없다.

당부와 격려:
일이 재밌어지는 말의 기적

나는 언제 일을 즐겁게, 열심히 했는가. 다른 말로 언제 동기를 부여받았는가. 경청해주는 상사를 만났을 때다. 내 말을 잘 들어주는 방식으로 나를 인정해주는 상사와 함께 일할 때 신났다. 칭찬해주는 상사를 만났을 때도 즐겁게 일했다. 칭찬은 내게 자신감을 불어넣고 일에 의미를 부여해줬다.

나를 춤추게 한 보상과 목표

보상이 주어질 때도 열심히 일했다. 보통 보상이라 하면 성과급이나 승진을 떠올리지만, 나는 이보다 더 기분 좋은 보상을 받은 적이 있다. 과장 시절, 그때만 해도 거래처나 협력업체에서 선물 같은 걸 받고는 했다. 그런데 당시 부서장은 선물 등을 받으면 그때그때 서무 직원을 불러 맡겨뒀다가 분기에 한 번꼴로 전 직원에게 분배했다. 금전적으로 큰 이익은 없었지만, 나는 그 분위기가 다른 어떤 보상보다 좋았다.

청와대 연설비서관 시절 그 부서장 흉내를 내보았다. 1년에 두 차례 나오는 성과급을 차등 없이 나누자고 직원들과 합의했다. 효과는 기대 이상이었다. 남보다 더 많이 받기 위해 경쟁하기보다는 성과급의 총액을 늘리기 위해 협력하는 분위기가 만들어졌고, 성과도 좋았다. 성과급을 주는 목적과 취지를 더 충실하게 달성한 것이다.

분명한 목표를 제시해줬을 때도 열과 성을 다했다. 임원으로 일할 때 한번은 회장이 이렇게 얘기했다. "자네도 계열사 사장 한번 해야 하지 않겠는가." 그 순간부터 가슴이 뛰기 시작했다. '주인의식을 품고 일한다는 게 이런 것이구나' 생각하며 일했다. 기업에서 일하는 사람에게 '계열사 사장'만 한 목표가 어디 있겠는가.

목표는 달성하기가 너무 쉬워도 곤란하고, 너무 어려워도 안 된다. 너무 쉬우면 자극이 안 되고, 너무 어려우면 도전하지 않는다. 있는 힘껏 도전하면 이룰 수 있는 수준이어야 한다. 또한 너무 막연해도, 너무 구체적이어도 안 된다. 너무 막연하면 손에 잡히지를 않고, 너무 구체적이면 설렘이 없다. 회장이 제시한 목표는 이런 조건을 충족했다.

그러나 중요한 한 가지가 없었다. 목표는 옹색하지 않을 정도의 명분과 정당성이 있어야 한다. 내 이익만 좇는 목표는 멋이 없다. 가령 계열사 사장이 되면 이런 일을 해서 회사를 변화, 발전시키겠다든가, 구성원들을 위해 이런 일을 하겠다든가 하는 게 있어야 한다. 하지만 나는 그게 없었다. 그것까지 회장이 만들어줄 수는 없는 노릇이었고, 결국 나는 목표를 이루지 못한 채 회사를 그만뒀다.

동기를 부여하는 당부

학교에서, 또는 직장에서 듣는 '당부사항'이나 '당부말씀' 같은 말은 동기부여가 목적이다. 동기를 부여해 기대하는 목표를 달성하고자 하는 말이 당부다.

당부는 부탁과 다르다. 당부는 윗사람이 아랫사람에게 하는 말이다. 학생이 선생님에게, 부하가 상사에게 하는 건 당부가 아니라 부탁이다. 당부라는 말 안에는 본시 권위적 속성이 배어 있다. 그러므로 당부에 성공하려면 수평적 관계를 강조해야 한다. 그러지 않으면 지시나 명령이 된다.

호소와도 다르다. 호소만큼 애절하지 않다. 호소는 감정에 의존하는 측면이 강하다. 자신의 처지를 얘기하고 상대의 동정이나 측은지심에 기대는 경향이 있다. 하지만 당부는 호소보다 덜 개인적이고 덜 감정적이다. 논리적이고 이성적으로 접근한다. 하지만 때에 따라 호소의 성격을 빌려올 필요도 있다. 그럴 때 '신신당부' '간곡히' 등의 표현을 쓴다.

당부는 더 분발했으면 하는 점을 말한다는 점에서 고칠 점을 말하는 충고나 지적, 꾸짖음이나 훈계와도 다르다. "잘하고 있다. 그런데 이런 점이 부족하다. 이것을 보완해달라" 하는 식이다.

당부를 잘하려면 먼저 칭찬해야 한다. 아낌없이 추켜세워야 한다. 그동안의 노고를 위로하고 감사를 표한 다음 향후 목표를 제시한다. "지금까지 잘해왔지만, 아직 가야 할 길이 남아 있다. 우리가 이루고자 하는 목표는 이것이며, 앞으로 해야 할 일은 저것이다"라고 말한다. 그 길을 잘 가는 방법이나 온전히 잘 갔을 때 누리게 될 이익까지 보여주면 더 좋다. 그 길을 왜 가야 하는지 목적이나 이유도 포함해서 말이다. 당부는 그다음이다. 그 길을 성공적으로 가기 위해 어떤 부분을 보완하고 앞으로 어떻게 해줬으면 좋겠는지 얘기한다. 이때 가능한 한 명료해야 한다. 몇 가지를 정해 말하는 것이 좋다.

당부했으면 보상책을 제시해주는 게 바람직하다. 당부받는 사람은 소극적이고 방어적이다. 희생만을 강요해서는 당부대로 되지 않을 공산이 크다. 당부가 협상은 아니지만, 윗사람으로서 어떠어떠한 것을 해주겠다고 말해야 한다. 특별히 해줄 게 없으면 "나도 함께하겠다" 정도라도 말해야 한다. 아무튼 당부대로 했을 때 뭔가 얻을 수 있다는 기대감을 심어줘야 한다. 가정이건 기업이건 사회건 당부대로만 잘 돌아가면 아무런 문제가 없다.

아낌없이 격려하자

당부보다 더 포괄적이고 일상적으로 쓰는 게 있다. 바로 격려다. 아버지는 말수가 적은 편이셔서 부자간에 대화를 많이 하지 않았다. 그런데도 나는 아버지에게 가장 큰 격려를 받았다. 힘들 때마다 아버지를 떠올리며 기대에 부응하기 위해 한 걸음 한 걸음 내디뎌왔다.

누군가를 향한 기대야말로 최고의 격려다. 기대하지 않은 사람에게 기대 이상의 성과는 나오지 않는다. 기대해도 성과를 내지 못하는 경우가 대부분인데, 기대조차 하지 않으면 결과는 불 보듯 뻔하다. 한 사람이 꿈을 이루기 위해서는 누군가의 기대가 필요하다. 아버지의 기대는 내게 보내는 힘찬 격려였다. 바로 그런 기대, 보이지 않는 격려가 내게는 말할 수 없는 힘이 되었다.

격려에는 기대 말고도 많은 방법이 있다. 우선 점점 나아질 것이라고 희망을 북돋는 격려가 있다. 어두운 터널에도 끝이 있다는 걸 일깨워주는 격려는 어렵고 힘들 때 나를 향한 축복과 축원의 기도가 되었다. 어려운 시절을 견디게 했다. "이 순간도 지나갈 거야. 지나고 나면 이 시절을 그리워하게 될 거야"라며 스스로 다독이게 했다.

잘할 것이라고, 그런 능력이 있다고 추켜세워주는 격려도 있다. 자신감을 키워주고 최고의 기량을 발휘하게 한다. 나는 이런 격려를 친구에게 들었다. 2014년 강의를 처음 시작할 때였다. 강의하는 게 두렵고 잘할 자신이 없어 조언을 구하고자 찾은 친구가 이렇게 말했다. "내가 만나본 사람 중에 네가 말을 제일 잘해. 네가 너를 몰라서 그래." 나는 이 친구 말을 듣고 용기를 얻었다.

주마가편走馬加鞭이라고 격려로 잘하는 사람을 더 잘하게 독려할 수도 있다. 그런 격려는 주로 학창 시절 선생님에게 들었다. 당시에는 듣기 싫었지만 돌이켜 생각하니 참으로 감사한 일이다. 선생님의 격려가 목표를 향해 나아가게 했고, 지치지 않게 했다.

어떤 격려는 당신이 옳다며 한편이 되어준다. 단지 힘내라고 응원하는 것보다 몇 배나 큰 위력이 있다. 이런 격려를 해주는 동지는 끝 모르고 달려가야 하는 인생의 마라톤에서 시원한 물 한 바가지 같은 존재다. 나를 믿어주고 내가 옳다고 박수 보내주는 단 한 사람만 있어도 살 만하다. 내게 그런 격려를 보내주는 사람은 아내다.

주위를 살펴 힘들고 어려운 사람을 돕기도 한다. 사실 격려는 가진 사람보다는 못 가진 사람에게, 잘나가는 사람보다는 어렵고 고단한 사람에게 더 필요하다. 그런 이들에게 격려는 마지막으로 기댈 수 있는 안전망이다. 포기하지 않고 살아가게 하는 힘이 된다.

격려에 인색할 이유가 없다. 아무리 많이 해도 문제 될 게 없다. 아낌없이 격려하자. 자녀에게, 친구에게, 부모님에게 그리고 무엇보다 스스로에게 잘될 거라고, 지금 잘하고 있다고 격려하자.

말과 글이 가진 치유의 힘

직장 다니는 내내 우울과 불안에 시달렸다. 내가 모시는 분이 또 어떤 글을 쓰라고 할지 몰라, 그 글을 잘 쓸 수 있을지 몰라 불안했다. 그분이 내 글을 마뜩지 않게 여길 땐 우울했다. 나는 나 이상을 보여줘야 했다. 내게 주어진 일은 늘 내 수준을 초과했고, 사람들은 나 이상의 결과물을 기대했다. 내 수준을 들킬까 봐 불안했고, 남의 기대에 못 미쳐 우울했다.

내가 불안하고 우울했던 이유는 남의 글을 썼기 때문이다. 어딘가에 소속되어 돈을 받으면서 글을 쓸 때는 남의 평가가 중요하다. 아니 그게 전부다. 남의 기대를 충족해야 하고, 남에게 폐를 끼쳐선 안 된다. 하지만 직장을 나와 글을 쓰고 있는 지금은 다르다. 남의 평가에 크게 연연하지 않아도 된다. 그저 내 마음에 들면 된다. 내 글로 인한 비난과 질책도 내가 감수하면 된다. 남의 글을 쓸 땐 나의 잘못이 그의 잘못이 되어 그걸 감당할 수 없었다.

말하기와 글쓰기는 본시 독립적이다. 말하고 쓴다는 건 나를 보여주는 주체적인 일이다. 그래서 말하고 쓰는 일은 나를 발견하는 '즐거움'과 나를 배출하는 '후련함', 그리고 나와 남을 연결하는 '안온함'을 선사한다. 고통과 모순으로 점철되어 있는 세상을 살아가는 우리에게 말하고 쓸 기회가 있다는 건 축복이다. 나의 말과 글을 통해 스스로를 치유하고 세상에 기여할 수 있으니까. 무엇보다 남의 말만 듣고 남의 글만 읽으면서 사는 인생은 얼마나 허망한가.

나는 이제 말하고 쓰며 산다. 읽고 들은 것으로 생각해보고, 생각나는 게 있으면 메모한다. 메모한 걸 누군가에게 말해보고, 말이 된다 싶으면 글을 쓴다. 글로 쓴 내용으로 강의하고 방송한 후, 주말에는 기고하고 연재하는 글을 쓴다. 그렇게 연재하고 기고해서 모아진 글로 책을 낸다. 말하기 위해 글을 쓰고, 글로 쓴 건 말해본다. 이렇게 말과 글이 순환하는 삶이 즐겁다.

나는 말하듯이 쓴다

초판 1쇄 발행 2020년 6월 18일
개정증보판 1쇄 인쇄 2025년 4월 14일
개정증보판 1쇄 발행 2025년 4월 23일

지은이 강원국
펴낸이 최순영

출판2본부장 박태근
지식교양 팀장 송두나
디자인 윤정아

펴낸곳 ㈜위즈덤하우스 출판등록 2000년 5월 23일 제13-1071호
주소 서울특별시 마포구 양화로 19 합정오피스빌딩 17층
전화 02) 2179-5600 홈페이지 www.wisdomhouse.co.kr

ⓒ 강원국, 2025

ISBN 979-11-7171-407-0 03800